JN116422

霊界通信

陳文津 *Eugene Yuchin Chen*

明田川聡士 訳

台湾文学セレクション ❺

あるむ

再生——日本の読者へ

陳又津

『霊界通信』日本語版の翻訳が完了したとの連絡を受けた時、わたしはアメリカで博士課程の一年目を始めたばかりだった。その週に読まなくてはならなかった文献はディヴィッド・ダムロッシュによるゲーテが提唱した世界文学をめぐる論考で、その論点は翻訳が原文テキストの外で新たな空間を作り出せるのか、ということだった。その偶然にわたしは運命に対して畏敬の念を抱いてしまった。自分が何年も前に書いた小説が、新たな言語によってまたひとつ別の読者に出会い、異なる解釈を引き受けようとしている。このことはわたしに、この小説が久々に会った友人であるかのように感じさせ、太平洋の両端に離れていても、文学という結びつきでもって時間と空間を越えて、相互に近況を語ろうとしているようにも思えたのであった。

わたしがこの小説を執筆しようとしたそもそものきっかけは、台湾で松本哉『素人の乱』を読み（もちろん翻訳で）、それから続けて同書の訳者である陳炯霖のFacebookをのぞいたことだ。その時、訳者はすでに他界していたけれども、画面をスクロールしてみると非常に多くの人が哀悼の言葉を残していて、彼の訳書も確かにわたしの手元にあった。それ以来わたしは、死とは何かを真剣に考えるようになった。死は決して高齢者特有のものではなく、いつ何時誰にでも降りかかってくる。生きているけれど、周囲との繋がりはとっくに切れていて、死んでいるのと変わらない人もいる。そこにわたしたちの年齢や性別、身体などが関係し、多様な展開をもたらしていく。そういうわけで、わたしは台湾一周旅行を始まりに、春夏秋冬の四章に分け、暴風雨やネットカフェの中で、女の子、お年寄り、ひとりぼっちの霊魂がお互いに支えあっていく姿を描いた。そして最後に死とは呼吸が止まっているだけでなく、生きていることと同じようにさまざまな意義を持つことに気づいたのであった。

二〇二〇年にCOVID-19が蔓延して以降、この世界では実に多くの人が亡くなった。三年後の今、人類は時間と距離に対して大事なことを身をもって知った、という自覚がある。再生後の世界では、誰もが多かれ少なかれ自分は何者なのか、もしこの世からいなくなる日がくれば、自分は何を残せるのか、と考えたであろう。そうした最中にも多くのことがおきた。Facebookでは亡き人のアカウントが記念に残されたり、自分のアカウントがハッキングされて対処法を迫られたり。こうしたことも、言ってみれば「霊界通信」のひとつと呼べるのかもしれない。

わたしにとっての日本は、これまでずっと満喫できて、また深い啓発を受ける場所でもあった。巻末に掲載した十四冊の参考文献のうち、日本の書籍は五冊になるが、これほど密な繋がりがあるということに、今やっと気づかされる。日本語版の刊行にあたっては、日台の出版関係者をはじめ、台湾文化部海外翻訳プロジェクト、そして刊行までの過程で知り合った友人たちに感謝します。とくに辛抱強く翻訳の作業を進めていただいた明田川聡士さんには感謝いたします。本書はわたしにとって、初めて台湾から飛び出し翻訳書という形で読者に出会う作品です。読者の皆様がそれぞれの関心に応じた事がらを本書の中から探し出せることを願っております。

二〇二三年四月二日　テキサス州オースティン

目次

訳注は〔　〕で括って本文中に掲載した。

霊界通信

春の章　死に急ぐ老人――陳秋生（チェンチウション）の二カ月前

とびっきり上等の背広を着込み、ネクタイを伸ばし、ポケットに栄民証（栄民とは国民党の退役軍人のことで、その証明書）を入れた。痩せたな。ベルトを一番きつく締めてもまだスカスカ。ブラインドから太陽の光が斜めに射してくる。外を見たけれど、別れるに忍びない人などいなかった。年を取れば、顔見知りのほとんどは死んでしまった。首を紐にかければ、天国のあいつらと逢えるんだ。酸素が薄くなってきた。靴も落ちて、もうどうしようもねえ。最初に見つけてくれた人に履かせてもらおうか。魂があの世の方に向かい、淡黄色の極楽浄土が頭のうえにふんわりと浮かんできた。

最初に気づいてくれたのはインドネシア人の介護士さんだった。

「おじさん、大丈夫？」目がぱっちりかわいい彼女はわたしの呼吸を確認した。

「大丈夫さ。背筋をピンとのばせる紐かと思ったんだ」わたしはそう言い、自分でカーテンの下から這いあがった。むかし戦争が終わった時に塹壕から出てきたように、フラフラしながら、壁に手をかけてようやく前に進んだ。それよりも心配だったのは、病院がカーテンレールを弁償しろと言ってくること。たぶん安くはないだろうな。

病院ではみんな、いつも言っている。

「おうちに帰りたい」

「退院できたら、蝸牛炒飯（グワニウチャオファン）〔エスカルゴ入りチャーハン。台湾では珍しい〕が食いたい」

「退院したら、台東（たいとう）で余生を楽しもう」

「退院してから、温泉に行きたいな」（心臓発作がおきるかもよ）

「退院後に、レーザーでシミを抜こう」（皮膚癌になるかもな）

どうせ死ぬのなら、わたしは絶対にフィリピンのお姉ちゃんにオムツを替えてもらったり、マッサージされたくはないし、体中にいろいろな管をつけたくもない。

わたしは階段を降りた。病院のロビーでは、縞柄の寝間着を着たお年寄りが尿袋や点滴を引きずりながらぐるぐる回っている。若い家族が泣いているけれど、声を抑えた泣き方で、自分まで悲しくなってきた。入院してしまうと、まるで自分の体ではなくなってしまったかのよう。集中治療室に入れられると、頭は短く刈られてしまうからなおさらだ。医者や看護師は、体調を気にかけるより、手首に巻いたバンドやベッドに書いてある名前と病名を見るのに余念がない。点滴には何か書いてあるけれど、外国語でさっぱりわからない。だから自分の体に入ってくるのは正しい薬だと信じるしかない。

みんな、忙しいんだ。病人だけが暇なのだ。医者はいつも言う。全力を尽くし対応しますと。だから蘇生拒否の同意書に署名したにもかかわらず、救われて植物人間になってしまう。むりやり三途の川から連れ戻してくるんだよ。人が人でなくなり、仏が仏でなくなり、手首にバンドを巻かれ、車椅子で点滴と酸素ボンベを引きずっている。

結局、そんなことをもう何度も見てきた。

*

面白くない。生きててもつまらない。

この病院はエアコンで凍えさせようとしてるのだろうか。病気でなくても寒さで変になってしまう。看護師が行ったり来たりして、自分が石ころになって通路を塞いでいるかのような気がした。急ごうとしても急げない。年を取るのは辛い。

ナースステーションにいる女の子にナイフを借りると、看護師は言った。「お年寄りが刃物を持つと危ないです。何を切りたいんですか？」

自分の腹だよ。でも若い娘を驚かすわけにもいかないから、こう言うしかなかった。「何だっけ、忘れたよ」

「大丈夫です、必要な時にまた言ってください。お薬も忘れないで」

彼女が笑う姿はかわいかったけれど、でもわたしのことを認知症だと思っているのだろう。

刃物が危ないっていうのなら、ものさしを貸してくれ。看護師は怪訝そうな顔をせず貸してくれた。

わたしは××学習塾とプリントされたプラスチック定規を持って椅子に戻り、悲しくてどうしようもない気持ちで手首をひっかいた。死ぬって、なんでこんなに痛えんだ。刃物だったらイチコロだ！　リストカットなんてやっぱりやめた。

ボランティアの人が何か言ってきた。おじいさん、どうして顔中汗だらけなの？　頭の中では人生の最期しか考えていなかったから、他人から見ると自分がへんてこな感じだというのに気づかなかった。急いでトイレに駆け込み、ペーパータオルで汗をぬぐった。今はハンドドライヤーさえも変わってしまった。以前みたいに温かな風が出るのではなく、まるでナイフで引き裂かれるようで。びっくりして、さらに汗が吹き出してきた。逃げて逃げて、個室の中まで逃げた。温かい便座に座ると、ここは病院の中で一番落ち着く場所に思えた。

ようやく薬局が見えたかと思うと、受付の大理石のカウンターは人の胸元まで高く盾みたいだ。中と外の人はお互いに頭のてっぺんしか見えない。わたしは大きな声で叫んだ。誰かいないの？　どいつもこいつも自分のことで忙しく、キーボードを叩いたり、居眠りしたりで、わたしが鉄製の杖を振りあげてカウンターを叩くと、こちらの骨がバラバラになってしまう頃になって、ようやく気づくのだ。

睡眠薬をもう少しくれないかと聞いてみた。よく眠れないから、お金なんか問題じゃないんだ。

「おじいさん、睡眠薬は一度にたくさん処方できません。自殺する人がいるかもしれませんから」薬学部を卒業したばかりの若い薬剤師だ。

「ほんとうに眠れないんだよ」わたしは言ってやった。

「お薬の一部には偽薬（プラセボ）も混じってますから」

「偽薬ってなんだい？」

「薬の効果がないビタミン剤のことです。気持ちを落ち着かせてくれます」

どうりで飲んでも効かなかったわけだ！　金儲けするにも度が過ぎる。眠ったまま目覚めたくない人だっているのに。年寄りが死なないで、眠るのさえ満足できないでいれば、それだけで金儲けができると思っているんだな！

「おじいさん、落ち着いてください。ここで渡すことはできませんが、でも別のところへ行けば受け取れます」

薬剤師はもうひとつの手段を教えてくれた。どん詰まりの方法だった。通りを渡ってひとつめの信号の近くに薬局があるらしい。そんなに遠くまで歩かされるのなら、死んだ方がまし！　この気持ちはもう誰からも何も言われたくない。青信号のあいだ三分の二しか渡ることができなかったら、最後のところでぶつかって死んでしまってもいい。でも神さまは自分を試しているのだろう。車が行き来して、クラクションが鳴るところで渡らなくてはいけないのだから。わたしは道ばたでため息をついた。ようやく薬局まで来たのに薬剤師は三日分しか買えないという。なんなんだ！　死んじまいたいよ！

きっと、飛び降りるしかないんだな。どうせ死ぬなら、屋上からだ。

＊

屋上までのエレベーターはなかった。自分でゆっくりと歩いていくしかない。わたしは二段のぼっては休み、二段のぼっては休んだ。非常階段にはいろいろな物が置かれていて、布団、人形、医療機器などがあった。ここで倒れてしまうと、数日しないと見つけてもらえないかもしれない。わたしは怖くなり、一歩一歩慎重になった。生きているのか死んでいるのかもわからなくなってしまうのが怖かったのだ。

ドアの前まで来ると、緑色のランプが弱々しく光っていて、まるで地獄の入り口に着いたかのようだった。自分は地獄に堕ちるのだろうか？　もうどうでもいい、自分が堕ちなきゃ誰が堕ちる。どちらにしても、生きていながら地獄を見るよりよっぽどいい。

ドアはずしりとして、どうにも動かなかった。八十六歳の老人にとってはなおさらだ。チェーンがぐるぐるとかけられていて開かなかったけれど、諦めるわけにはいかない。兎にも角にもここまで来たのだ。わたしは鉄の扉に貼り付きながら、向こう側にある給水槽の音を聞いていた。怪談話ではいつもタンクの中に死体がある。何かの暗示だろうか？　いや、もしおばけなら、わたしに死体を見つけさせようと誘導するだろう。第一発見者になるといろいろ聞かれて、きっと注目を浴びるだろう。そうなると、自分の計画もますます難しくなる。

ドアが開いた。

意外にも白衣の医師だった。

医者はわたしに、死んではダメ、とでも言うのだろうか？　いやいや、医者の先生は一服しに来ただけみたい。最近はたばこを吸う医者が増えたものだ。医者は何も言わず、自分のような年寄りは眼中になかった。ドアは開いたままだったので、一人で出ていける。屋上のフェンス近くまで来ると、通りでは人々が行き交うのが見えた。すべてがはっきりと見えた。

生きづらい世界だな。じゃあな。

「あの売り子、お釣り間違えたな」天から声が聞こえたかのようだった。あんなに遠くに立っているのに、はっきり見えた。死に際に出てくる最期の輝きみたい。声がますますはっきりと聞こえてきた。人が死ぬ時には、自分の魂と対話できるのだろうか。

顔をあげると、先ほどの声の主がフェンスの上に立っている。

「おいおいおい、そこに立つんじゃないよ。落ちると死ぬぞ！」わたしは言ってやった。男は、死にたいからそこに立っているのだと言い返した。あなたの言うことは正しいけど、そんなとくらいでは死ねないよ。死のうとして死ねないのはもっとまずい。綿のカンフー靴と縞々の寝間着を着た老人が、わたしの目の前に立っている。

「おれの名前は姜（ジアン）」やつは言った。「医者にさっき言われたんだ。軽い認知症だって。くそ、ボケはボケなんだよ。呼び方を変えたって治るわけじゃねえのに」

「そんなことない。あなたはわたしより健康そうだし」

「見た目はな」男は真っ白な頭だったが、禿げてはいなかった。べっ甲縁の老眼鏡をずらしながら、覚えてないんだ、どこまで話したかしょっちゅう忘れてしまう、だから冗談を言うしかないんだ、と言った。近いうちにますますボケてしまったら、家に帰る道さえも忘れて、体には犬みたいに札をつけて、他人に送ってもらうしかないんだな、と嘆いていた。

わたしだってしょっちゅうモノ忘れするし、鍵を持ち帰るのを忘れたり、屋外に閉め出されたりもする。人間、年を取ったら諦めなくてはいけない。深刻に考える必要などないのだ。死のうなんてなおさらだ。

「じゃあ、あんたは屋上に出てきて何しようとしたんだ?」男は言った。

そうだった、自分も死にたかったのだ。だから言ってあげた。「何でもない。外の景色でも見ようかなって」

「そんなに汗かきながら外を見に来たのか? 嘘だろ?」

「前立腺が大きくなりすぎて。生きてるより死んだ方がましなくらい」わたしは言った。

「おれはヘルニア。先月手術したばかり」

「わたしは高血圧で動悸もして、心臓に管を入れたんだ。それでもドキドキする」

「年を取れば痛くないところなんてないよ。おれはバイパスやって、逆にピンピンしちゃってさ」男は言った。

「末期癌でどうしようもなくて!」わたしも言い返した。縁起の悪い話だったけれど、口にしてみると気迫がこもっていた。

老姜(ラオジアン)は頷きながら聞いてきた。「で、なんていう名前なの」

「みんなは老陳（ラオチェン）と呼ぶよ。陳年高粱酒（チェンニエンガオリアンジウ）の陳と同じ字。今年で八十六歳。徐蚌（じょほう）会戦〔第二次国共内戦中の激戦であった淮海戦役の国民党側の呼び方〕に参加したことだってある。第三十三団だった」

「老虎団だな！」老姜は眼鏡を下げて、汚れた眼鏡越しにわたしに初めて目をやった。

老虎団〔国民党十八軍百十八師三十三団の別称で、精鋭部隊として共産党軍に恐れられた〕は、徐蚌会戦で一カ月ほど共産党軍に包囲され、馬さえも潰して食べた。一カ月後の大王荘（だいおうそう）での戦役では、ほとんど全滅した。自分の額にも砲弾の一部がかすって、まだ傷跡が残っている。怪我で運ばれていなければ、戦場に残されてとっくに死んでいただろう。我が団はなんども戦場を勝ち抜いてきたけれど、でも一番多くやったのは、大空を見上げて国民党の飛行機が物資を放り投げてくるのを待つことだった。落ちてくる時にぶつかって死んでしまうこともあったけれど、それでも皆は我先に取り合って、ようやく食べることができたのだ。かわいそうに。

老姜は特務機関のスパイだった。今頃になってしゃべったところで何も問題はない。何を言っても妄想だって思われるのだから。

むかしのことを一緒に語ってくれる人などめったにいないので、自分たちは恥も外聞もなくおしゃべりを始めた。どちらの党で戦うかなんて選べなかったんだ。戦争だから戦うしかなかったんだ。むかしのことは、ますます誰も振り返らなくなった。若い人は聞きたがらず、自分から話してみたところでちっとも面白くない。結局、最後はすべて墓場に持っていくんだよ。

戦争の苦しい日々を生きぬいてから、体が文句を言うようになってきた。高血圧とは十六年も一緒。コレステロール値も二十年以上高いまま。不整脈も少なくとも八年は続いている。病気との戦いになれば、戦争よりもはるかに長い。病気になれば、命なんてないのだ。

老姜は奇妙な笑みを浮かべていた。前歯が二つすっぽりと欠けている。

「時間は公平だよな、老陳。蔣委員長にしても、蔣将軍にしても、蔣総統にしても、結局はお陀仏じゃないか。数年前に博士号をもった人が来たけど、捕虜の頃の様子を根掘り葉掘り聞いていったよ。おれには学歴も功績も何もないけど、長く生きててよかったな。若い人に書き残してもらえればね。あの博士さんはあれからうまく論文が書けたかな」

わたしも言ってあげた。眷村（軍人村）が壊される時に大学生が来たっけ。それから自分たちが発行するインタビュー冊子を送ってきたよ。もう何年も目にしてない。あれはどこにいったかな。わたしらのようなちっぽけな人間が、ある日歴史上の人物になるなんて思わなかった。学生さんには感謝しないと。大学生たちはいろいろと聞いてきたけれど、いままで考えたこともないようなことばかりだった。ある時は、突然ふるさとのことを思い出して泣けてきたな。他の人が自分の人生を知った時には、生きててよかったと思うのかな。でも、もっと懐かしいのは、同郷の人と地元の言葉で話すこと。人生の最後は本当に長い。孤独だよな。

「年寄りなのが嫌じゃなけりゃ、おれと義兄弟にでもならねえか」老姜は医者が灰皿に押し潰したたばこの尻をつまみあげた。それからライターも。

わたしは禁煙して十年近くになるのを思い出した。でもどちらにしても死ぬのだから、吸ったってかまわない。そう思い、吸い殻を受け取った。

老姜は大空に向かって朗らかな声で言った。「姜福泰(ジアンフータイ)、民国十七年〔一九二八年〕生まれ、今年で八十八歳。老陳と義兄弟の契りを結ぶ」

わたしもたばこを額まで持ちあげて言った。「陳秋生(チェンチウション)、民国十九年〔一九三〇年〕生まれ、今年で八十六歳。これからは姜兄と苦楽をともにしたい」

二人の心は同じだった。同年、同月、同日に生まれることがかなわないのなら、せめて同じ日に死んでいきたい。二人あわせて一七四歳の年寄りは、力をあわせて屋上の非常ドアを閉め、緑色のランプのもとを一歩ずつ、膝に一番負担のかからない歩き方で降りていった。それは最後の旅立ちだった。

*

「その格好でいくの?」わたしは老姜に言った。

「どうして?　もともと死ぬつもりだったから、荷物はみんな整理しちまった。寝間着のまま飛び降りれば、病院への抗議になるな」

「服をどこに置いたか覚えてないの?　そんな格好じゃダメ。目立つから」

「そうだな――トイレだったかな」やつは言った。

二人で一緒に病院中のゴミ箱をひっくり返してみたけれど、結局老姜の服は出てこなかった。老姜は探せば探すほど落胆し、自分の記憶力が悪いと罵りながら、知り合ったばかりのわたしを巻き込んでいった。わたしは検診に来る人が、服を脱いだら棚の中に押し込むのを思い出した。それなら代わりになる服を見つけて、抜け出してから別のものを買おう。そう考えていると、老姜が更衣室から出てきて、べっ甲縁の眼鏡でなかったら、全然わからなかった。

トナカイの刺繍があるTシャツに、ズボンは縞々パジャマ、真っ赤なベースボールキャップ——それに黒い綿のカンフー靴をあわせていて、どこかちぐはぐだ。

「他のはなかったの？」わたしは聞いてみた。

老姜は言った。「今どきの若いのはみんなこんな格好。試してみたかったんだ。ずっと着たことがなかったから。試さないで死ぬのは惜しいぞ」

わたしたちは鉄のドアを押し開け、職員専用通路に入っていった。両側には機器や冷凍庫が並んでいる。通路の先まで歩けば、二人は自由だ。

＊

病院を出ると、すぐにお腹が鳴ってしまった。騎楼（チーロウ）〔軒下を繋げて歩道にしたところ〕では焼餅（シャオビン）〔小麦粉を練って火であぶったもの〕、サンドイッチ、紅茶、烤鴨（カオヤー）〔北京ダック〕などが売られていて、地下鉄のMRTの駅前には市場があった。これぞ浮き世！　前に点滴をぶら下げていた時、看護師が絶対に間食してはダメ、血糖値があがるから、とうるさく言っていたのを思い出した。だから弁当を食べている人がいても、隣で羨ましそうな目で見ているしかなかった。入院してからは一度も食事ができなかった人もいる。点滴を死ぬまで打ち続けるなんて、死刑囚より残酷だ。

人は生きているんだから、食べないと！　わたしはすばやく（といっても赤信号三回分のスピードで）店の前まで近寄っていった。「おはよう、タピオカ一杯！」珍珠奶茶（ジェンジューナイチャー）〔タピオカミルクティー〕は台湾が誇る発明品。一口飲めばお腹も減らない。タピオカを噛めばお腹いっぱい。ただ、ときどき入れ歯にくっついてどうしようもない時もあるけれど。だからわたしは、なるべく噛まずに飲み込むのだ。

スプーンを使うと、まるで湯円（タンユエン）〔白玉だんご〕を食べるようになってしまう。わたしは考えた。タピオカを飲んだりおもちを食べながら死んでしまう人がよくいるけれど、本当に羨ましい。子供や孫たちに囲まれながらお腹いっぱいで死んでいくのは、夢の中でゆったり逝くのに次ぐ、最高の死に方なのだろう。

わたしが毎年一番楽しみにしているのは正月だ。二番目、三番目の娘が孫たちを連れて帰ってくる。一番上の娘はずっと結婚しなかったけど、でも実家にくらいは帰ってくるさ。みんなで新年二日目を過ごして〔中華圏では正月の二日目に娘が実家に帰る習慣がある〕、五日目にもなるとたまらなく辛くなる。だって、みんな自分の家に戻ってしまうから。老人が心臓発作を一番おこしやすいのは真冬の寒さではなく、春に暖かくなってきた頃、心臓が負担に耐えられなくなって逝ってしまうらしい。でもわたしには、それはきっと失望して死ぬのだと思えるのだ。

自分の血糖値と血圧が今どれくらいなのかなんて、知るすべもない。死んでしまうかどうかもわからない。

老姜の声が聞こえなかった。どこへ行ってしまったのかと目をやると、勝手に車道を歩いている！ わたしは半分まで飲んだタピオカを捨て、真ん中の中央分離帯まで駆けて行った。老姜に追いつこうと。

「老姜！　老姜！」自分の声はクラクションに打ち消されてしまった。いや、ちがう。こちらに向かって鳴らしているのだ。

老姜の健脚ぶりは飛ぶようで、追い越し車線から本線、路肩へと移っていき、コンクリートの側壁に足をかけて、ほほ笑みながら言った。「ほら、お星さまでいっぱい」

飛び降りたら、一大事だ。わたしは引っ張りながら、死ぬのはやめろ！　と叫んだ。

老姜はわたしを見つめ、「あんた誰だい？」と言うではないか。

ああ、やつは認知症なんだ。

「陳だよ。一緒に死のうと言った兄弟じゃないか」

「おお、老陳か！　老虎団のだな」

屋上にいる時よりも足がすくんできた。「老姜、やるなあ！　ここから飛び降りれば、一発だ」

「なんで死ななきゃいけないんだよ？」

「あのな。おぼえてないなら、もういいよ。死にたい時には死ねるんだから――」

老姜は振り返って車道を見ると、車が通り過ぎるのも待たずに、突き進んでいった。幸いにも車はゆっくりと流れていて、ブレーキをかけるのには十分間に合った。でも老姜は磁石のように吸い寄せられていき、車のボンネットにしがみついている。

運転手が降りてきて、老婆に向かって怒鳴った。「ばかやろう、当たり屋だな？　みんな見てたぞ。事故をおこしたのは、おまえの方だ！」

他の車は避けて通るだけで、車から降りて手を差し伸べてくれる人など誰もいない。

老婆は嬉しそうに言った。「大きいぞ、魚だ！」

「すみません――」わたしはそう言って理由を説明しようとした。

「おまえたちグルだな？　二人いればはめられると思うなよ。やられたな、この前は見事に騙された。今回は警察を呼ばないと――」男は怒り心頭だった。

後続の車が停まった。「大丈夫？　怪我した人はいますか？　救急車、呼びましょうか？　消防？警察？」

「呼ぶなら自分で呼ぶ！　あんたも一緒なんじゃないの？　警察ともグルなんだろう。このご時世、車を停めて手伝ってくれるお人好しなんていないよ」男は文句が止まらなかった。

その時、老婆が体を起こして聞いてきた。「おれ、ここで何してるんだ？」

男の怒りが爆発した。「いいかげんにしろよ。結局騙せないからってボケたふりして。逃げられないからな――」

「車は大丈夫かい？」老婆が聞いた。

「大丈夫。年季が入ってるけど、新車と同じくらいメンテナンスしてるから。車は嫁さんより大事だよ」

老姜が運転席のドアを開けた。「こんなすごい車は初めてだ」

それを聞いて、男の表情もふっと緩んだ。価値のわかるカーマニアに出会ったかのように、得意げだった。「特注したイタリア製の本革ステアリングだよ。六カ月待ってようやく手に入ったんだ」

老姜は開いたドアからハンドルを撫で、男に向かってすごい、すごい、と言っていた。

道路は一気にショールームに変わった。男は老姜を座らせ、エルゴノミクスを採り入れたシートを体験させてくれ、わたしも助手席に座ると、車内には高級な檜の香りがした。

そうしていると、老姜はドアを閉めてエンジンをかけようとしている。

おい、待て！　それカージャックじゃないの？　わたしはまだ車内なのに。

「おうちに帰ろう。母ちゃんの遺灰を抱いてから死にたい。あんたは何をするんだい？」

「狂ったのか？　それとも、フリをしているだけか？」

老姜はそれには応じず、ただ言うだけだった。「さっき死んでいれば、不慮の事故になったかもな」

「そう」

「次、同じようなことがおきたら、助けなくていいぞ」

やつは運転席でたばこに火をつけ、窓を開けた。紫煙があがっていった。

車窓の景色はどんどん後ろに流れていった。

夏の章　クラウドで逢いましょう——江子午（ジアンズーウー）の今

はるか遠くの星が何億光年も走っている。でも、そんなに長く生きられない。わたしはダンプカーの荷台に寝転び、人生のはかなさをかみしめた。それは十九歳の青年が感傷におぼれたからではなく、ダンプカーにサスペンションがなかったから。タロコ〔台湾東部の景勝地・太魯閣峡谷〕に聳える山や川が左右に流れていった。落石の危険がいつも付きまとう。誰のせいでもない。ヒッチハイクして台湾一周に出かけようと自分で考えたのだから。もともと台湾で一番美しいのは人情だと思っていたけど、ことごとく裏切られた。だからこの数日は、背中や腰がずっとズキズキしたまま。足にも靴擦れができ、運転手の兄ちゃんが停まって乗せてくれたのは本当に運がよかった。

前の座席にいた兵隊さんが降り、運転手はわたしに向かって乗りなと言ってくれた。自分が手がける仕事がどれだけデカいのか自慢したいだけだったのだろうけど、全身入れ墨だらけ。わたしはアートを眺めるような視線で見つめ、おっかなくて余計なことは聞けなかった。覚えているのは、運転手の兄ちゃんが左手で弁当を抱えてウインドウガラスによりかかり、右手は箸で飯をかきこみながら、肘だけで運転していたこと。仕事っていうのは、つまり違法賭博で、桃園（とうえん）から台東まで北へ南へと行ったり来たりしているらしい。それが本当かどうかはわからないけれど、もしここで検問にでも引っかかったら、自分もきっと共犯になってしまうのだろう。だから適当に地名を言って、ここで大丈夫です、と告げたのだ。

トラックから下りると、周囲は更地と竹林以外には、ヨーロッパ風のお城のようなモーテルがあるだけだった。そこのカウンターには二人いて、丸顔の方が母親にちがいなく、娘は見た目では三十過ぎで、隣に座ってフリーセルをやっていた。それって、二十年も前の大昔のゲームじゃないの？　この時間、この人は仕事に行かなくてもいいのだろうか？　いろいろ疑問が浮かんできたけれど、聞くのはやめておこうと思った。聞かない方がいい。だって、やっぱり怖いから。自分が知る必要なんてないんだから。

「本当におひとりですか？」

名前や電話番号を書き込んでいる時、年配のおかみさんが三回も聞いてきた。わたしはびっくりして、後ろに誰か立っているかと思ったほど。おばさんは部屋の鍵を渡してくれて、困っていたら何でも言ってください、と言っていた。その表情は歓迎より不安そうな感じの方が強かったけれど。

エレベーターであがると、目の前には色とりどりの幅広い車道が広がった。宿泊客が直接部屋に乗り付けられるようにしているのだろう。わたしの部屋は一番奥。さっきおばさんにエレベーターから近いところにしてくださいと言っておけばよかった。

部屋に着いたらまずノックをすること。これは、よく聞く話だ。中にいるおばけたちにお邪魔しますと挨拶するのだ。そしてトイレを使う前には、先に流すこと。ダブルベッドと浴槽が目に入ると、もう膝が折れそうになった。台湾一周のために、もう何日も簡易宿泊所や路上で寝ていたから。チェックアウトは昼の十二時だから、普段であればすごく嬉しいはず。でも暑くならないうちに、明日は朝早くに出かけなければならない。

「もうお休みになりましたか？」

部屋で休んでいると、ドアをノックする音がどんどん大きくなってきた。火事かと思ったほどで。ドアの向こうにはさきほどのゲームの女がいた。スイカの季節ですから半分どうぞと言ってから、戻っていった。わたしはスイカを抱え、風呂に入ってから食べようかと思った。スイカを抱えて流しに置くと、湯船のお湯があふれていた。

コン、コン。またドアの音。今度はさっきよりもっと強い音。

「夕食ですけど？」

うっかり湯船で寝てしまうところだった。外はもう暗く、バスローブを巻いてドアを開けた。太っちょのおかみさんが飛び込むように部屋に入ってきて、大きな鼻で深呼吸した。まるでたばこを吸った証拠でも見つけるかのように。でも、自分は喫煙などしないし、警報器すら鳴っていないのに。

「今日はご飯を作りましたから、一緒にどうですか？」

モーテルなのに二食付き？　それはいい――着替えてからすぐにいきますと言ったけど、どこかおかしいと感じてもいた。ネットで検索してみると、やっぱり出てくる。先月に闇サイトを使った三人の練炭自殺があったばかり。はっきりとは書いていないけど、画像を見ると、どうやらこの部屋にちがいない。

その後、三人は無事に救出されたという。でもモーテルの商売はあがったりだった。そうでなければ、夏休みの書き入れ時に空室のはずなどない。何もおこらなければそれでいいと思い、わたしは食事のために下りていった。

でも、それからのことは、自分で想像していたよりも、はるかに恐ろしいものだった。

スイカを届けてくれた女は相変わらずゲームをして遊んでいた。茶碗を抱えながら。テーブルの上にはくすんだケータリング用の容器があり、汁物はごくふつうのもので、麻油鶏（マーヨウジー）〔鶏肉と生姜をごま油で炒め米酒で煮たスープ〕、カレー、蒸蛋（ジェンダン）〔中華風茶碗蒸し〕、キャベツの炒め物のようなものだった。

「こんなに硬くてどうやって食べろっていうの？」おばあさんがくちゃくちゃ嚙みながらテーブルに吐き出しているけれど、自分の家の猫もこんな感じだったかもしれない。食べては吐き、食べては吐き。でも猫じゃないんだから、おばあさんといっても人間なのだから。文句ばかり言っていた。「ここの老人ホームはなんでこんなにひどいの？」

誰も何も言わない。ここはモーテル。介護施設ではない。おばあさんは男性と向き合っているけれど、二人は夫婦か母子だろう。どのような関係なのかはわからない。お互いにだいぶ年を取っていたから――そこでようやくハッとした。人間、ある程度の年齢を過ぎると、七十でも九十でも変わらないのだ。素直な態度から判断すると、きっと息子だろう。なるほど、おばあさんだって勘違いしてしまうわけだ。食堂の奥には背広姿の年寄りもいて、料理をよそっているのだから。これでは老人ホームになってしまうわけだ。

「あんたの子供も絶対に後であんたをホームに入れる」「病気になった時に誰も見にきてくれないから」――おばあさんはぐだぐだと言い続けていた。もしかすると自分の母親もこんな感じになってしまうのだろうか。子供なんか欲しくないと、ふと思った。毎回バスやMRTに乗り、騒いでいる子供を見かけると、ひねり殺したくさえなってくるんだから。

こうしてみると、子供も年寄りも、無茶苦茶なことを言うのは一緒なのだ。

自分でも考えたことがある。二十歳になったらパイプカットしてしまおうと。必要になったらまた拡げればいい。大学を出たからといって、どんな仕事に就けるのかわからないし、親と自分の面倒さえみていれば、それでいい。いや、もっと先のことを考えれば、父さんと母さんが死んだら、自分も死ぬかもしれない。

むかし農村の家庭には十数人もの兄弟姉妹がいたけれど、お金がなければ外に出して養女や童養媳（どうようせき）〔将来息子の嫁とするために買い取られる幼女〕にした。テレビドラマはどれもこれもこの種のストーリーで、回が進むにつれて悲しくなってくる。育てられないのなら産まなければいいのに。働き手にするつもりなら、牛を育てる方がよっぽど効率がいいはずなのに。

わたしが生まれた時には、子供が三人もいる家は少なかった。それでも独身のおじやおばが亡くなった時には、やっぱり誰かに頼んで香炉を持たせた。女だったら冥婚（めいこん）〔未婚で亡くなった死者の魂を弔う儀式〕させたりして、ようやくお墓に入ることができ、名前をつけてもらえる。さもなければ、死んでからも人として扱ってもらえないのだから。

わたしの世代にもなると、人間の性欲はすごく細かいところまで産業化して広がっている。AV、結婚、子作りと、どれも個別の選択肢に過ぎないのではないだろうか。まるでチェーン店のファストフードでセットメニューを選んで注文するみたいに。自分のことを大事にしてもいいし、模範的な父親や母親になったっていい。産まなければ産後うつのリスクだって抑えられるんじゃないのかな。前に読んだことがあるけど、男の殺人犯は半分が無差別テロリストで、女の殺人犯は四割が自分の子供を殺（あや）めてしまうらしい。だから学校のトイレやビルの下水道、運行中の電車、コインロッカーなどはどれも遺棄の場所にふさわしくなる。母性の愛など天性のものじゃない。世界中には本当に父母に適してない人だっているのだから。もちろん、ふさわしい人もいる。この世界にはこんなに多くの人間など本当はいらないのだ。皆がこのことを理解していればいいのに。

わたしたちの世代は、結局、看取り世代なのだ。

人間は歴史上、いままで一度もこんなことなどなかった。こんなにも年寄りが多いなんて。老後のシニアサークルは何に入ろうかと議論できるほどたくさんあり、新生児の数よりはるかに多い。子供にだけは決められた年齢がある。何歳で歯が生えたとか、歩いたとか、しゃべりだしたとか。その基準に追いつくことができなかったら、すぐに発達障害と見なされる。年寄りの時間はそれほど忙しなく決められたものではない。子供と同じように歯が抜けたり、車椅子に座ったり、言葉を忘れたりの順で進んでいくけれど——もし一人で両親の老後を見ることができなければ、かりに十数人の兄弟姉妹がいたって同じこと。責任のなすりあいで。結局、皆すごく下品で、最初に自分のできることがはっきりと目に見えている方がよっぽどいい。わたしはこうも思った。たぶん父さんも母さんも同じように考えているのだろう。そうでなければ、息子一人で十分なんて言うはずがない。

「お父さんが亡くなってから、女手ひとつで五人の子供を育てていくのは簡単なことじゃないの」「はやく死んでと、絶対に思ってるでしょ」「あんたがあたしを殺しても死刑にはならないんだよ」——自分の息子に文句を言っているだけならいいけれど、そんなにこっちに唾を飛ばさないでくれない？　その麻油鶏、絶対に食べないから。

まったく何なんだよ。おばあさんは食べ物の話に戻った。ニュース番組のように、また最初から話し始め、何かが硬いとぼやいていた。「あたしね、梨の実、嫌いなの、どうしてこれが入ってるの？　毒があるんだよ。あたしのこと殺す気？」

おばあさんの目の前にはカットしてある真っ黄色の果物が並んでいた。

ようやくわかった。梨の実とはパイナップルのこと。硬いっていうのはご飯なのだ。横から口出ししたいことが多すぎて、もう神さまに任せてしまいたいくらい。わたしは母子の言い争いには介入しないよう、二品軽くつまむと、トレーを抱えて隅へ移った。

しばらくして、女性が赤ん坊を抱いて入ってきた。おかみさんが言うには、一番上の娘だという。どうりで今晩のおかずには麻油鶏が出てくるわけだ。出産したばかりの娘に栄養をつけさせようっていうのだ。でも、真夏に麻油鶏なんて、産婦さんもたいへんだ。女性は赤ちゃんを抱き、おばあさんはニコニコと顔をほころばせた。赤ちゃんにはやはり特殊な力がある。気まずい雰囲気を打ち破ってくれるのだから。皆が赤ちゃんの周りに集まり、ゲームの女も近寄っていったけど、わたしはちょっと心配だった。周りの大人のバイ菌が赤ちゃんにうつるんじゃないかって。赤ちゃんはふんわり柔らかかった。母親が抱き寄せたり、皆が輪になってあやしていると、急に床に落としてしまうのではないかと気が気でなかった。母親は赤ちゃんの手を取りながら、周りに向かって「ママよ、わたしがママよ」と言っているだけ。

「おばあちゃん」おかみさんがそう言うと、赤ちゃんは泣き出してしまった。母親は振り返ってあやしながら、自分の妹を指さして「おばさん」と言っていた。わたしはなんだか親族の集まりに顔を出してしまったようで、突然指をさされて「おじさん」と言われるような気がした。だから手を振ってみた。おばあさんが赤ちゃんをあやして、母親は赤ちゃんの手を振りながら、「おばあ――ちゃん――」と言っている。赤ちゃんもだいぶ慣れてきたのだろう。しっかりとして、泣くことはなかった。おばあさんが男の子か女の子かと聞いてきたので、わたしはようやく話題が変わると一安心した。

「女の子です」母親は言った。

「女の子でもいいじゃない」女だとわかると、おばあさんは急に嫌な顔をした。母親もがっかりしたようだった。

わたしにはどうして宿が夕食を用意して、宿泊客を集合させたのかがわかった。ちょっと前に集団自殺未遂があったものだから、今おかみさんの目には、全員が自殺の動機を抱えているように見えるのだ。たとえば、おじいさんの介護をしなくてはいけないあの母親なら、その気がなくても厭世的になってしまう。自分はそんなに悲観的ではないけれど、でも一人で旅しているのは、どう見ても出張には見えない。この年齢では失恋がほとんどで、ふつう簡単にはあきらめきれないはず——そんなわけで、おかみさんの心配事はよくわかる。だからわたしは皆に台湾一周で見たこと聞いたこと面白かったことを話し、おかみさんを少しでも安心させようと思った。

「将来のこと真剣に考えてるなんて、えらい」

おかみさん、あなた全然わかってない。ヒッチハイクして回るのも真剣に考えた末のことなの？

「明日、野菜買いに行くから手伝ってくれない？　青果市場の近くから長距離バスがたくさん出てるから」おかみさんが言うには、バイクの後ろにまたがって、そこからキャベツや果物と一緒に車で別の場所に行けばいいらしい。

＊

台東の午後、入道雲は太平洋の海の方から寄せてくる。大きな太陽は影をひそめ、大雨が注ぎ込むように降り始めると、レインコートや傘があっても役に立たず、全身がプールの中を歩いているような感じになる。前方はよく見えず、後ろの方もはっきりしなかった。自分が前に進んでいるのかどうかもわからないほどで。過去もなければ未来もないように感じ、今のわたしは本当に一人になってしまった。どうして台湾一周など始めたのだろう。道ばたには健康志向をアピールしたファストフード店があり、たくさんの人がその店で雨宿りをしている。わたしも何も考えずに店にかけこみ、他の客と一緒に足がくたびれたらしゃがみ込み、腰が疲れたら横になるまでいたけれど、雨模様は一向に弱くならなかった。

スポーツ刈りの中学生がアーチ型の窓の前に立ち、赤と緑の囲みを見ながら言った。

「ベーコンレタストマトのフットロングで胡桃入りハニーオーツにレタスとピクルスとキュウリとピーマンとオニオンとハムを入れて五元プラスしますから辛くしないでオリーブも入れないで代わりにマスタードとマヨネーズを入れてください。スタンプカード貯まりましたんでポテトチップスで。クッキーはマカデミアナッツで。お願いします」

お店の人はてきぱきと作り始め、手をかざして上からソースをかけながら、サラダをパンに挟んでいった。それから二人の年寄りに向かって声をかけた。

「何になさいますか。本日のメニューにはクッキーがついてきます。チョコレート、ホワイトチョコ、レーズン、オーツ、マカデミアナッツの中からどうぞ。ドリンクはアッサム紅茶、カプチーノ、オーガニックアップルジュースです。九十九元ですよ」

ノッポのじいさんは白髪頭で、サングラスをかけ、マッチョなモデルがイメージキャラクターをしているブランドTシャツを着ていた。ショッキングピンクのトナカイマークがついたものだ。下半身は縞柄の綿ズボンかトランクスのように見えた。足元はゴム底のカンフー靴だった。

もう一人は白色のベストにスラックスで、髪の毛には白いものが半分ほど交じっていて、ワックスをつけた刈上げスーツヘアだ。スーツヘアと言ってしまうと大げさすぎる。実際のところは、血色のいい頭のてっぺんにカツラをかぶせたような髪型で、伸びてちぎれてしまった海苔と言った方がいいのかもしれない。二人は意固地な感じで、誰が見てもかわいそうに思えた。

ノッポのじいさんは不意打ちを受け、思わず視線をあげてメニューを見てしまった。溺れるような感じで黙ってしまったけれど、幸いにも四隅の番号に助けられて、我に返った。

「Aセットを」

どこのお店でも必ずAセットがある。Aセットがあればいろいろ悩まなくていい。

「本日のメニューはたったの九十九元ですよ。増量サービスも実施中です」

「大丈夫。Aセットでいいよ」

二人は不思議に思ったにちがいない。ファストフード店の中なのに、まるで取調室にいるようで、白々とした蛍光灯に消毒液の臭いまでした。

「かしこまりました。Aセットのブレッドは何になさいますか?」マニュアルのとおり、店員はすらすらとつっかえることなく聞いた。「パルメザンチーズ、ハニーオーツ、ホールウィートの中からどうぞ。カンパーニュは売り切れです」

「え?　なんだい?」

じいさんは耳が遠いようで店員の呼びかけが聞き取れず、大声をあげてもう一度聞いた。新人店員はそれに気づかず、ふだんのスピードですらすらと繰り返す。「パルメザンチーズ、ハニーオーツ、ホールウィートの中からどうぞ。カンパーニュは売り切れです」

じいさんは動きを止め、接客フレーズの語尾に何とかしてしがみついた。「カンパってなに？　幼い頃、田舎に住んでたけど、山東人がこねる小麦粉の硬さっていったら、年寄りばあさんの歯なんて欠けちまうほどだったぞ――」

この人、話聞いてるの？　カンパーニュは売り切れだって言ったじゃない。店員の顔にはそんな表情が浮かんでいたけれど、それでも優しく丁寧に説明した。カンパーニュはコショウの香りが強いですので、実際ほとんど注文する人がいませんから、こちらのお店ではストックしておかないんです。本社の方ではメニューを変えませんので、こちらではこのようにお客さまに対して説明しています。開店直後でも販売しておりません。もう一人の店員は育休明けで転職した女性だろう。見ていられず、飛び込んできてあいだに割って入り、新人店員には別の客への応対をうながした。

「パーマチーズってどんな味だい？」

パーマチーズなんか売ってない。年配の店員が言ったのはパルメザンだよ。パルメザン。わたしは店員に代わって吹き出しそうになった。でも彼女は辛抱強く、顧客第一でもう一度同じ説明を繰り返した。じいさんはなるほどと思い、他の二種類についてもとことんまで聞き出していた。その視線は冷蔵庫から厨房を通り抜け、ステンレスのオーブンまで突き抜けて、これまでに自分が食べたことのあるパンを思い出しているかのようだった。

「ハニーオーツには胡桃が入ってる。そんなの当たり前だよ。でも歯が悪くて、胡桃なんてかめない。ホールウィートは健康そうだな。でも、やっぱりパーマ何とかにしようかな。そうだ！　アメリカの大統領はオーバーマーだったな――じゃあバーマチーズにするか！」

年配の店員は表情を変えなかった。隣で一緒に並んでいるのは指をあちこちに指しながら「そのレタスがいい」「下の方に新しいトマトはないかい」「肉はどうしてそんなに小さいの？　そんなんじゃ、お腹いっぱいになるはずないじゃない」などと言っていた。ガラスケースが店員と客のあいだを隔てていて、それはまるで刑務所の面会室のようだった。それがなければ店員は暴走してしまって、スプーンで二人を叩いてしまったかもしれない。

「ケチャップなどは多めに入れておきます。マヨネーズ、ケチャップ、マスタード――」

「食べちゃダメなんだよ。コレステロール値が高いから」スーツヘアのじいさんが言った。

「もうじき死ぬっていうのに、コレステロールを気にしてどうするの」ノッポのじいさんが返した。

「入れて！　全部入れて！」

遠くでは雲と雲のあいだで雷鳴が響いている。

レジカウンターは三十分は止まっていて、ようやくもとに戻った。

二人は震える手でトレーを持ちあげて周囲を見渡し、空いている席を探した。店内は客でいっぱい。若い人は座って読書をしたり、スマートフォンをいじったり、カップルは二人でベタベタしている。年寄りが落ち着く場所などなかった。ようやく、通路側の四人がけテーブルが空き、すたすたと近寄っていき腰を下ろした。「はやく、はやく！」

この時、小太りな女性も同じ方向に視線をやった。間に合わないと感じたのか、それとも二人に譲ろうと思ったのか、女性は手にトレーを持ち、二三歩動いただけでやめてしまった。すると、だいぶ前からぴたりと体を寄せ合っていたカップルが、すぐに席を立ち女性に座らせた。彼女は妊娠中だった。結局、その席の方が安全で、行き交う人に体をぶつけられる心配もなかったので、わたしもほっとした。

小学三年の頃、両親がどちらも留守だった時があった。注文するのが初めてでびくびくしてしまい、きれいなお姉さんがキッズメニューには玩具がついてくることを教えてくれた。小銭を持ってくるように言われ、すごいね、勇気があるのね、とずっと褒めてくれた。大きくなってからはキッズメニューを頼むことはなくなった。キッズメニューからAセットに変わったけれど、お腹がいっぱいになれば、何を頼もうがどうでもいい。詩集を持ってきていたので、暇潰しにはちょうどよかった。そうでなければ、最近はコンセントの付いている席はすべて埋まっていて、充電するチャンスだってないのだから。でも、そもそも旅行っていうのはインターネットに繋がらないのが一番なんだけど。そうだ、この数日はずっとFacebookを更新していて、台湾一周を前に興奮している青年のイメージを作るのに必死だった。だから後で本でも読んでみよう。

リュックの中から詩集を取り出し、外に広がる海岸線を背景に写真を撮った。栞のかわりに挟んでいたレシートをつまみ、まだ読んでいないところから読み始める。その時突然、誰かが肩でぶつかってきて、テーブルのうえのレシートを持っていってしまった。目をやると、ホームレスの老人があちこちでレシートをかき集めている。先ほどのスポーツ刈りの中学生は相手にしなかったので、老人は大きな声を張りあげていた。体をぶつけられただけなのは、まだましなのだ。

ようやく落ち着いて詩を読もうとすると、頭上のテレビではいつもの話をしている。高齢者問題の専門家が出てきて解説しているのだ。現代社会では高齢者が安心して暮らせる場所などない。都市開発で古屋を壊して部屋の小さな家に建て直せば、階段を上り下りする必要もなく整理整頓もできて、高齢者の一人暮らしにはぴったりだと。続けて、高齢者向け分譲住宅の販売説明が始まった。これではマーケティング戦略がいかにもわざとらしい。眼鏡をかけたハゲ頭の男が政府の財政収支は赤字に瀕しているとペチャクチャしゃべっている。人気作家は美しく年を取っていく秘訣を語り、健康に気をつけて楽しく暮らしながら自分を見つめることが大事だという。自分も年を取ったら、高齢化した魯蛇（ルーザー）〔負け組〕の話くらいならできそうだ。でも、そんなの誰もテレビには呼んでくれないだろうけど。

話をもとに戻そう。人気作家なんていう言い方はちっとも著名じゃない。本当に有名な誰々さんや何々さんなら、作家という二文字の肩書きだけで十分だろうに。それは人気俳優がちっとも知られていないのと同じこと。直接誰々さんって呼んでしまっても、その人が何をしているのか、どういう映画に出ているのかくらい誰でも知っている。もういい、ここで理屈はこねない。小説が人気で有名になった作家だっていい。もともと人気だったから小説を書き始めた人だってかまわない。前にすごい作品を書いたけど、それから伸び悩んでいる作家もいたっていいじゃないか。作家という肩書きを先に作っておいて、その後本当に素晴らしい小説を書いた人だって結構だ。何とか賞を獲った後で、どんどん下り坂を転がっていくような中堅作家がいてもいいんだ。物書きをサラリーマンとか公務員だと思えば、皆がやっていることなんて、生活のため、なんだよ。ただ、他の職業では「元獣医」だとか「元総統」「元妻」なんていう言い方をする。商品イコール作品、だということがわからないのは幸か不幸か。作品が世間で認められれば、芸術家とか作家、××家と呼ばれ、そこから撤退することさえかなわない。たとえ死んだとしても、物故した××家などと言われるのだ。逆にいうと、かりに一生かけて書いたとしても、作品が出なかったり出たとしても認められなかったら（認め方には様々なやり方があるけれど。この点については業界の人がすごく詳しい）、世間の人は作家とは見なしてくれないのだ。稀に友人や兄弟姉妹、親戚がアート関係の仕事をしていて、挽回のチャンスがあり、死後に××家と再評価されることがあるけど、勲章や褒賞の類いを受け取ったとしても、死んでから悦に入ることなんてできないのに。

ノッポとスーツヘアのじいさん二人はモスグリーンのホンダまで近寄ってきた。車は駐車枠二つ分を独り占めするかのように停めてある。こんな停め方をするのは駐車が下手だからではない。暴走族が喧嘩を売ろうとしているのだ。ただこの二人なので、その可能性はどちらも考えられる。バックミラーには数珠と銀色のプレートがかけてあり、今にも切れてしまいそうなほどないている。年季が入った車だから、エンジンをかけるのですら大変なようだった。もしできるのなら、こっちだって自分なりのやり方で二人に手を貸して、ちょっとばかりの社会貢献をしているのに。

「こんにちは。今ですね、台湾一周してるんですけど、どこに行くんですか？」そう口にしてしまうと、自分の言い方がテレビレポーターの決まり文句のように思えてきた。

二人はなんと台湾最南端から台北に向かって走っているところだという。「いつ着くのかわからないけど」「電車に乗って行く方がよっぽど速い」などと言っている。でも、自分にはわかるのだ。年寄りは他人に親切だから、もしかしたら台北まで一緒に行けるかもしれないと。ハンドルを握ったスーツへアはこちらに視線をやり、それからわざと驚いたような顔つきをした。何かを見つけたかのように。

「おい、この子ったら山東詩人の本を抱えてる。悪い子じゃなさそうだ」

「鄭愁予（ジェンチョウユー）〔一九三三年生。山東省済南市出身。台湾の代表的詩人〕って山東省出身なんですか？」わたしは聞いてしまった。

助手席のノッポはわたしが抱えている詩集に目をやったけれど、何も言わずに硬貨を二枚取り出し、両手をあわせた。

「道の途中で若者に出会いました。栄民（ロンミン）さん、栄民さん、この子を一緒に乗せてもいいですか」

二枚のコインが回転し、一枚ずつ裏表で落ちた。ノッポのじいさんは何が何でも乗せたくはなかったようだったけれど、栄民さんの思し召しに背くわけにもいかなかった。

「オーケーだって」

栄民さんですね？　わたし、しっかりお年寄りのお世話しますから！

＊

雨がやみ、青空が広がった。さっきまでの大雨は冗談のように、太陽の光がどこまでもくねくねと伸びている山道から差してきた。わたしたちはずっと他の車に追い抜かれていた。それもそのはず、年寄りの運転ではたったの時速四〇キロしか出せなかったから。不思議なことだけど、誰もクラクションを鳴らしたりしなかった。後で知ったのは、車の後部に「生まれた以上　死んでも後悔なし」と書いたステッカーが貼ってあったのだ。

二人はわたしに何も聞かなかった。せっかくおしゃべりの話題を用意しておいたのに。人は年を取るとこんなにも無関心になるのだろうか。自分だったら、毎日MRTに乗るたびに、隣に座った人が何をしてるのか、何を悩んでるのか、何を夢見てるのか気になるものだけど、聞きたいとは思わないのかな？　自分が今何をしてるのかって？　大学の外国語学部に通っていて、学期中は男子寮で寝泊まりしてる。趣味は水泳。彼女もなし。ゲームの中では多い方だけど。別に男が好きっていうわけでもない。セクシュアル・マイノリティの社会運動は応援するけど。女の子だって男の子とイチャイチャするのが好きだから、自分だってときどき頑張ってしまう。彼女たちに甲高い声を出して喜んでもらったりして。でも、それだけ。自分は素直に男性が好きなわけではないし、女性が好きなわけでもない。人間ってどこがいいんだろう。どちらにしても、三次元の世界って人付き合いを始めるとすごくうざったい。だから漫画の方が好き。でも自分では描けないけど。これからは小説でも書こうかな。でもこの仕事って、全然食っていけないっていうけどね。

「で、何やってるんだい？」ノッポが沈黙を破った。

「台湾一周です」

「五体満足なのに台湾一周なんかして。仕事はないの？」

もともと夏休みにアルバイトしようと思ってました。学童保育で先生をしてたんですけど、シフトの学生が両親の離婚で学費を稼がなくちゃいけないっていうから、自分のコマ分をあげたんです。それで、やることとなくなって。今さら別の仕事を探そうとしても見つからないです。そこまで言った時には、ノッポのじいさんは居眠りをしているところだった。コックリしたかと思うとしばらく動かなくなり、いろいろ説明したのに全然聞いていなくて、車内にはまた静けさが戻ってきた。五分ほど経った。こんなに長く沈黙が続いたので、黙っていたスーツヘアが口を開いた。「台湾一周って、何だい？」

おいおい、今さらなんだよ！　はじめに言ったじゃない。旅行してるって。目的地があるわけじゃなくて、学生寮に戻ればそれでいいのって。

「それじゃあ、きみの出発地と到着地は同じだね」スーツヘアがずばりと言った。図星を指したと思い、さらに言った。「家に戻るのはいいこと。あの時、家から離れたもんだから、一生戻れなくなるなんて思いもしなかった」

いえいえ、ちがうんです。自分は両親との関係もふつうで、台湾が二つに分裂しない限り、地理的に真っ二つにならない限り、そんな悲しいことなんておきないです。そんな目で見ないでください。

スーツヘアのじいさんの目は小さくて、小さすぎて目を閉じているんじゃないかと思えるくらいだった。ときどき何か言うのが聞こえてくる。注意深く聞いていると、歌を歌っているようだ。

もしもある日　誰も頼れなくなったら　その時には僕を　あの時代に連れ戻して
もしもある日　ひっそりといなくなったら　その時には僕を　この春の光で埋めて
〔中国のシンガーソングライター・汪峰の代表曲「春天里」〕

そうだ、じいちゃんは春に死んでいったんだ。わたしは幼い時から南投（なんとう）のじいちゃんに育てられた。幼稚園の年長になって台北に連れられてくると、何をしゃべっているのかわからないと皆に言われた。しばらくして、それは「国語」〔北京官話に基づく標準語〕のことだとようやくわかった。怖気づいてしまい、いっそのこと何もしゃべらないでいたら、母さんは発達障害ではないかと疑い、わたしを病院へ連れていき検査を受けさせた。翌年、言い間違えることはないと自信をもつと、国語を思い切って話せるようになった。でも、それと引き換えたかのように、今わたしは台湾語を完璧に操ることができなくなってしまった。

幼い頃は父親が見知らぬおじさんに思えた。それからは、毎年新年の頃に祖父母と会うだけで、じいちゃんは元宵節が過ぎたあたりで亡くなった。心筋梗塞だった。冬休みが明けたばかりだったから、父は自分でやるから大丈夫と言っていた。どちらにしても、田舎に戻っても最期を看取ることなんてできなかったのだから。告別式の会場で遺影を見ていると、じいちゃんはまだ生きてるような感じがした。

人が死ぬのは真冬ではなく春だという。春の芽吹きなんていう言い方は嘘。春は暖かかったり寒かったりで、人の血管もそれほど弾力のあるものではない。心臓の血管が縮まり、拡がるのにも時間がかかり、急に息を引き取ってしまう。その後しばらくしてから、このような言い方を知った。老人は失望して死ぬのだ。家族みんなに会ってから、また一年待たないといけないから。一年は、年寄りからすれば長すぎる。

　僕の気持ちはこんなに悲しい　歳月が残したのは戸惑いでしかなく
　この太陽が明るく輝く春の日に　僕の涙はとめどもなく流れる

同級生たちは祖父母が亡くなっても、あまり悲しそうにはしないので、わたしはすごく頭にくる。どうして自分ばかりがこんな早くに感じなくてはいけないのだろう。車の中で歌を聴いていると、じいさんは何を考えているのかわからないけれど、こう言った。「タイヤの点検完了。安全運転で出発」

「もうこんなに走ったのに、今さら空気圧チェック？」

わたしの心臓がその瞬間ビクッと止まった。でもスーツヘアのじいさんは何も感じてないようだ。

「わたしは陳（チェン）。隣は老姜（ラオジアン）」

今頃になって自己紹介し出すなんて、脈でも止まっていたのだろうか。悪い予感がし、空が急に暗くなってきた。バックミラーにぶら下がっているのは、数珠と名前を書いた軍隊の認識票。陳秋生（チェンチウション）、姜福泰（ジアンフータイ）。二人の名前は義兄弟のように肩を並べて隣り合っている。

トンネルを通り抜け、山道に入り、目の前に果てしなく広がるはずの西部海岸にはまだ着いていない。でも視界が開けてきて、八車線になった。追い抜こうと思い切りアクセルを踏み込むと、車は後方に小さくなって消えた。老陳(ラオチェン)は一心不乱にガソリンスタンドに突っ込んでいく。ウインカーも出さずに、サービスエリアの入り口まで車を寄せ、五階建てくらいの高さはある恐竜オブジェの下に停めた。そうすれば停車位置を忘れることもないだろうから。

わたしは大きな恐竜を見つめていた。アートというより、子供がいらなくなったおもちゃのよう。車から降りた人たちは急いでトイレに駆け込んでいく。でも、中から出てくる人は全然急がない。こういう感じのサービスエリアには、昼寝をするところもなければ、欲しくなるようなお土産も売ってない。キッズスペースなんて言うまでもないくらい。どうりで、みんな動きを失い、運転手の気力が回復するまで待っているわけだ。だから再集合した後には、壁際のネオンがチカチカするのに沿って歩き、隣の洋らん展示室までぶらぶらするしかないのだ。でも、こうした展示会場ですら中途半端で、やけっぱちな感じなのだ。建物内は蛍光灯の光にあふれ、花の即売会同様に鉢植えでいっぱいで、値札だけが見えないのは、おそらく売れないからだろう。椅子には誰も座っておらず、キンギョソウとハサミがたくさん置いてある。

一番奥の展示室までのあいだには、いろいろなチョウの標本を飾る部屋がある。同じ種類のチョウが十頭、二十頭とある。でも、同じと言っても羽の模様が若干異なる。ライトアップされているわけでもなく、特別な場所に展示されているわけでもないチョウは、平凡なガラスの蓋がついた木箱の中で静かにしていた。積みあげられたガラクタでいっぱいのコンテナに入り込んでしまったかのような感じがした。

「小さい時にはね、おもちゃなんてなかった。こんな生き物を捕まえて遊んだものだよ。何を食べるのかわからないから、トンボを少し捕まえたりして。親父がね、羽に毒薬を塗って、ネズミを殺したりしたっけ」老陳が言った。

標本にされたり、ネズミに食べられても、チョウにしてみればどちらも同じなのだ。洋らんの鉢でも買うことができれば、気分もおそらく少しはよくなるだろう。でもやっぱりどこか抜けていて、満足できる答えにはなっていなかった。らんの鉢はいくらだろう？　展示室は誰が建てたのだろう？　どうしてこんなに不釣り合いな恐竜が建っているのだろう？　もちろん全部知りたいわけではない。でも、知らないでいるより、ずっといい。そうだ、コンビニのコーヒーだっていいんだ。サービスエリアがあることに少しは感謝しないと。わたしは二人にコーヒーでも飲みますかと聞いてみた。ご馳走しますよ。でも、彼らはわたしの好意を断った。

「いらない！」「そんなもん飲まない」

「試したことがなければ、やってみないと。今やらなかったら、将来できないことだってあるんですから！」年寄りは若者とちがうんだから、とは言わなかった。この歳で試さないと、もう二度とチャンスなんてないかもしれないし、転んだのなら這いあがらないと。先ほどファストフード店でのピンチをうまく凌いだのだから、コーヒーなんて楽勝なのに。

「ずっと見つめられて、死ぬほど恥ずかしいよ」老陳の声。

「死ぬだって？　死に損ないはあいつらだろう」老姜の声。

なんて粗野なお年寄り。余計なゴタゴタには巻き込まれたくなかった。幸いにも老姜は口先だけのようだ。前の座席からタブレット端末を取り出すと、ログインしてゲームを始めている。現実の不満をすべてぶつけるかのように。ありふれたパズルゲームでもするのかと思いきや、画面はカラフルで、セクシーな女性が歩き回り、カモメが羽ばたいていた。

「ゲーム、スタート！」

老姜はタブレットをぎゅっと握り、老陳も運転席から身を乗り出してきた。わたしは車のウインドウガラスに体を寄せ付け、どうにかしてゲームが見える角度を取った。繁華街でのバトルロイヤルゲームだ。ディスプレイのプレイヤーは顔にナイフの傷跡があり、真っ赤なスポーツカーで海沿いの道路を走っている。玩具店で覆面マスクを買い、そのまま勢いにのって高速道路沿いのファストフード店に入り、ピストルをぶっ放した！　そうするとすぐに、猿のマスクは包囲した警察官に撃たれて死んでしまった。ゲームの話でよかった。さもないと自分も一緒に死んでたな。復活した後は橋脚のところにあるストリップ劇場へ行った。女の子が小部屋に案内してくれて、ディスプレイを何度も何度もタッチすると、喘ぎ声がどんどんどんどん大きくなってくる。部屋の外にいる用心棒にはのぞかれないように。わたしたちは車中で頭をぶつけるようにしてディスプレイをのぞいていた。

「触っていいらしい」「ほらほらほら！」「はやく触れ、はやく、はやく」

このゲーム、リアル過ぎる。エロっぽく全裸で踊るなんて。わたしはこの後どんな展開になるのか、すごく期待した。でも、女はうっかり転んでしまい、思わず笑いを誘った。

「何がおかしいの？」老姜の顔が突然険しくなった。「コーヒー買いに行くんじゃなかったの？　はやく行ってきなさい」

「何がいいですか。ラテ、カプチーノ、アメリカン？」わたしは聞いた。

「ラテって何？」コーヒーなんていらないよ、と言っていた老陳も実はすごく気になっていたのだ。

「牛乳を入れたコーヒーのこと」

「じゃあカプは？」

しまった。二人に声をかけたのを後悔した。今は行列に並んで立ち往生する必要はないけれど、確かに言葉の一部がわかるからといって、つなげて一語にしてみると全然意味が通じない時もある。

「同じのでいい」老陳は言った。

わたしは安心して、アメリカンを三つ買いに走った。氷は少なめ、砂糖は半分。それから、ふつうのサンドイッチも。スタンプカードはすぐに埋まり、ご当地限定マグカップを手にして写真を撮ってアップロードした。台湾一周旅行の記念にしようと。

「同情なんてありがたくもなんともない。おれは食パンで十分。ハンバーガーなんて食べない」老姜はハムやレタスをつまみ出した。それハンバーガーじゃなくて、サンドイッチだけど。教えてあげるのも面倒くさい。

「なんでカードがあるの？　他の人にはないの？」「きみだけマグカップがあるのはどうして？」「カップを持って行けば、たくさん入れてくれるの？」ひとつひとつの疑問に答えた後には、空は真っ暗になっていた。

＊

「今晩、選挙の集会でもあるのかい？」

「アートフェスティバル」

ふだんは誰も来ないところで、町外れの荒野と言っても言い過ぎではない。それなのに、あいにく渋滞に巻き込まれてしまった。クリエイティブデザイナーたちのアートフェスだ。クリエイティブデザインとかアートとか、そういう言葉はポジティブな意味だけど、あちこちで開かれる◯◯フェスティバルや××センターは、どういうわけか大げさな感じで、ネガティブなイメージを持つうえに、さらには小馬鹿にしたい感じまで出てくる。わたしたちはネットで検索しても、ホテルすら見つからず、テントを張れそうな場所には至るところに人がいた。そういうわけで、仕方がないので駅の近くに戻り運試しをすることにした。

スマホのナビアプリは渋滞を示し、高架の高速でも一般道でも赤くなり始めていた。最悪なことにネットにも繋がりにくくなり、高架橋が電波を阻んで、ナビの位置情報ですら乱れてきた。もちろんGoogle検索なんて全然できない。

「ナビってこれのこと？」

老姜が電源をオンにすると、Nokia 3310が光り出した。これって十数年前の携帯電話でしょ？　モノクロ画面で、起動時間がやたらと長く、絶対に壊れないと思うほど頑丈で。でも二人が言うには、これをカーナビにすることができるらしい。

「どこか探して休もうか」

「まもなく、天国のパラダイスです」

その携帯電話、音声でも教えてくれるみたい。名前はヘンテコだけど、でも休めるならもうどこでもいい。

「六〇〇メートル先、左方向です」

「まだまだ！」わたしは大きな声で叫んだ。もう少しで後方の車とぶつかるところだった。

「六〇〇メートルと言われても、どれくらいかわからない」老陳が言った。

高速に入ると、車で大渋滞。

ナビは高速に入ったばかりなのにインターチェンジから降りるよう告げる。ひどいなあ。

「左方向、その先、やや右よりです」

「左によるの？　右によるの？」老陳はもう少しで頭が爆発しそうだ。車のスピードも全然出てない。

「ダメ！　インターチェンジでバックしたら絶対ダメ！」

「ルートを外れました」ナビはまた次のガイダンスを出してきた。わたしたちはますます混乱してきた。外れてるって何が？　ナビが壊れてるんじゃないの？

「だから左なの？　右なの？」老陳が聞いてきた。

「そのまままっすぐ！」わたしは答えた。「ブレーキ踏まないで。後ろとぶつかる！」

インターチェンジを降りた後、堤防沿いの道路を走ったけれど、動転した気持ちは全然収まらなかった。後ろの車はずっとハイビームのライトを照らし、しかもスピードをあげてわたしたちの隣まで来て並走する。老姜が怒鳴ろうとすると、その時運転手の男が何か言おうとしているのが見えた。窓を開けると、「煙りが出てる！」という大声が聞こえた。

嘘ではなかった。車内からは死角になり、見えていなかったのだ。老陳は急いで車を停めた。老姜がボンネットを開けると、白煙がもくもくと出てきた。先ほどの親切な人が粘り強く知らせてくれなかったら、自分たちの車は丸焦げになっていたにちがいない。

「たいしたことない」老姜は言った。「冷却水がなくなっただけ」

年季の入った車も人も、予測するのはなかなか難しい。ブレーキを踏んだだけで、アクセルを踏み込んだことなど数回しかなかったけれど、なんと煙が出てきてしまったのだ。

「ナビなんて使うからだ。慣れた道を行けばその必要もないのに」

「確かこのあたりに近道があったけど」

「今はもうビルばかりだ」

ナビの案内がなくても、わたしたちは無事に駅まで着き、潰れかかった××大旅社を見つけることができた。「大」の字をつけたホテルはふつうは小さなもので、満室になることもない。わたしは全速力でフロントまでの階段を駆けあがり、三人一部屋で泊まれるかどうか聞いた。受付のアルバイトは無表情なまま宿泊名簿を突き出した。大きな部屋がひとつ残っていたので、急いで荷物を抱えて、老陳と老姜は身分証を出した。

「すみません、七十歳以上のお客様は宿泊できません」

「なんで先に言わないの。下にも書いてないでしょ!」

「うちの社長が作ったルールなんです」

「訴えてやる! あんた、何ていう名前なの!」

「いいよ、いいよ」老陳によれば、こういうことはよくあるのだという。自分も体調は優れないから、人様が商売しているところを事故物件にしてしまうのはよくないとも思うらしい。

お二人は、いつ死んでもいいっていう覚悟で毎日を生きてるんですか?

「かまわないでいいから。部屋があればそこに泊まりなさい。わたしらは車で寝れば十分」

ようやく一緒にここまで来たのだ。見捨てることなどできない。せいぜい駐在所でシャワーを借りることができればそれでいい。

「警察にそんなサービスあるの?」「ネットにはそう書いてあります。使ったことはないですけど」

シャワーを浴びてから、コンビニの入り口に目をやった。一人で寝るにはいいけれど、三人で横になる場所はなさそうだ。マップで検索してみると、近くに公園があるらしい。でも、公園でさえ賑やかだった。立入禁止のテープが張られていて、救急車とパトカーが来ていた。野次馬の人に聞いてみると、ホームレスが殴られたらしい。今晩はどうも休めそうにない。

車に乗り、ナビで検索してみる。「ルートを再開します。引き続き目的地を目指しますか？」

今になってみれば、他の選択肢などないのだ。自分も何を検索すればいいのかわからなかったし、みんな疲れていた。ナビに連れていってもらえればそれでいい。車の混み具合もなくなり、街灯もますます少なくなってきた。景色もどんどん寂しくなってきて、ススキが人の背丈よりも高く、寒々とした感じがしてきた。

「このまま行って本当にホテルなんてあるの？」

ふと我に返り、スマホで「天国のパラダイス」と検索してみたけれど、検索結果は何も出てこなかった。

「この先、前進です」ナビが言った。

「停まって！」わたしは大声を出した。スマホの地図に道などなく、ここは更地でホテルすら建っていなかったから。

第十一号国軍墓地は、自分たちの目の前にあった。

「今日は賑やかだね」

自分ではない。老陳でも老姜でもなく、若い男の声だった。

周りには人などいない。

怖(おじ)けてしまい声が出なかった。その声は車の中から聞こえてくるようだ。

「車で遊びに行きたいだけ。そんなに怖がらないで。ちょっと出かけるだけだから」

振り返ることなどできなかった。

ヒッチハイクは人間がするものとばかり思っていたけど、おばけもやるのか。

「おばけと思わないで。Siriと呼んでくれたっていいんだから。ゲームのアカウント名なら永遠のギャラクシー」

言わなければ気にならないのに、これからどうやってSiriを使えばいいの？　いやいや、先のことなんて全然わからないけど――

「幽霊さん、脅かさないで。もう身内じゃないか」老陳は言った。「脅かしちゃうかと思って、ずっと声を出さなかっただけ」

「どうして、おばけが身内なの？　人間じゃないのに。そもそもどんな関係なんですか？」

「ネット友達さ」

「どうしてはやく言ってくれなかったの？」

「忘れてた」老陳は言った。やばい。年寄りの記憶力にやられてしまう。父さん、母さん、これからはしっかり自分で自分の面倒をみてね。不肖者の僕は先に行くから。そうだとわかっていれば、楽してヒッチハイクなんてしなかったのに。

ケータイを取りあげられてしまったあの日、永遠のギャラクシーはケータイを握って十三階の窓から飛び降りた。肉体は死んでしまったけれど、ケータイは奇跡的に無傷で生き残った。永遠のギャラクシーは死んでから自分がどうして葬儀場にいるのかわからなかった。その時ちょうど老姜たちが知人の告別式を開いていて、お互いに知り合い、それから一緒に旅に出たのだった。

「ここの墓地は設備がいいなあ。涼亭もあれば水道もあって、本当にいい」老姜は言った。

車のドアが開き、黒服の少年が黒い傘を開いて、月明かりの下を歩きながら、上り坂をのぼっていった。すると突然、彼が振り向いて笑った。指を鳴らすと車のステレオが鳴り始め、ウインドウガラス越しにテレサ・テンの優しい歌声が流れてきた。

もしも　あなたと逢えずにいたら　わたしは何を　してたでしょうか
平凡だけど　誰かを愛し　普通の暮し　してたでしょうか〔テレサ・テン「時の流れに身をまかせ」〕

ここの墓地には、きっとテレサ・テンのファンがたくさんいるのだろう。皆で集まったものだから、音楽をかけてコンサート気分で盛りあがっているのだろう。蔣公（ジアンゴン）〔蔣介石の敬称〕も将軍（ジアンジュン）も、老鄧（ラオデン）〔鄧小平の愛称〕も小鄧（シアオデン）〔テレサ・テンの愛称〕も、死んでしまえば皆同じ。人が名前を覚えているから、だからこの世からずっと離れられない。目の前にいる二人は、まだ死んでいないけれど、でも生きていたって死んでいるのと同じなのだ。好きだった人、嫌いだった人、記憶の中にいる人はすべてこの世からいなくなってしまった。二人のこともすぐに忘れ去られてしまう。もし選べるのなら、どんな生き方がいいのだろう。もちろんそんな選択肢はないようなものだから、もしかしたら明日には自分だってお陀仏なのかもしれない。だから、いろいろ考えてみたところで無駄なのだ。

老陳も墓地に入ってきた。足取りはいつものままだ。

「お邪魔します。最近どうだい？　将軍さまにまでなれたのはすごい。立派だ。子供たちは尊敬してるよ。みんな絶対に出世する。今これ食べてるんだけど、先に味わって。どちらにしても、自分ももうじき一緒だから」墓石に真っ正面から向かい長々と話している。こちらも涙が出てきてしまった。

「この人のこと知ってるの？」わたしは聞いてみた。もしかすると名前は聞いたことがあるけれど、会ったことがないだけかもしれないと思ったからだ。一緒に戦争を生き抜けば、それもひとつの縁なのだ。

「知らない」老陳は言った。

知らない人なのにこんなに長く話せるなんて！　でも、老陳が語りかけてから、わたしもそれほど怖いものだとは思えなくなってきた。どこかの知らない老人の家に一泊するような感じで。この人が何歳なのかは知らないけど、二人よりも高齢ではないはず。心残りはあったのだろうか。よくよく見ると、ここの墓地はしっかりしていて、前庭には屋根がつき、周囲を囲む樹木も剪定され、手洗いの蛇口まで虎の形をしている。どこかのキャンプ場よりはるかにすごい。これから台湾一周をしていくのなら、こんなところに寝泊まりしたい。いやいや、台湾一周なんてこんなに苦しいこと、もう二度とやるものか。

老陳は十元硬貨を三回放り投げた。

「将軍さまが言うにはここに泊まってもいいらしい。お供え物も食べていいって」

こうして、わたしたちは遠慮なく一泊することにした。

木の陰が揺れて、いつでも人が現われそう。

老陳は寝返りを打ち眠れないようだった。風が冷たく節々が痛むと言ったけれど、丸薬を山ほど飲んだ後には、すぐに鼾をかき始めた。

老姜はまだドラマを見ていた。途中に入る五分にもなる広告も飛ばさずに見ているけれど、どこがそんなに面白いのだろう。青白い光で顔が照らされて、なおさら不気味だった。顔のシワはさらに深くなって見えた。目を閉じているのがわかり画面を切ってあげると、音がなくなくなったものだからすぐに起きあがり、なんで消すの、と文句を言う。

もういいや。明日スマホのバッテリーがなくなっても知らないから。

＊

朝方、空はまだ暗く、辺りでは犬が吠えている。

「これ持って」老陳はステッキを老姜に渡した。わたしも自撮り棒を伸ばして応戦し、皆で前進して様子をみることにした。

数匹の野良犬が輪になって子犬に向かって吠えている。子犬はブルドッグの雑種のようだ。体つきは小さいけれど威風堂々たる風貌だ。その時、弱々しく許しを請う鳴き声が低い壁の向こうから聞こえてきた。そこには大型犬が一匹いて、純血種のゴールデンレトリバーが饅頭（マントー）をかじっていた。

二つのグループが対峙し、小型犬が大型犬を守っているのだ。雑種犬がブランド犬を守っているのだ。年寄り二人はステッキを振り回し、わたしもスマホを握って、犬にしか聞こえない周波数を出し続けた。結局、どれが効果があったのかはわからなかったけど、犬は散り散りに逃げてしまった。ゴールデンレトリバーがこちらに向かって尻尾を振っているだけだった。

かなり歳をとった犬だ。びっこを引きながら歩き、目の周りは目ヤニだらけ。毛色も白のグラデーションになっていて、たぶん十歳前だろう。きっと墓場で捨てられたにちがいない。わたしたちが将軍さまの墓地まで戻ると、その犬も付いてきた。老姜は前日にわざと残しておいたハムとレタスをつまみあげ、犬に向かって投げた。犬は嬉しそうにほおばり、立ち去ろうとしなかった。

別に紙銭〔祭事、葬礼に用いる金銭を模した紙〕を燃やしていたわけではないのに、老陳はバケツを提げている。洗車中じゃないか！

「目は覚めたし、暑くもないし、水だってタダだし」

老姜は雑巾を握り、力をこめて車のボディについた泥を落としていた。年寄り二人がえっさほいさと声を掛けあい、わたしは行ったり来たりして水を運び、蛇口をひねると犬が喜んで駆け寄ってきた。二人の声が聞こえてくる。ほら、このライト。今はすべてLEDだ。日本人は悪い奴だったけど、でも作るものはしっかりしてる（でも、わたしの目にはすごく暗く見えるけど）。この落ち着きのある深緑色、見てるとなんだか安心するね（それって、むかしのトレンドだっただけでしょ）。エンジンも強くて、坂道だってへっちゃらだ（燃費のよさこそ大事でしょ。一晩中山道を走るわけでもないし）。

二人は雑巾を引っ張り、いち、に、いち、に、と声を掛けあっている。最後には車に向かって、おまえも老けたな、と言っているのが聞こえた。サイドミラーの塗装は落ち、老陳は同じ色の油性ペンで塗り潰した。それを見ていると、二人が車を自分のかみさん同然に思ってるんじゃないかと、わたしまで思えてきた。おそらく、あの時代特有の男のロマンなのだろう。

そして最後に、車体にはきれいにワックスがかけられた。犬はまだそこにいる。車が動き始めた後、わたしは窓から木の枝を投げた。あの犬はすぐに駆けてきたけれど、犬が気づいた時には車との距離がどんどん開いていた。

「待って！」老姜が言った。「待って、って。聞こえないのか？」

広がった距離は、また一気に縮んだ。「小黄(シアオホアン)、乗りな」

小黄？　老姜は名前までつけていたのか。車のドアのそばでぜえぜえと苦しげな大型犬は、合図に従うとすぐに助手席に飛び込み、慣れたようにまん丸くなった。この犬、こんなにデカいのに小黄なんていう名前なのか。節操もないけど、でも人間って困窮すれば何でもあり。犬だって一緒だろうな。

自分の錯覚だったのかもしれないが、もう一度車が動いた時には、あの雑種犬まで付いてきた。高いところが縄張りで、太陽の光で日光浴し、墓地に君臨する犬なのだ。わたしたちは確かに犬の王国から出てきたのだった。パンをいくつか投げてあげようかと思ったけれど、その毛並みがつややかだから、きっとしっかり生き抜くのだろう。

「海の方へ行くのなら、海岸沿いの道路を行った方がはやいよ」カーナビは切っているのに、あの声がまた聞こえてきた。

「まだそこにいるの？」わたしはつぶやいた。

「みんな爆睡してたから、そっとしておいただけ」

このおばけ、これからずっと一緒なのだろう。おばけって昼間はいなくなるものだと思っていたけれど、でも彼の言い分によれば、デジタル時代ははるかに過ごしやすいらしい。——想像しただけでも怖い。わたしにはごめんだ。でも、怖がってばかりいても仕方ない。墓地で下車したら、誰も自分など乗せてくれないだろう。おばけはたしか永遠のギャラクシーとか言っていた。アップデートしたSiriと思えばいいか。

＊

「あんた誰だい？」老姜は寝返りをうちながら、目覚めると老陳にこう言った。

「陳です」

「ウソ！　老陳はこんなに老けてない！」

「あのな、あなた自分の顔を見てみなさい。変わらないよ」

老姜は頷いたかと思うとすぐに首を振った。「ちがう！　あんたら共産党のスパイだ！　おれのこと捕まえて吐かせようとしてるんだろう。これがその証拠！」老姜はシャツのポケットからラミネート加工したカードを取り出した。「同年、同月、同日に生まれることがかなわないのなら、せめて同じ日に死んでいきたい――あんたら、自殺する予告だと思ってるんだろう。おれはそんなことしない。絶対にスパイだ！　あんたらスパイがやること、知らないとでも思ってるのか？」

「長江一号（チャンジアンイーハオ）〔日中戦争中に暗躍した国民党スパイ〕、わたしを逮捕しなさい」老陳は言った。

「おれが？　長江一号？」

老姜と老陳がずっとこんな感じで繰り返していたら、車は高速道路で横転していたかもしれない。二人がそんなことを言うのなら、自分だって長江一号になりきってやる。

「保密防諜人人有責（スパイ防止はみんなの責務）！〔戒厳令下の台湾で共産党スパイを防止するために使われていた標語〕　老姜、長江一号は僕だったの。ずっとスパイの後をつけてたの」

わたしは二人の肩を押さえつけながら、老姜が運転の邪魔をするのを防いでいた。少なくともサービスエリアに安全に着くまでは。それから先のことは着いてから考えよう。老姜は毒が入っているとずっと騒いでいて、水さえも口にしなかった。病状がここまで進んだら、もう栄総（ロンゾン）病院で薬をもらってくるしかない。

「若いの、後で替わってくれ」老陳が言った。

「自分がですか？　無理ですよ。ただのペーパードライバーですから」

「先月免許の更新があったんだけど、更新できなかったよ。だから期限切れなの」老陳は言った。

「今どき、車は自動運転でしょ？」そうだった。忘れるところだった。車内にはもう一人いる。「ギャラクシー、運転できるの？」

「コントローラーを握ってゲームのレースに出たことがあるだけ」

ということは、免許を持っているのは自分だけってこと？　ウソでしょ？

老姜の症状が悪化してしまったから、老陳でなければ介抱できない。「おれだって仕方なく共産党に入ったんだ。かみさんも子供も、みんなふるさとに置いて――」こうした話を何度も言っていた。老姜はそれを聞いてぼんやりしていたが、やがて涙を流し、国は老陳に謝罪のひと言もないのかとつぶやいた。

左がブレーキ、右がアクセル。目的地は栄総病院だ。

「きみにすべて任せる。行こう」

「タイヤ点検完了。安全運転でお願いします」永遠のギャラクシーは大急ぎでタイヤの空気圧をチェックした。ドライバーが代われば危ないと思ったのだろう。

「あれ？　なんで動かないの？」

「先にシフトチェンジしないと」永遠のギャラクシーが教えてくれた。

やばい。シフトレバーはまだＰレンジのまま。最初から高速道路なんて、他の車が車線に入ってこなければいいけど。

「スピードあげて！」永遠のギャラクシーが命令口調になった。大型車に接近して走る時には、心臓がつぶれるかと思った。

「今は上り線を走ってるの？　下り線を走ってるの？」「栄総は左側！」「さっき右って言ったじゃない」方向を間違えたみたい。すぐにターンして、ゼブラゾーンを横切った。後方から大きなクラクションが飛んできた。運転手は大声でバカヤローと怒鳴っていたみたい。栄総病院まで、あと少し。遠くから信号が黄色に変わるのが見えたので、ゆっくりとバイクの後ろに停まった。お年寄りがものすごくゆっくりと横断歩道を渡っている。両足には足かせがはめてあるかのようで、十五秒で白線三本しか進まない。

青信号。でも、わたしたちは動けない。プップー！　プップー！　後ろの車がクラクションを鳴らした。おじいさんが中央分離帯にたどり着くまで、まだ白線七本分はある。

プッ、プッ、プッ、プッ、プー！　後ろからまた鳴った。道路は道路、人は人。でも今わたしは車の中。この車がどれだけ役に立つのかわからないけど。

おじいさんは、また一歩進んだ。

パ、パ、パ、パ、パァーン！

「おれも暫くしたらこうなるのかな」老姜は言った。

後続の車はわたしたちを避け、お年寄りの背後から追い抜いていった。次の車もそれに続いた。わたしたちはいっそのこと、ここでおじいさんが渡り終わるまで見届けてあげる方がいいのかも。

パ、パ、パ、パ、パ、パ、パ、パァーン！

「なんなの！　渡ろうとしてるのが見えないの！」こう言ったものの、わたしは車の中で文句を言っただけ。

結局、わたしたちはお年寄りと一緒に赤信号が三回変わるまで待っていた。中央分離帯まで渡り終わるのを見届けたけれど、でもあと半分も残っている。

「誰だってあんなふうになるんです」わたしは言った。

「で、なんできみが運転してるの？」老姜は言った。「なんで栄総に行くの？　薬、もうないの？」

先ほどのことが老姜の頭をはっきりさせたようだった。スパイからふつうの年寄りに戻ったのだ。

二人は栄総病院内の関門を次々と突破した。加齢・老年病科はK棟の九階。運のいいことに三、四人が診察を待っているだけだ。でも、ここは他の診療科とちがい、患者が入っていくと三十分は優にかかる。受付番号を飛ばされはしないかと気が気でなく、ゲームをやることすらできなかった。しばらくすると、あとからきた患者が中に入っていき、老姜は我慢できずにステッキでドアをノックした。

「おれの方が先に来たんだ！　なんであの人の方が早いの！」

「怒らないでください。ご気分がすぐれないのはよくわかります。みなさんも順番に待ってますから。お名前よろしいですか？」

「姜太公〔古代中国、西周の軍師〕の姜、幸福の福、泰国（タイランド）の泰」

「姜福泰（ジアンフータイ）さん」看護師が名前を呼んだ。「まだ受付が済んでいないようです」

「そんなはずない。一階のロビーで済ませたんだから」

「健康保険証は？」

「ここにある」

「先にカードを挿しにきてください。この時間は患者さんが多いので、おそらく日が落ちるまでお待ちいただきますよ」

「夜までかかるって？　誰よりも早くに来たのに。そんなことなら診なくていいよ、診なくていい」老姜は咳き込みながらステッキを振りあげ、ドアをノックした。

「わかりました、この次にお呼びしますから。よろしいですか？」

そうか、患者がしきりに入っていくけれど、だいぶ後になってから診察が始まるのだ。わたしたちだって割り込みなどしたくない。でも、これだけ待たされるのは本当に嫌だ。もし老姜がうるさく騒がなければ、八割方は夜まで待たされることになる。それから老姜が気がついたのは、ふだん台北の栄総病院では、ボランティアの人たちが代わりに手続きに走ってくれることだった。今はボランティアの女性もいないので、診察を受けることすらできなくなるところだった。

「年取ると役立たずだな」老姜は窓の外に広がる樹木を見ながらつぶやいた。

＊

リンゴ、馬、鍵、椅子、本。

医者はカードを出し、しばらくしてまた五枚の順序を言った。カードは幼稚園で使う玩具のようなもの。この五種類さえ覚えられなければ、認知症の可能性が疑われるということだ。

リンゴ、馬、鍵、椅子、本。わたしは心の中でもう一度繰り返した。やばい、十九になったばかりだけど、このテスト難しい。こんな若さで認知症なんて、ネットの使いすぎかもしれない。

「おれが認知症のわけない！」

「おじいちゃん、今年おいくつですか？」「辰年だから、もうすぐ九十」（身分証には九十二歳と書いてあり、辰年なら八十八歳なのに。どれを信じればいいのだろう）

「何という名前のものでしたか？」（リンゴ、馬、鍵、本。真ん中には何があっただろう？）「姜福泰」

「これは何ですか？」「栄総病院」（椅子！　椅子でしょ、椅子、椅子）

「今日は何日ですか？」「八月」

「今は何時ですか？」老姜は何も言わなかった。

「もう一度、お願いします」「リンゴ、ドアを開けるもの、それから本！」

馬と椅子は？

医者はその答えを言わなかった。カルテに書いてあるとおり、アルツハイマー病の初期症状で、後で薬を受け取っておいてくださいと言っただけだった。

「おれの頭ほんとにダメになったのか？　おれの名義で住宅三軒はあるのに」

「そうだ、忘れっぽくなっただけ」

老陳はこのように言ったけれど、励ましには少しもならなかった。忘れっぽくなったということは、ダメになったのと同じようなものなのだ。

「国の指示に従って、しっかり働いて、悪いことなんて何もしてないのに。どうして生きながら社会に迷惑かけないといけないの？　ああそうか！　いままでたくさん悪いことをしてきたからか。殺られた人がやり返しにきたんだな」

もし病状が悪化したら、老姜はしょっちゅう看護師のことを報復にきた亡霊だと思うのだろう。老陳のことを敵だと思ったように。

診察室を出て、わたしは看護師にこの後のことを何度も確認した。先に書類をもらい精算に行き、それから薬を受け取る。老陳は老姜と一緒に涼亭の下で将棋をさしているのを見に行った。でも、わたしが薬を受け取る際には健康保険証が手元になかったものだから、大急ぎで取りに行くはめになった。戻って来てからも診察室に財布を置き忘れたのに気づいたりして。記憶力を馬やリンゴで試す必要は全然ない。保険証と財布の方がよほど大事なのに。

採尿バッグを提げて壁に手をかけながら歩いている人がいる。車椅子の人は痩せすぎて骨と皮だけになっている。首を傾けながら涎を垂らし、マットレスのベッドに寝そべった植物状態の患者がプラスチックのチューブを頼りに呼吸している。半裸の老婆が甲高い声で叫んでいる――

昼食はまだ済んでいないようだった。カートの上には栄養剤が何本も並んでいて、練乳缶のように見えたりもする。ヘルシーで消化によいと書いてあるので、わたしはスプーンで一口味見してみた。乳幼児の離乳食よりもまずく、食べられたものじゃない。ゴミ箱に吐き出すと、口の中にはあの甘い味わいがずっと残ったままだった。

急いでトイレに駆け込んで口をすすいだ時、横目でちらりと見てしまった。部屋の壁には血痕がついている。ベッドの患者は寝たきりなんかじゃなく、鼻から繋いだチューブを抜いてしまったようだ！　管には体液と血液がどろりとつき、わたしに向かって指を動かしてあっちへ行けと合図している。それからよく聞き取れない言葉。患者の視線からすると、きっとすごく苦しいのだろう。指先ですら動かないのに、どうやって首の高さまで伸ばして、体に刺さった管を引き抜いたのだろう？

「おじいさん、待ってて。すぐ人を呼んできますから」

ナースコールを押し、看護師が来てテキパキと棚から新しい管を取り出した。数分もかからず、鼻から繋いだチューブは差し替えられ、他の業務へと飛んでいった。

わたしはほっとしたけれど、でもおじいさんの手はまた管の方に動いていく。そうか。おじいさんは長い長い時間をかけてようやく管を抜いたんだ！　そっとしておいてあげれば、目的を達することができたのに。

この世界は、死ぬことで解決できるものがあるのだろうか？

でも、今こんな感じなら、自殺することだって難しい。

自殺した後に堕ちる地獄でも、毎日何度も苦しみを繰り返さなければいけないって聞くけれど、でも今こんな状態なら地獄とそれほど変わらないのかもしれない。

＊

ナースコールを待って、応急処置を待って、快復するのを待って——それから死を待つ。

赤い呼び出し番号が変わるたびに、立ちあがり、自分の薬を受け取っていく。

Wi-Fiが使えるので退屈することはなかった。右の人はポケモン、左の人はドラマ。後ろはFacebookで、前では新聞を読んでいる！　突然、尊敬の念をおぼえ、洪水のような時間の流れの中でしっかりと立っているお年寄りを見つめてしまった。おじいさんは新聞を十六分の一にたたみ、ぎゅうぎゅう詰めの車内にでも座っているかのよう。でも、隣の席はどう見ても空いている。おそらく数十年も続けてきて慣れてしまった姿勢なのだろう。

おじいさんに触発されて、わたしはあることをやってみようと決めた。ネットで認知症について検索してみようと。

むかしは年のせいと言われたけれど、今では健忘症や高齢者の幼稚化、短気などはどれも認知症の症状に入るという。ますますわからなくなってきた。ある人は三十数歳で発症し、ある修道院のシスターは生活パターンが何十年も同じで、大脳を科学者が検査した時にはすでに空っぽになっていたという。薬が効く人もいれば、悪化する人もいて、脳トレゲームが奨励され、賭けマージャンさえも合法になった。大学教授だったのに早くに発症した人もいる。誰がかかるのか基準など全然なく、誰もがその可能性を抱えていて、不安になる。憂鬱でいるのはよくないと思い、病院で隅々まで細かくチェックしてもらったにもかかわらず、結局しまいには発症してしまう人もいる。しばらくすれば董氏基金会〔台湾のNPO法人で禁煙対策を中心に健康管理や疾病予防の啓発活動を行う〕のスタッフが来て、今後どうしたらいいか、わたしに教えてくれるのだろう。喫煙者は自分や家族のことを顧みず、鬱病患者は親戚や友人を巻き込んでしまい、認知症の人は運命に逆らって発症前に戻ろうとする——

人は生きたいと願って長く生きられるわけではないし、死にたいと思ってすぐに死ねるわけでもない。でも、怒ろうとする時には怒れるものだから、嫌な気持ちがする時にはすぐに憂鬱になれるのだろうか？　それならば、生まれつき性格が悪い人はどうしたらいいのだろう。いっそのこと死んでしまった方が楽だろうか。わたしは自分のスマホを放り投げてしまいたいくらいだったけど、でも冷静になって考えてみると、買ったばかりなのだからここで自分が暴走したら、認知症と何も変わりないんじゃないかと思えてきた。

右側のおばさんは超大型ディスプレイのスマホを持ち、グループメッセージでやり取りされる笑い話、画像、歌、動画などをタップしていった。わたしがFacebookでメッセージを送ってから目をやると、おばさんはすべてに目を通したようだった。次に何をやるのだろうかとじっと見つめた。すると、またグループを開き、先ほどのやり取りを最初から見ていくのだ。何がそんなに面白いのだろう？

「胡(フー)さん、胡さん。二四一三番の方」わたしの目の前に座っているお年寄りの番号だ。手に番号札を持っているけれど、新聞を読むのに夢中になり、呼び出しにはまったく気がついていないようだ。肩を軽く叩いてあげて、天井の方にある呼出表示を指さした。すると大慌てで薬を受け取り、早口でわたしに何かを言った。でも、訛りが強くてわたしにはまったく聞き取れず、笑顔で頷き、手を握ってあげることくらいしかできなかったけれど。

「姜(ジアン)さん、姜さん。二四一五番の方」受付の人が大きな声を出した。

「はいはい、ここです！」

*

「年寄りが子供と同じなんて、何言ってんのよ。自分の嫁さんを抱え、風呂に入ったことあるの？　お湯かけてあげれば、大小垂れ流して、何時間もかけて掃除しないといけないし」

わたしには恋愛経験はないけれど、でもウォシュレットなら、だいたい想像できる。

薬の袋を抱え、涼亭まで行って声をかけると、石のテーブルに置かれた将棋盤はピカピカに光っていた。老姜は別の老人と将棋をさし、その周りには十数人が見物している。介護士はスマホに指をすべらせながら、お互いにおしゃべりしている。将棋指しのそばであれこれ言わない。年寄りたちは穏やかに談笑していた。こんなに時間が経ったのに、次の一手が打てなくて。本当に真剣なのだろうか。

「今どきは、誰かに会ったかと思えば、すぐに誰か死んでしまって」

「少し前のニュースだったけど、介護士に肛門をガーゼで塞がれてしまった年寄りがいたな」「七階の屋上から落ちたのもいたね」

　不気味なことをしゃべっているとわかっていれば、わたしだって寄ってこなかったのに。

　その中で一人、皆に背を向けて、オンラインゲームをして遊んでいる老人がいる。攻撃をしかけ、森の中の小屋が一瞬で火の海になると、お宝を奪っていったばかりの雑魚モンスターは燃えがらに変わってしまった。世界ランキング八十三位のプレイヤーなのだ。このゲームは暫くのあいだサービス停止中だったけれど、最近また流行りだしたらしい。

「おじいちゃん、すごい強いね！」

「自分にとっては、大切な孫みたいなもの。中学の時にゲームを取りあげられて飛び降りてしまったけど。もう十年も前になる。だから十年間は遊んでることになるから、レベルはもちろん高い方だね」

　こんなふうに応じてくれるなんて、想像もしていなかった。老人は続けて言った。毎回電源を入れる時、孫のために黙禱するのだ。孫が使っていたアカウントでプレイすると運もよくて、手に入るアイテムもすごく多い。まるで天国から見守ってくれているかのようで。

「死ぬべきだったのは自分らのような年寄りなのに。でも生き延びて」

　わたしはどうやって声をかけたらいいかわからなかった。もし「寿命」を投資のリターンだと考えるのなら、確かにこのおじいさんが言うとおりなのだから。わたしは将棋の方がゲームより面白そうな素振りをして、そそくさと離れた。

「飛車取り。ヨシ！」「ダメ、逃げる」

年寄り二人が追いかけあい、見物の老人たちも増えたり減ったりした。その多くが光栄山荘という老人ホームのシャトルバスで来ていた。彼らはみんな同郷出身者。戦後は都市部で働き通したけれど、でも市街地のグループホームには入れずに、台湾人ばかりの老人ホームにも住み慣れなかった。台湾語がまったくわからなかったからだ。毎日のように民視ニュース〔台湾初の民営テレビ局。台湾語のニュース放送が多い〕を見ていると、言語能力の衰えは目に付き、知人が誰もいないこの場所に引っ越してくるしかなかった。少なくとも、ここにいる人は自分の言葉を少しはわかってくれる。最初の頃は見ず知らずの仲だったけれど、でも付き合っているうちにわかりあえてくる。その後になって、わたしはようやく知った。毎日みんなで眺めているのは漢の時代から伝承される必殺技「玲瓏局（リンロンジュー）」で誰も成功したことがない指し方なのだ。攻めても望みはなく、守っても遅く、打ち負かすなんてありえない。

突然、汪（ワン）さんが二階の廊下に向かって大声で叫んだ。「胡さん、胡さん！　新聞は読んだかい？」

先ほど薬を受け取った老人は、新聞を高く掲げながら意味のわからないことをまた言った。

汪さんも返事した。「わかった。持ってきて！」

それでいいの？　新聞を手にしているので、おそらく読み終わったという合図なのだろう。

「いったい何のことを言ってるんですか？」「さあ、よくわからない」

汪さんは、胡さんと同郷ではないらしい。四川出身で、胡さんは陝西（せんせい）省の生まれだから。多少はわかるはずだけど、最近は胡さんの難聴がひどくなり、両耳でもほとんど聞こえなかった。呼んでも聞こえないことはしょっちゅうだ。でも、先ほど汪さんが胡さんを呼んだ時には何でもないようだった。あれはテレパシーか何かだったのか、それともわかったふりをしていただけなのか。胡さんが降りてきた後、よくわからないことを言っていた。運よく今回は汪さんが通訳してくれる。胡さんはわたしを好青年だと褒めているらしい。

「あと二手で交代してくれないか。またな」左側で将棋をしていた老人は泌尿器科へ行くので、近くにいた別の老人に代わってもらった。「携帯電話がいつも順番を教えてくれるのさ」「新しい携帯は便利だね」

最近の病院は進んでいる。自分の身分証番号を打ち込めば、新しい情報を読み取れる。こうして一日に三回も診察を受ける老人は、高血圧や糖尿病、緑内障、白内障と、朝から晩まで一日中病院で過ごすのだ。

「きみ、若いねー、手を握らせてくれないかな?」そばにいたシワだらけのお年寄りが言った。わたしは一瞬どうやって断ろうかと考えてしまったけれど、腕を突き出すと、おじいさんは満足そうに自分の顔を手の甲に近づけて言った。「わたしもコラーゲンを打ちに行くの」

今では高齢者を取り巻く情報はこんなにも多いのだろうか? 一般診療の他、美容診療まで備わっているとは。

老姜の視線はずっと将棋盤を見つめたままで、周囲の人など全然気にせず、自分の世界に浸っていた。老陳が薬を持ってきて飲ませようとしても、前のように何か理由をつけて断ることはなかった。老陳は隣に移り、こっそり皆に打ち明けた。

「あいつが辛いっていうのはわかるんだ。頭がダメになるのは死ぬより嫌だっていうことが。ふだんはっきりしてる時にはいつも死にたい死にたいって言ってるけど、ぼんやりしてくると、逆になんだか楽しそうな感じで、こっちだってどうしたらいいかわからなくなる。この病気はますます悪くなるばかりで治らないらしい。でも彼はすごく嬉しそうだから、放っておいた方がいいのかなって思ったりもする。子供時代に戻らせてあげればそれでいいんじゃないかって」

老人たちは突然、声を潜めた。その視線の先をたどっていくと、警察官二人が噴水の向こうから歩いてくるのが見えた。歩きながら東南アジア出身の介護士たちにパスポート番号や氏名を職務質問していた。彼女たちは皆スマホをしまい、この嵐が過ぎていくのをただ待つだけだ。

わたしもいつの間にか自分の身分証番号をつぶやいていた。外国から出稼ぎに来たわけではないけれど。数字の繋がりは呪文のようなもの。

「雇用主は桃園か――」

一人でスマホに夢中になっていた介護士が職務質問された。

「アディに何かご用ですか?」老姜の声。「悪い人なら、他にいくらでもいるだろう! 年寄りばかりいじめないでくれ!」

「すみません、こちらではいつから働いているのですか? どこからのご紹介でしたか? いま国の規定では――」

「国? 国がどうした! おれはもう年寄りなんだ。あまりよく覚えてないのはいけないのかい? きみたちもこの年になればわかる。本名だって忘れちゃうんだから。だからいつもアディって呼んでるの。自分の息子だってどこで働いてるのかわからないし。アメリカの何とかと言ってたな。台中まで仲間に会いに来たんだけど、アディも一緒にきてくれたの。将棋をさしている時に隣でいろいろ言われるのが嫌なんだ。だから彼女には少し離れたところでいてもらっただけなの。勘弁してよ」

「すみません、ビザの種類と一致しないように思うのですが——」

「何だよ！　もう痴呆なんだよ。アルツハイマーとか言っても結局は同じ。面倒見てもらわないと、呼吸も難しいの。唾だって飲み込めなくなるし。涎で呼吸できなくなるの。ドラマで演じるみたいにぼんやりして可愛らしいわけないんだよ。きみたちもこの年になればわかる！」

老姜が警官二人を追い払った。「アディ」はうつむいたまま。

「もうちょっといれば。どうだい、少しおしゃべりでもしないかい。どこから来たの？」老姜が聞いた。

「インドネシア」

「きみたちのエビせん、美味しいね」老姜は好感を示そうとしたけれど、話が続かなかった。インドネシアだって。タイじゃない。聞いてなかったのかな？

「身を隠すなら、人が多いレストランで出稼ぎする方が安全。それから、パスポートは何冊か用意しておきなさい。毎日出かける時には、自分の髪の毛でドアノブとドアの隙間を結んでおくように。誰かやって来れば、家の中が荒らされていなくても、気がつくから。金の類いはな、枕と布団の中にしまっておくように。泥棒はいきなり布団カバーを剝ぐから、布団の四隅に結んでおくといい」

老姜はものすごく嬉しそうだった。国民党の情報局スパイだった数十年の実体験をぎゅっと縮めてみたけれど、果たしてアディは聞き取れたのだろうか。でも確かに、彼女はわたしたちと一緒に駐車場の方に歩いていった。それから、するりとどこかへ行ってしまったけれど。

*

車のドアを開けると、ものすごい悪臭がした。小黄があたりかまわずゲロを吐いていた。どうしてさっき下ろすのを忘れてしまったのだろう？　ぴくりともせず、耳ですら反応を示さなかった。

「まだ死んでない」老姜は翡翠の指ぬきを取り出し、指先には裁縫針が光っていた。瞬きする間もなく、犬の足に向かって針を突き刺し瀉血した。それが脳卒中の時の応急処置だと聞いたことはある。でも実際に自分の目で見てみると、感心せずにはいられなかった。前に老姜も脳卒中をおこしたことが一度ある。ふだんと同じように朝早くに起きて運動していたけれど、目の奥が少し痛かったという。

ふだんから眠れない時はこんな感じだったので、特に変だとは思わなかった。天気がようやく晴れてきて、友人が涼亭で将棋をさしている方が気になっていた。ようやく老姜の番が回ってきて、四本の手を使って将棋の駒をじゃらじゃらとかき回し始めた時、突然、将棋盤のうえで動いている腕が踊り始め、どれが自分の腕なのかもわからなくなり、だいぶ遠くから眺めているような気がして、でも同時に駒の裏に書いてある文字まで読めるかのようでもあった。どれが将で、どれが兵で。駒の裏に彫られている飾り模様までどんどん大きくなってきて、そのちがいを見分けるだけで、駒の種類がわかるような気がした。

そして、よし、これから、と思って打ち始めた矢先に、相手の駒から手が伸びてきた。周囲の年寄りたちも取り囲み、合唱のように歌っている。でも、老姜には声が全然聞こえない。もともと頭痛持ちだったけど、痛みはなくなっていた。青空にはふるさとで見たような大雪が降り、幼い頃の自分と父親が釣りに出かけようとしているのが見える。渤海に目をやると、海面が凍っている！　波はどれも形をとどめたままで、海面を移動しているかのようだ。うつ伏せになり、氷の下で泳ぐ魚は眠っているのかと耳を澄ませてみた。それから、救急車が来て、病院の長い長い廊下を通り、天井で交わる配線も見えた。隣では母の声が聞こえてくる。眠っちゃだめ、眠っちゃだめ。

脳卒中は恐ろしい。それは後になってようやく知ったことだった。

体には床擦れが生じ、オムツをつけて、人に体を洗ってもらい、お尻まで拭いてもらった。一生懸命にリハビリをしたから、今では後遺症はまったくない。でも、脳卒中は雪合戦と同じで一回戦があれば、二回戦もあり、三回戦だってある。ますます頻繁に、深刻になってくるのだ。翡翠の指ぬきは、万が一の時に使うものだった。ふだん自分で血糖値をはかるのにも使える。瀉血したためかはわからないけれど、小黄の呼吸も明らかに元に戻ってきた。

＊

「ここは病院です。動物病院ではありません！」「人も動物も同じじゃない？　人さまを救えるのなら、犬だって大丈夫だろう」

老姜はステッキでカウンターを叩いていた。頭はダメになってしまったけれど、体はまだ元気だ。どうりで、栄総病院のカウンターは他の病院とちがって高く、看護師と患者はお互いに頭が見えるだけなのだ。カウンターは大理石でできていて、こうした患者の暴挙から身を守るためだった。なるほどカウンターが城壁のようで、馬防柵やバリケードのようになっているわけだ。

「死にそうなのに！　それでも人間かよ！」

「小黄、おまえは年もいっていて、病気持ちだから、誰も必要としてくれないんだ」老陳が言い聞かせていた。

わたしは氷を買いに走り、小黄のために体を拭いてあげた。老陳は驅風油（チューフォンヨウ）〔シンガポールのハッカ油〕と硬貨で小黄に刮痧（かっさ）を施してやった。でも、ゴールデンレトリバーの体毛はすごく長くて、皮膚を出すことが全然できなかったけれど。

「ここにどうぞ」一人のお年寄りがベッドを譲ってくれた。「あそこに座るから大丈夫」

お年寄りは点滴を提げているわけではなく、医療用リストバンドをつけているわけでもなく、病気とは思えなかった。ただパジャマを着たままで、「眠りすぎたから、ちょっと歩いてくる。気にしないで」と言うのだ。

ちょっと、ちょっと。これって病床の無駄遣いでしょ？　花柄のかけ布団も、病院の規定に全然あってない。でも、あのお年寄りは確かにベッドを譲ってくれたのだ。わたしたちは感謝しながら、小黄を横にさせた。わたしは老陳と一緒に車のバックドアを開けると、二人が飲み切らなかった薬でいっぱいだった。点滴やチューブまである。病気が長引くと医者と同じように病には詳しくなるとよくいうけれど、でもこんなにたくさんの薬をためこんでいたなんて。だから病院の梯子をするにしても余裕綽々なのだ。

どちらにしても、小黄が死にそうなのだから、ここでひとつ賭けてみるのもいい。これだけたくさんの薬があるのだから、どれか飲めば効くんじゃないだろうか。

道路の向かいに動物病院があるのを見つけ、幼い時に飼っていた犬を自宅で安楽死させたことを思い出した。あの時わたしたち家族は全員で犬のそばにかがみ込み、安心して、気がかりなことなんて何もないよ、と声をかけていた。老姜は獣医に向かって演じていた。「おれの大切なペットがもうダメなんだ――」

客の入りが悪い動物病院の獣医はブツブツ言っている。なんでこんなに太らせるの、心臓がよくないんだから、関節もひどいし、走れば痛いからもちろん唸るよ。ブツブツブツブツと言っていたけれど、でも最後は点滴をしてチューブをつけてくれ、どうやってスイッチを切り換えれば流れの速さが変わるかまで説明してくれた。

「小黄、いい子だ。生き抜けば、おれの遺産を全部、おまえにあげるぞ！」

老姜が針を振りおろしたけれど、反応はなかった。冗談なのか、本当なのか、小黄がこんな感じなら、老姜より早くに逝ってしまうのではないかと思えてきた。でも、快復を信じて必死に声をかけるくらいなら、いっそのこと犬語で語りかけた方がよっぽどいい。ウウ、ワンワン、ワンワンワン。スマホのアプリには、犬語の「ニーハオ」「どいて」「ここはわたしの縄張り」などの吠え声が入っている。わたしは順番に再生して小黄に聞かせてみた。反応のある吠え方があれば、何度か聞かせてみた。怒ろうが嬉しかろうが、少なくとも生きている証しになるのだから。

その時突然、小黄は耳をとがらせて、まっすぐに入り口を見つめてにらみつけた。わたしは人間の目には見えない何者かがいるのかと思ったほど。旧暦七月だったし、そこがちょうど救急治療室だったものだから。しばらくすると、同室に見舞いに来た人が肉羹（ロウゴン）〔肉団子入りとろみスープ〕を提げてきた。それを売ってくれとその人に頼むと、小黄はフッフッときれいに食べきってしまった。食欲があるのなら、大丈夫だろう。

それから、一番近いサービスエリアまで車を走らせ、小黄を放して水を飲ませてあげた。老陳は楽しそうに土産ものを提げて戻ってくると、老姜も珍しく笑顔を見せた。わたしも一口かじってみたけれど、小麦粉の味がするだけ。二人の表情も神妙で、わたしはどんな感想が出てくるのか待っていた。

「栄総向かいの老楊（ラオヤン）が作るのとは比べものにならない。でも、老楊は早くに死んでしまったけどな」

「槓子頭(ガンズートウ)〔山東省名物の乾パン〕は堅ければ堅いほど、噛んだ時にいい香りがするものだ。それほど食べないうちに腹一杯になって。老楊が生きていれば、作ってくれただろうに。もう歯はダメになってしまったけれど」

こうした言い方を聞くと、すごく感傷的になってしまう。わたしはサービスエリアを見回すと、台北で行列ができる名店を見つけた。

シュークリームならば、歯が悪くても大丈夫。

「若いのが作ったものなんて食べない」

並んでもなかなか買えないのに。買ってくるから、食べないのなら自分で食べる。

「そんなにうまいものじゃないだろう」

二人は無表情のままシュークリームを食べきった。まるで厳しい製品検査のようで、自分が勧めたものをチェックされているかのようでもあった。そこまでやる必要あるの？　シュークリーム自体が自分のように思え、飲み込むスピードはものすごく遅く、事情を知らない人が見れば、槓子頭と同じくらい硬いのかと思うだろう。

「こんなの食べていると若死にするよ」

そこまで言う必要あるの？　いいね、と言ってくれればそれでいいのに。

「若死にするかどうかはお天道さま次第だ。でもこれってコレステロールはどうなの？」

「これで死ねたら、それでもいいな。アッハハハ」

二人は大きく笑い出し、十箱買って戻ってきた。若い時に食べられなかったからといって、そんな食べ方は絶対によくない！　でもわたしにはお年寄りのわがままを止めることができず、二人はやっぱり買ってしまうのだった。

＊

「先にエンジンかけておいて」「大丈夫、さっきだいぶ暖めておいたから」

「やれって言ったらやるんだよ！」

「そこにいたら小便できないだろう」

わたしはトイレから追い出された。小黄を連れて。どこまでも広がる駐車場を眺めていると、日暮れの風が突然強く吹いてきた——車を停めておいた場所はどこだったただろう。急いで車から降りてしまったせいで、自分も認知症じゃないかと思えてきた。車はゴミ捨て場の隣に停めたようだけれど、もちろん、同じようにゴミ捨て場の位置も思い出せない。
A、B、C、D、E。どちらにしたって五カ所のエリアしかない。
わたしは歩き出した。

深緑色の年季が入った車を見つけようと。永遠のギャラクシーだって音声では教えてくれないだろうから。

もし何でも自由に選んで乗っていいのなら、小回りのきく軽自動車にしようか、それともRV車にしようか？　大型車はやめよう。何かにつけて貸してくれと言ってくる人がいるから。やはり二人乗りくらいがちょうどいい。好きな女の子でも乗せて、別の子に邪魔されることもないし。でも、自分には彼女すらいない。この世界にはゲームの中でのように気になる女の子なんていないのだから。やはり早く車に戻ろう。スマホを充電する方が先だ。

「お兄さん――お布団なんかどうですか？」

車を出そうとしたその矢先、セールスの人がやってきた。ふだんならセールスが近づいてきても何も話さず、イヤホンをつけて、手のひらを前に突き出し、相手とは腕の長さほどの距離をとりながら、感じの悪い顔つきを見せるものだ。でも、今日の女の子はとてもかわいくて、しばらく話を聞いてしまった。布団一式が五千元もするらしい。シルク製だとしてもそんなに高いわけがない。はっきり言って絶対に詐欺。しかも工場直売の感じでは全然なく、人の車からかすめ取ってきたものを売っているようにも見えた。わたしは手を振りながら、顔をあげずにスマホをいじった。

でも、老陳が戻ってきた時、同じような布団を提げていたのだ。

「こんなボロ布団、二千元もするわけないよ。騙されたんだよ！」

「たいしたことないから」老陳はつぶやいた。「もともとは五千元だって」

「そもそも二千元なんかしないんだから」

よくよく見てみると、やはり安物の布団だ。品質が悪く、重くて、カビ臭い。もしかするとゴミ捨て場から拾ってきたものかもしれない。老陳がへらへらしているのを見ると、わたしはもっと腹が立ってきた。老陳が悪いわけではないのに。言い訳のようなことをずっと言っているのもわかる気がする。わたしも同級生にLINEで騙されたことがあるし、ネットには大きく個人間取引はしないでくださいと注意書きがしてあるけれど、バナー広告のように気に留めて読むことすらしなかった。それから、彼が借りているアパートに警察官が立ち寄って警告の張り紙を貼り、駐在所で調書まで取ったから、近所の人は何か悪いことをしたんじゃないかって感づいたようだ。

そもそも炎天下に布団のセールスなんてありえない。二千元のボロ布団だけど、一生かけて蓄えた全財産を特殊詐欺のグループに持っていかれて自殺するよりはマシかもしれない。

あれ？　とりあえず布団のことは脇に置いておいて、何かもっと大事なことを忘れているような気がする。

老姜はどこへ行ってしまったのだろう。

高速道路の方に出てしまったら、死んでしまう。

＊

レストラン街、従業員の休憩室、新しくオープンしたドライバー向けの五つ星リクライニングエリア、どこにもショッキングピンクの人影などなかった。最後に、わたしはエレベーターに乗って屋上まで行くと、ガラスの歩道がずっと続いていた。小黄は舌を出して駆けていった。

「老姜がいるの？」

小黄が先に飛んでいった。ちゃんと後ろについてきているのかと何度も頭を振り向けるので、老姜がそこにいるような気がした。案の定、老姜は歩道の真ん中に突っ立っていた。日が暮れた高速道路と渋滞の車列がぐるぐると輪を描き交錯するのを眺めている。

「ほら、見て。橋の下はお星さまでいっぱい」

老姜がこう言うと、本当に銀河が足元に流れているように見えた。

「むかし、母ちゃんが言ってた。人が死ぬとお星さまになるって。今こんなにたくさんのお星さまが見えて、おれはもう死んでしまったのかな？」

妄想だった。自分が飛べると思って、屋上から飛び降りたりしないよね？

「母ちゃん」そうつぶやくと老姜は手すりにもたれながら、体と頭を揺らして、泣き出した。わたしは初めて老姜が母親のことを口にするのを耳にした。母親の大のお気に入りの末っ子だったという。兄弟でも一番よく勉強ができたので、母親はいつも家の中のもので何か作ってくれた。でも、母親は臨終の時も末の息子に会うことはできなかった。その時、息子は台湾にいて、中台両岸の連絡は途絶えていたから。

生まれ故郷に戻ってみると、村はむかしのまま。木々も変わらず、田畑も変わらない。村の入り口にあった雑貨屋も変わっていなかった。でも、知り合いが一人もいないのだ。まるで自分がよそ者になってしまったかのようで。一族の若い者たちは、自分のことをおじいちゃんと呼んでくれた。母親の墓参りに行くと、真っ白な墓石が建っていて、彼の名前が彫られるのを待つだけだった。

彼は毎日お墓参りにいき、草取りをし、樹木にハサミを入れて、手入れすべきところがあれば直した。ふるさとを離れる日、まだ十二月の真冬だったけれど、家では湯円(タンユエン)を作って、母親の墓前の杏の花も咲いていた。その日から、老姜は完全に自分が一人になってしまったと悟った。もう誰も気にかかる人などいなかったから。杏の花は母親からの餞別だったのだ。

これからは天国で逢うだけ。

「何を泣いてるんだろう?」老姜は顔をあげて言った。さっきまでの事はなかったように。わたしだってこんなに悲しい話を自分から言いたくはなかった。

「知り合いだっけ?」老姜は言った。

「知り合いです」

「じゃあ、よかった。ちょっと教えてくれないかな? やらなきゃいけない大事なことがあるの。でも、どうしてもダメみたいだから。これ、おれの友達が使っていたタブレットだけど、前はこの青いボタンを押せば友達に逢えたんだよ。どうしてうまくいかないの?」

スマホで確認してみると、Facebook はログインページで止まったままだった。端末がアップデートされると、毎回ログインを求めてくる。パスワードを覚えていない人にとってはすごく面倒なのだ。わたしはいつも初期設定のまま、11111111 とか asdfghjk とか password にしているけれど、それでも全然効果がない。

「その人の誕生日、わかりますか？」

「知ってるのは干支だけ。おれは辰年、その人は巳年。出生届の日付なんて適当だから。名前だって本名かどうかなんて自信ない。何か正確な数字はないかと言われると――そうだ、死んだ日だな！」

老姜がその月日を押すと、ログインできた。

――パスワードを設定した人は、自分が死ぬ日を予測していたのだろうか？

Facebookのグループページには勢いのある筆使いの写真が載せられている――『霊界通信』。グループのプロフィールには「投名状（義兄弟の契りを結ぶにあたり自身の忠誠を誓う証書）にて、義兄弟を誓う。生死を託して助け合い、喜びも悲しみも分かち合う。同年、同月、同日に生まれることがかなわないのなら、せめて同じ日に死んでいきたい」

秘密結社のように見えるけれど、グループメンバーの平均年齢は七十八・八歳だ。

『霊界通信』運営委員会からのお知らせ――新会員の方は写真を載せてください。顔写真のない人は至急撮影し、ありがとうと一番言いたい人の名前を書いてください。キーボード入力のできない人は、ビデオ撮影でクラウドにアップロードしてください。あるいはリモートデスクトップ用の遠隔ソフトウェアをダウンロードしてください。外出の際には、スタッフが管理できるよう、必ずログインアカウントとパスワードを書き置きしておいてください。

伝えられなかった感謝の言葉、言い出せなかった謝罪の言葉は、すべてこの日までに済ませておくのだ。

このグループの投稿を見ると、六十歳にしてヨットを始め、一週間分の食料を積んで海に出た人もいる。チアリーダーをしている人もいれば、ペットを飼う人もいて、Facebookを始めてから、人生がだいぶ変わったようだ。

『霊界通信』は老人の扶助組織ではない。それは物故者の長い長い名簿なのだ。人間、誰でも死ぬ日が来るけれど、でもこのグループの死亡率は高すぎないか？　平均寿命も全国平均より低くて――自殺クラブなのだろうか？

「姜福泰（ジアンフータイ）。民国十七年山東省の生まれ、台湾の台北駅にて死去。同年、同月、同日に生まれることがかなわないのなら、せめて同じ日に死んでいきたい」

車に戻り、老陳に何でもなかったと言い、わたしは運転席に座った。むかし二人が持っていた軍隊の認識票に目をやると、突然老姜が残していたメッセージの意味がわかったような気がした。

姜福泰と陳秋生は台北駅で約束し、黄泉の国へと旅立つのかもしれない。

死んではいけない。わたしには井戸に落ちた人に石を投げることなどできない。黄泉の国では年齢差など関係ないという。なぜか、わたしはこの言い方を思い出してしまった。知恵というものは必ずしも年齢とは関係がない。自分が生きてきた時間は他の人より長いとは決して言えないけれど、でも心の中ではわかるのだ。解けないものは解けないのだと。

わだかまりを解きたい人は、運がよければ、解くことができる。でも解けないものは、何十年苦しんでも結局は解けないのだ。

賭けてみようか。賭けたら勝てるだろうか。結果は、運以外には左右されないのに。

「きみは若すぎるから、わたしらのことなんてわからないだろう」老陳は言った。

「それは年齢とは関係ありません」永遠のギャラクシーの声。自分よりもっと若いのが車に乗っているのを忘れていた。「人は死んで終わりではありません。死ぬのが怖いのではなく、病気になるのが怖いのです。だから周りの人は誤解するのです。しかも、お年寄りは、これ以上ないくらい自分はもう十分生きたと言います。でも、僕みたいな若さで死んでしまったら、周りの大人は何て分別のないことをしてと言うだけ。でも、分別がないのは大人たちの方。僕はずっと待っていたのに、大人たちはいつも僕のことを封じこめてしまう。もういいや、こんなこと言ってもわかってもらえないから」

皆はおばけに、まんまとしてやられたようだった。でも、自分だって思うのだ。十年後の自分は、今の自分を覚えているのだろうか？　自分が選択したことに納得するだろうか？　十年後の自分がどんな人になっているかなど想像できないけど、ソフトウェアのアップデートみたいに三十歳の自分は今の自分とは絶対に同じではないはず。だから二十歳のわたしは、生理的にも心理的にも皮膚細胞や大脳皮質、あるいはおそらく存在する霊魂まで、何でも他の場所に持っていくことができるのだ。

あるいは生命が止まったり動いたりするかのように、毎日毎日自分を少しずつ変えていくことができるのかもしれない。毎日毎日、少しずつ死んでいく。そして最後には完全に、いままでとはちがう人間になっていく。

＊

『楢山節考』という映画がある。貧しい村で生きるおりんは、村の習わしに従って齢七十になったら楢山に登り死を待たなくてはならない。でもおりんは七十歳になっても体は丈夫で、それを恥とさえ感じた。だから歯を石臼にぶつけて欠けさせたりして、わざと老いていることを示そうとした。そして最後に、息子がおりんの願い通りに、彼女を背負って山の奥深くへ入っていった。それは、山で初雪が降った日だった。

＊

「ここ、おれの家か？」

数カ月ぶりに、老姜は自宅に戻った。

あの日老姜は転倒してしまい、ネット友達と一緒に台湾一周旅行へ行く計画が全部ふいになった。老姜は何がなんでも救急車に乗ろうとせず、病院へ連れていかれたらそれっきり絶対に戻ってこられないと言い張った。周りの者は骨折の治療をするだけだからとようやく言い聞かせて。

それから、老姜は入院して足は快復したけれど、でも一人暮らしはとても無理と診断されてしまった。奥さんはすでに他界し、子供たちとも連絡がつかず、光栄山荘に入れられたのだった。台北の光栄山荘は定員いっぱいで、台東の田舎へと送られた。同郷の仲間たちには連絡しようにもそれさえできなかった。いつも職員がおもちゃの電話を彼に渡したから——家に帰りたいと大声で叫ぶと、介護士はおもちゃの電話で気分を落ち着かせようとするのだ。どちらにしても、すぐに忘れてしまうのだから。

老姜は頭にきて、おれの頭はまともだ、ただ転んだだけだ、と言い張ると、周りの人はもう年だから、ちょっと横になって休んできなさいと言う。持ってきた毛布や洗面器、万年筆などは無断で持っていかれてしまい、入れ歯さえもどこかへ消えてしまった。

もう嫌だ。人生最後の大脱走だ。

むかしは逃げ出したら半殺しになるまで殴られて、それでもまだ死にきれなかった。

今では殴られて死んでしまうのは、逃げないでいるよりマシかもしれない。まず言葉が出なくなり、それから飯が食えなくなり、そして最後には笑うことさえできなくなる。ぼんやりとしたまま、死んでいくだけ——

おれは狂ってなんかない。家に帰る。

老姜は通院するのを見計らって、光栄山荘から逃げ出した。綿のカンフー靴と寝間着のズボンを履いたまま。それから適当に手にしてきたショッキングピンクのTシャツで、そこを出たきり戻らなかった。

＊

「おれはな、ここじゃあ、家族なんていないんだ。でもな、嫁さんに会ってから……台湾に骨を埋めようかなと思い始めた」老姜は玄関の棚に置いてある骨壺を撫でた。

そう思えるのなら、きっとそれは家族と呼べるものだろう。

一人で生きるのは本当に難しい。

この家こそ、正真正銘の家なのだ。

ガスコンロの上には鍋がかけてあり、食器乾燥機には茶碗と箸が重なり、スポンジは少しばかり湿り気があった。老姜が電子ジャーを開けると、数カ月も保温を続けた白飯は真っ黄色になっていた。そこで鍋を抱えて水につけ、もう一度炊飯した。彼は冷蔵庫の中をのぞいてから、卵を買いに走り、奥さんが一番作るのが上手だったという茶碗蒸しをわたしたちに食べさせてくれた。

「塩と調味料は使いきれない」彼は言った。

結婚したばかりの頃、老姜は自分の方が年上なので、絶対に先に逝くと思っていた。しかし奥さんの方が癌を患い、その一年前に気づいた時には、もう末期の症状だった。奥さんは料理が得意で、いつも料理番組を見ては、たくさんのレシピを残してくれた。しばらくのあいだ、こうしたレシピが老姜の心の支えになっていた。彼は作り方に沿って調理してみた。最初は馴れ親しんだ味わいがどうしても出せなかったけれど、ただ茶碗蒸しだけは十中八九、似たような味で作ることができた。毎回それを食べるたびに、奥さんがそばにいるような気がしたのだ。

今では、彼はいろいろな料理を作れるようになっていた。でも、今になってようやく一緒に食事をする相手がいないことに気づいたのだ。

「こんなことだとわかっていれば、あいつと一緒に死んでたのに」

「扇風機を持ってきてあげる」気まずい沈黙を破ろうと、わたしは何かやれることはないかとキョロキョロし、客間の扇風機が下を向いているのに目がいった。自分でも少しくらいはお手伝いできたかのような気持ちになれた。頭上にかかっている時計もずっと止まったまま。慣れてしまって気にならないのだろう。電池と蛍光灯くらいは取り替えてあげようか。年寄りからすれば、きっと手間のかかることだろうから。

家の中がこんなにめちゃくちゃなら、本人もおそらく家と同じように、ゆっくり死んでいくのだろう。

わたしは隣の部屋に行き、老陳にご飯です、と伝えた。老陳はとっくにシャワーを浴びて、スーツに着替え、ちょうどネクタイをどれにしようかと選んでいるところだった。

青のネクタイは落ち着いた感じだ。赤は生気はつらつといった感じ。オレンジでは営業職みたい。老陳は色とりどりのネクタイを何本もあわせていた。

「残念だ。こんなにネクタイがあるのに、首は一本しかないのだから。残りは全部きみにあげる」

「ネクタイなんか結べません」

「練習しなさい」

老陳はネクタイをわたしの首に巻き、丁寧に教えてくれた。わたしは一瞬混乱してしまった。自分たちは向かい合わせで、左が右で、右が左だ。指を入れるところは結び目に隠れてしまった。全然わからない。

老陳の着替えが済むのを待って、わたしたちは素晴らしく美味しい晩御飯を食べた。誰も明日の予定など口にしなかった。

そのまま朝方になり、空がぼんやりと明るくなった。テレビはつけっぱなしで、老姜は寝椅子のうえで横になっていた。昨日の寝巻きを着たままで。いつもは老姜が一番早く起き出すのに。寝てしまった。一番電車の時間は逃してしまったけれど、まあいいか。今日はまた新しい一日の始まりなのだから。

雨が降っている。それなら出かけるのはやめるだろう。寝ているわけではないみたい。鼻先に指を伸ばしてみると、やはりすでに息をしていなかった。洋服掛けには点滴がぶら下がり、透明のチューブはまっすぐに老姜の体に入っていた。ゴミ箱にはペットの犬猫を安楽死させる薬があった。人間が使えるものは、犬にも使える。犬に使えるものは、人間にも使えるということだろう。

体重五十キロもあるゴールデンレトリバーなのだから。

小黄は老姜の足元でうずくまり、何かを警戒しているようでもあった。

最後の最後は、おまえが老姜に付き添ってあげたんだね。そんなことを考えていると、わたしはそこまで悪くはないなとも思えてきた。この後、墓場まで行く道のりは、しっかり道案内してあげないと。どちらにしても、よく知っているだろう。

テーブルには書き置きがあった。

「申し訳ないけど、先に行きます。駅までの道は遠いから、その時の自分がまともな自分かどうかわかりません。でも、少なくとも今ははっきりしています。みなさんには先にさよならができます。わたしが死ぬのはみなさんとは無関係です。目の前の端末にビデオを残しておきました。それがわたしの遺書です。意識はまだまだはっきりしている証拠です。自分の一生は本当に幸せでした」

タブレットには電池があり、録画もできた。三時間二十六分の動画ファイルが残っていた。

「電話をかけるなら一一九番かな？　一一〇番かな？」老陳に聞いた。

「老姜、安心しなさい。言ったじゃないか、生まれた日はちがうけれど死ぬ時は一緒だって。駅まで連れていってみんなに会わせてあげるから」

老陳は老姜の奥さんがむかし使っていた車椅子に、老姜を座らせた。

冷蔵庫の中に野菜が残っているのを思い出した。老陳は、いっそのこと調理をして食事を済ませてから出かけようかと考えた。

何をするにもここまでしっかりしているのなら、死ぬのだって病院で診察を受けるのと同じ感覚なのだろう。

「出かけたら、この番号に電話しなさい」

名刺には、『霊界通信』死んでも後悔なし」と書かれている。住所は台北市桃源街だ。でも、わたしの記憶では周辺には総統府や国防部の建物があるだけで、メディアの事務所などなかったような気がするけど。

「傅司令官、行きます」老陳は言った。

わたしは若者からいきなり司令官になってしまった。まるで一階級も二階級も特進したような気がした。

*

「しばらく直進します。それから右折です」永遠のギャラクシーの声だ。緊張感など全然ない。でも何に緊張したりするのだろう？　どちらにしても、一度は死んでいるのだから。

「ここまででいいよ。あとは、自分で歩けるから」老陳は言った。「最後の別れじゃないんだ。天国で友達に逢うんだ。そうだな、列車はあんなに長くて、乗っているのが全員自分と気があう人だなんて、それもなかなかの縁じゃないか」

待って。わたしは老姜のタブレットでライブ中継し始めた。カメラは前方を捉えて、車椅子に固定した。こんなことをしていると、最後の最後には自分だってお供しなくてはならなくなるかもしれない。

「よし。老姜が先に待ってるからな」老陳は振りかえりもせず、見ず知らずの人のように駅構内に入っていった。わたしはネットで繋がったディスプレイを見ていた。床やレールが揺れている。車輪とレールの軋む音、どこまでも続く天井。

このままずっと終わらないように思えてきた。

人生最後の五分十三秒。

もう終わりだ。

老陳の笑顔は、本当にゆったりしていた。

いつでも、どこでも、ネットさえ繋がれば、クラウドで逢える。世間の人はこれは鉄道自殺だというけれど、でもここまでの頑張りは、その四文字をはるかに凌ぐものなのだ。

駅の方から飛び出してくる人がいる。わたしは見に行きたくなったけれど、何もやってはいけない。やらないことが、正解なのだから。そうでしょう?

「これでよかったの。心配しないで」永遠のギャラクシーがこう言っていた。警察には伝えるべきかどうか、わたしにはわからなかった。話したところで、何が変わるのだろう? お年寄りを老人ホームに入れる以外、他にもっといいことはないのだろうか。自分で決めて、自分で責任を負うのは当然の道理。何をしたいのか、他人は知るはずもない。そうだ、名刺の電話番号。わたしは電話をかけなさいと言われたことを思い出した。

「もしもし、『霊界通信』ですか?」わたしは聞いてみた。

「こんにちは、もう少しで着きます」

「何も言ってないのに、どうしてここがわかるんですか？」

「だって、ネット友達ですから」

「ネット友達だって、そこまでわからないでしょ」

「ネット友達といっても、血縁のない家族のようなものですよ」電話を受けたのは女性で、話しぶりは落ち着いていた。こんなに重たい内容なのにしっかりと話している。声を聞いた感じでは、彼女は何かを知っているのではないかと思えてきた。それならむしろ信頼できるんじゃないかと思った。

ワイパーにはいつのまにか駐車代金請求の紙が挟まれていた。わたしは老陳の真似をして、紙切れを窓の外に放り投げた。アクセルを踏み込み、駅から離れると、近くの商店では香炉を出して線香をあげていた。そうか、今日は鬼門が閉じる日だ〔旧暦七月の最終日〕。だから絶対に今日旅立たなくてはいけないのだ。

老人がふらふらと道路を渡っていた。わたしは後ろから飛んでくるクラクションを無視して、道路の真ん中で停まった。赤信号二回分だ。自分は若いのだから、時間ならたっぷりある。家に帰ってからあのグループに登録しておこう。でもニックネームは何がいいだろう？

紙銭の灰が空に向かって螺旋状に伸びていった。車のステレオがひとりでに鳴った。

もしもある日　誰も頼れなくなったら　その時には僕を　あの時代に連れ戻して

もしもある日　ひっそりといなくなったら　その時には僕を　この春の光で埋めて

永遠のギャラクシーだったら慰めてくれるだろうか？　彼の目の前で泣くなんてありえないのに。わたしは自分自身に言い聞かせた。大丈夫、あの人たちは別の世界に旅立っただけなのだから。いつかきっとクラウドで逢えるのだから。

秋の章　美少女体験——莉莉（リリー）の十年前

台湾なんて、もうおしまいだ。

どうして戸籍に男と書いてあるだけで、女子校には通えないの？　推薦入試の枠を一般入試に振り替えるみたいにできないの？　それもダメなの？　志望調査書を提出した日、わたしの志望票は上から下まで全部F女子高だった。志望票を振り分ける人はどこを見て男子校と思ったのだろう。男女共学だったかなと思うのは論外。納得させるだけの規則なんてあるの？　F高が共学に変わるまで待てばいいって？　冗談じゃない！　その時にはもう女子高じゃない。

わたしは莉莉（リリー）。どこにでもいるような陳くんじゃない。陳宋廷（チェンソンティン）は戸籍上の名前。本人の許可を得てないクソみたいなもの。大人が強欲に作り出したやり方だから、自分の名前は自分で決めたい。だから、わたしの名前は莉莉。二次元の世界こそが自分の居場所。わたしは――絶対に女の子。パンツの中に余分なお肉があっても、他の部分は百パーセント女の子。走る時に揺れるポニーテール。膝上二十センチのスカート。緑色の襟からのぞく鎖骨――全部、女の子限定のもの。で、なんでわたしがスカートを履いたらいけないわけ!?

学校という場所は、女の子が青春を謳歌する舞台に過ぎなくて、三年という期間限定の公演ステージのようなもの。朝、登校してみると、全部が全部、Google Earthで見たことがあるものだった。歴史のある黄色いレンガ作り、人造大理石の廊下、ぐるぐる回る扇風機、講堂の脇にある上下に動く木造の換気窓――前にここから生徒十一人と教員二人が飛び降りたらしい――すごく感激する。自分も窓から飛び降りれば、ずっとここにいられるのに。

「ちょっと写真二枚撮ってくれない？」

女子生徒が最新型のMotorola V3を突き出した。とっても軽くて薄かった。彼女がケータイを開く姿はかっこよく、他のケータイみたいに赤レンガでダサくはなかった。絶対に高いだろうから、きっと第一志望の合格祝いなんだろう。彼女たちの笑顔がケータイの液晶ディスプレイにしっかりと映っていた。一人でディスプレイを見つめていると、自分も笑顔が出てきた。撮り終わった後、やさしく軽く折りたたんで大切なものを返すと、彼女は画像を確認して大笑いし、わたしにアリガトと言った。写真よりずっとかわいい。わたしとは全然ちがって。わたしはケータイさえもモノクロだから。J88というPHSを小学校から使っていて、今でも壊れてない。お母さんが新しいのを買っていいよというはずがなかった。

忠・孝・仁・愛・信・義・和・平・温・良・恭・倹・譲・礼・楽・射・御・書・数（忠孝仁愛信義和平は孫文らが提唱した道徳規範。温良恭倹譲は『論語』に由来する儒家の五徳。礼楽射御書数は『周礼』に由来する儒家の六芸）、これ全部クラスの名前。わたしは適当に選んで教室に入り腰を下ろしてみた。美少女体験の始まりだ。でも、体からは男性ホルモンがずっと出てきて、この夏休みには身長が五センチも伸びて、スカートがもっと短くなっていた。それはともかく、体付きがゴツゴツしてきたのは、どうしようもなかった。髭や喉仏もウザくて、豆腐と豆乳ばかり食べたり飲んだりしても、成長のスピードは止めることができない。他に考えたのは避妊薬を飲むこと。でも憂鬱になるという副作用が出るらしい。これでも憂鬱度は足りないのだろうか？　成長したくなかった。世界中で誰よりもこの気持ちは強い。でも、わたしは早く大人にならなければならない。早くお金を稼いで手術しないと。さもなければ間に合わなくなるから——本当は今でももう間に合わないけれど。海外の女の子は十二、三歳から薬を飲み始めるという。わたしはもう十五歳で、先生のつまらない話を聞いていなければいけない。

「おまえたちの年で一番大事なのは何だ。大学に受かること。他は一切どうでもいい。恋愛なんてもってのほか。クラブ活動なんてせいぜい二年間在籍すればいい。高三になったら必ず気を引き締めるように。学内でも学外でもうちの生徒らしく振る舞い、くれぐれも学校の恥にならないように。彼氏なんか大学に合格してから何人か作ればいいんだ——」

わたしはこんな言い方が大っ嫌い。まるで十八歳になっていないのはアホみたいな感じで。こんな教師は正真正銘のクズだ。毎日毎日同じことを教えていて、人生まるごと無駄にして。場合によっては今ここで決めなくちゃいけないことだってあるんだから。さもなければ間に合わなくなるから。

時間は一分一秒と流れていく。時間こそ、わたしの敵。

どうして大人はこんなに愚かなの？　どうして切羽詰まってようやく動こうとするの？　クラスメートは羊みたいに中学三年間を過ごして、ようやくこの学校に受かったのだろうか？　すごく頭がよさそうだけど、いったい何のために学校に来てるんだろう？　義務教育なんか人間を間抜けな缶詰に変えるもの。狂った世界を生き抜くには、どうしても頭の悪いふりをしないといけない。

出席番号一番、張瓊文（ジァンチオンウェン）。はい！　出席番号二番、許宝心（シューバオシン）。はい！　出席番号三番、陳海晏（チェンハイイエン）。はい！出席番号四番、魯一凡（ルーイーファン）——彼女たちの名前はなんてかわいいのだろう。わたしもこんな名前が欲しい。みんな頭のいい狩人のよう。自分の名前が聞こえると、宇宙に漂う魂が一瞬のうちに地上に降りてきて、柔らかくげんこつを作りながら空に向かってさっと指をさす。若くて美しい姿は黒板に向かい、未来はまるで一粒一粒の宝石のよう。欲しいと思えば、簡単に手に取れるのだから。お互いに自己紹介してみると三分の一が医学部志望で、クラブ活動は生物研。法学部志望も次に多く、グローバルビジネス学部と外国語学部も少なくない。この四学部がみんなの志望先のほとんどで、なかには学部とか学科なんてどうでもいいから、儀隊（イードゥイ）〔マーチングバンドのクラブ。所属高校を代表してイベント等でパフォーマンスをする〕で活躍できればそれでいいと思ってる子もいた。だから全体的に見れば、やっぱりつまらない子たちなのだ。「宇宙人に会いたい」とか、「超能力者になりたい」とか、「あの世の人と一緒に遊びたい」なんていう夢をもつ生徒がいるのかと思ったけど——わたしの方が小説の読み過ぎなのかもしれない。ごめんね。

出席番号三十七番、李飛篇（リーフェイピエン）。李飛篇？　李飛篇？　——先生が三度も名前を呼び、皆は小鳥のようにすばしっこく頭を振り向け、まだ手を挙げていないのは誰かと探していた。名前を呼ばれてないのは自分以外に二人。ぼうっとしている子は誰もいない。登校してない人がいるの？　新入生は希望いっぱいなのに、オリエンテーションの行事を欠席するってどういうわけ？　厚かましいけれど、その子のふりをして参加しようかな？　先生は続けて次の生徒の名前を読みあげた。欠席だけではなく返事がないのも、全然珍しくはないから。

　掃除を済ませて教室に戻ると、座っていた場所には別の女の子たちが群がっていた。高二の先輩たちのようだ。可愛らしい交換日記やよい香りがする便せん、クッキー、冷たい飲み物を持ちながら、一年生の教室を回り新入生をのぞいていた。年齢がひとつしか離れていない女の子はすぐに名前を交換し、興味のあることや星座などをお互いに話していた。情報量が限られたものばかりだったけれど、でもみんな楽しそうだ。

「ほら、これ城中（チョンジョン）市場〔台北市内の老舗市場〕のかき氷だよ――」バレーボール部の先輩が笑いながらわたしの隣にいる子に話しかけた。授業を抜け出してようやく買えたらしい。早く食べないと溶けちゃうじゃないと言っていた。

　突然、その先輩がわたしに声をかけてきた。「直属（ジーシュー）〔出席番号やクラブ活動などが同じ先輩が後輩の面倒をみる制度〕の先輩はいないの？」

　わたしは首を横に振るべきか縦に振るべきか迷ってしまった。自分の名前は名簿に載っていない。だから、直属の先輩がいなくたってかまわない。クラブ活動なんてこの世で一番つまらないものだとも思うし。週ミーティングや行事の式典も世界一つまらない。だからさっき、生徒が式典に出て行った後には、わたしはみんなが受け取ったプレゼントをひとつひとつ味見していた。あのかき氷は確かに美味しかった。そうわたしが答える前に、本鈴の鐘が鳴り、先輩たちは鳩の群れのように一斉に教室から飛び出した。最初からわたしの返事なんて期待していないのだ。

最近、学期が始まってから生徒の自殺率が大幅に増えたため、学校はゆとり教育を始めることにしたという。でも、そうは言っても、そもそも反抗期だから不登校になるのだ。それなのに、こんな感じでお膳立てされた自由ですら、逆に通学する理由になってしまった。こんな独り善がりな過保護なんて、あーあ、嫌だ、嫌だ。逆に今にも窓から飛び降りたくなる。そうだ、わたしのそばにあるこの窓は、とっくのむかしに使われたことがあるんだっけ。

オリエンテーションも、まもなくおしまい。先生は言っていた。明日から授業だ、学校や教室に来たくなければ無理するな、図書室に行けばいいのだからと。そんな言い方は、死にたくなっても窓から飛び降りるな、苦しい時には図書室で読書したり昼寝したりケータイをいじっていればそれでいいから、とでも言っているようだった。わたしは死にたくない。少なくとも今は死にたくない。学校側が誠心誠意、学則を変えてくれるのなら、それなら大きな心で受け入れようか。学校の図書室は、わたしのように学生証がない子には一番の助けになるところだった。

＊

校庭で女の子が歩いている。たぶん儀隊の子だろう。背は高くないけれど、百メートル走のスタート地点で、腰をすっと伸ばして、木製ライフルを回している。ずっと同じ練習だ。

「あ、落とした」

静かで物音ひとつしない朝方の構内で、遠くから見ているだけのわたしと彼女だけがこの気まずい瞬間を共有していた。わたしはすぐに顔をあげることができず、自分でも何を恥ずかしがっているのかわからなかった。恥ずかしいのは明らかに彼女の方なのに。しかも、こちらからは三階建てくらいの距離が離れているのに。明徳楼の前で嗩吶(スオナ)の練習をしている子がいる。伝統楽器クラブの部室はすごく狭いから、一人で外に出て練習しているのだ。でも、それではクラブ活動をしている雰囲気が出ないのでは？　わたしには彼女の気持ちが全然わからなかった。

土曜日は、学校へ行く必要がない。でも、わたしは難しい顔をして自習している高三のふりをした。学校にも慣れてきたので、図書室に来る子は何人か顔見知りになった。でも、お互いに話をしたことはない。一緒にトイレに行く友情もない。空気がピリピリした高三の光復楼に行ってみると、十一時には食堂で昼食を食べる生徒がいるのには驚いた。昼休みに机を並べてお弁当を食べる時には、机が四つあれば十分だけれど、でも机と机のあいだには教科書が積んであり、移動させるのがおっくうだった。そこで、いつも机二つを七、八人で囲んでいた。

授業に出てこない生徒が意外と多いのには驚いた。鐘は図書室では飾りのようなもの。鐘が十六回鳴った後には、空はもう真っ黒だった。学期が始まる前、ここにいる生徒はものすごく多かったけれど、それからゆっくりと少なくなっていった。図書室の司書と教育実習の先生が言っていた。次のピークは最初の月末テストの成績が発表された後らしい。もともと中学で一番の成績優等生だったとしても、この学校に来ればクラスでビリにもなる。そんな脅し文句にすぐに慣れることなどなかったけれど、その状態が三年間ずっと続くことは不安だった。どちらにしても、三分の一が医学部の狭き門に入りたいのだから。毎年の医学部定員なんて何百人もあるわけではないのだから、だから誰もが夢をかなえられるわけではないのに。

毎日朝にめくるのは『高校の花』だ。この雑誌もボロボロになるまで読んだ。毎日のように他校の女の子たちの着こなし方、写真をとる角度や顔つきなどをチェックしていた。わたしは特定の角度だけきれいに映えるから、何度も撮っていると絶対にバレてしまう。最新号の特集は女の子が一番心をときめかせる時。さまざまな女子力を発揮させるアドバイスが載っていた。たとえばバスケのキャプテンが怪我した時には黙ってバンドエイドを差し出したり、眼鏡の男の子が遠くの大学を受験するのに付き添ってあげたり。

木製の大型テーブルで自習している子がいる。古い電気スタンドが女の子の顔を照らしている。ソファに横になってケータイをいじってる子もいれば、居眠りして口から涎を垂らしている子もいる。図書室の隣には中庭の花壇があり、メラレウカの幹にはブランコがくくりつけてある。片方には土嚢が載せてある。草むらにはガラス張りの建物があり、その中には大きなディスプレイとテーブルゲームが置いてあった。でも学生証をかざさなくてはいけないようだから、やはり入室するのはやめた。

突然、風がどこからともなく吹いてきて、紫色の小さな花びらが空中に舞った。淡い淡い香気が漂い、わたしの頭や肩に優しく落ちてきた。風が止まり、周囲を注意深く見回してみると黄土色の壁いっぱいに藤蔓が張り巡らされている。藤蔓の下の方には、鍵のかかっていない、かんぬき差しの鉄扉があった。

鉄の扉を引いてみると、目の前にトンネルが現われた。それは人力で掘ったもので、岩壁の側面には水が流れていて、書庫としてはふさわしくない場所だった。

もしかして、総統府に通じてるのかな？　下へ降りていくほど、湿り気が重くなり、わたしは身につけている緑色の制服が迷彩服から考案したものだということを思い出した。でもそんなの筋が通らない。だってC高はカーキ色で、何の取り柄もない卑猥な男子高校生が着るカーキ色だけど、防空壕に入って別の服に着替えるなんてありえないから。

ＰＨＳの電波は完全に届かなくなった。

下に向かって四九九段降りていった。トンネルでは人が必ず死ぬという。しかも首と左耳を掻き切るもので、声をあげるのも間に合わないくらいの陰惨な死に様だ。一月後になって別の部隊にいる伝令兵がやってきて、ようやく全滅したことを知るのだ。進めば進むほど怖くなってきた。どうして学校にこんな場所があるのだろう？　幼い頃は学校はとても陰気くさいところだと思っていた。夜にいてはいけない場所なのだから。先生が言っていた。死にたかったら図書室へ行けって。それって、きっとこのことを言っているのだろう。お墓を作るのに、ここよりもっとふさわしい場所なんてない。

トンネルの奥は閲覧席になっていた。

読書をしている女の子がわたしに背を向けている。大きめの制服にしっかり折り目のついたスカートのプリーツ。うまく表現できないほど、ゆったりとした感じだ。いや、人間というよりも幽霊のような感じ。真っ暗な中で吹き出てくる水の流れが彼女の横顔を照らしている。後頭部に束ねた長い髪の毛は、まるでシャンプーの淡い淡い香りを嗅ぐことができるかのよう。首筋のうなじは少し青くなってて、手をかざして色のちがいを見比べたくなるほど色白だった。手指の形もきれいだけれど、でも横髪がばらばらになるのに任せていて、ヘアゴムを使って髪を束ねていた。

「髪はそんなふうに縛らないの」

わたしの声が聞こえたのだろう。彼女は無表情のまま振り向いた。

わたしは確信した。

この世界には、努力しなくてもきれいで、どの角度から見ても完璧な女の子が本当にいるのだと。世間の価値観とは無関係に、ただ清く美しくて、生き生きとしていて、それだけで奇跡に思えた——もちろんわたしにはその美しさの背後で支払った代償のことは想像できなかったけれど。

一秒前に留めたばかりの髪の毛は、彼女がゴムを引っ張るとバラバラになってしまった。代わりに留めてっていう意味だ。手のひらで弁当に使うような赤い輪ゴムを受け取った。わたしは、これ痛くないの？　と聞きたかった。まあ、いいか。渡してもらった輪ゴムを手首にかけ、彼女には自分でつけていたネットオークションで買ったブルーのヘアゴムをつけてあげた。

手で彼女の首元に触ると、こんなに暑苦しい天気なのに、首筋には汗さえもかいていない。わたしは頭の中で想像した。体育の授業では一人で教室に待機して、放課後には汗臭いクラスメートを避けながら一番後ろの車両に乗り、あるいは七時半まで待ってから帰宅するのだろうなと。わたしは無意識のうちに首を短くしてしまい、自分の首がベトベトしていないか気になった。朝出かけるまえにボディパウダーと制汗スプレーを使ってきてよかった。女の子なら、絶対によい香りでいないと。

彼女の頸動脈は親指の下でドクンドクンと跳ねていた。窒息しそうになったのはわたしの方だ。

わたしは両手で彼女の頭の形と髪の毛の端までの長さをはかった。もう一度髪の毛をすいてあげて、上下に分けながら、最初のかたまりを結わえ、二つ目のかたまりで下の髪の毛を上の方に持ちあげた。二つのかたまりが髪の毛全体を支え、もし一カ所だけだったら、十分もしないうちにまたバラバラになってしまう。女の子の髪の毛はまっすぐで、人為的な縮毛矯正ではなかった。わたしが髪の毛の端で円を作ってあげると、一発でできた。

「名前なんていうの？」わたしは彼女に体を寄せながら聞いてみた。心の中では絶対に友達になれると思った。

「それ知ってどうするの？　一人しかいないんだから。名前じゃなくて、どう思う？　じゃないの」

何これ？　勝ち気な感じ。でもこれが個性でなかったら、学期が始まったばかりなのにこんなところにいるわけもない。見方を変えれば、女の子だったら、少しはわがままな感じの方がいいか。その方が可愛らしい。

「じゃあ、仕方ないから乙女ちゃんって呼ぶね」わたしは笑いながら、彼女と友達になる機会を探っていた。

「勝手にどうぞ」

「わたし、莉莉。百合の意味のリリー。百パーセント、女の子の名前」

彼女は怪訝な顔つきでわたしを見た。わたしにはその日が来るとわかっていた。やっぱり声が低すぎる。男だってわかったでしょ？　でも彼女は笑ってくれた。

「莉莉？　いいじゃない」

やっと自分のことを莉莉って呼んでくれる友達に出会えた。今わたしにはようやくわかった。トンネルの奥にいたのは幽霊じゃないと。お互いに寂しくて、一緒に暖を取りたいほど孤独な魂なのだ。

友人の証しであるあの赤い輪ゴムは、今はわたしの手の中だ。

将来わたしたちの前に待っているものって何だろう？　わたしは彼女と一緒にトンネルを歩き、図書室の屋上まで出た。途中で職員室も通ったけれど、彼女は手当たり次第に試験問題をさっと手に取り、折りたたんで紙飛行機を作った。どちらにしても小テストなのだから、数枚足りなくてもかまわない。

紙飛行機はひとつひとつ屋上から校庭に向かって飛んでいった。彼女を見つめながら、適当に試験用紙の裏を使って、彼女の横顔を描いてみた。そして八つに折りたたんで、制服の左胸ポケットに押し込んだ。

自分だけはこのことをずっと忘れないと思ったけれど、でも彼女にはどうしても知られたくなかった。

＊

「焼き肉でも食べにいこう」

ニックネーム「乙女ちゃん」の女子高生が言ったのは食べ放題ではなく、高級店のものだった。肉を一皿ずつ出してくるもので、真っ黒な漆器に入っていて、いままでに食べた何よりも美味しかった。

焼き肉の煙が目にしみて、わたしはついに口走ってしまった。実は男だと。

四、五歳の時からお人形さんと遊ぶのが好きで、前に学校に通っていた時、それってたしか幼稚園だったかな、ある女の子が遊ばせてくれなかったんだ。男の子は遊んじゃダメって。その場で大泣きしちゃった。それでお母さんは、世の中が悪いから、学校に行くともっとひどいことになると言って、自分で育てて字を習わせたり、基本的な知識を学ばせてくれた。だから、わたしにとっての学校はいつもテントの中だった。何人かの家族もお互いに自分の子供たちを連れてきて。八歳の時には空手を習い始めて、いつも運動してるから、背が一七〇センチを超えちゃって、もうこれ以上伸びないでって思う。これ以上デカくなったらかわいくないから。十四歳の時に、自分と同い年くらいの女の子たちがたくさん集まる場所があるっていうことを知ったけど、でも中学はたったの三年間で高校卒業まで数えたとしても六年だから、遅すぎたんだよね。今は十五歳だから、あと三年しかない。だから女子高の入学試験を受けたの。結果は満点に近くて、本当は通うことができて当然だった。でも大人たちの頭はかたいから。いったい何にビビってるんだろうね。女子生徒に悪さするわけでもないのに。だって女子同士なんだから。

やっと話すことができた。

彼女は網のうえに持っていこうとしていた脂でぎとぎとした箸で、わたしの頬をつねった。その瞬間、わたしは自分が焼けてしまったかのように感じた。でも、彼女は肉を裏返すように、すぐに箸を離し、それから箸先にくっついたファンデーションを口に運んでいった——そうすればわたしの女子度がわかるのだろうか？

「あなた、きれいなんだから。社会が受け入れてくれなかっただけ。そういう言い方、聞いたことあるでしょ？」

わたしは聞いたことなどなかったし、それがどういう意味を含むのかもわからなかった。

とにかく、知らないでいい。

直感的に私は感じた。

自動ドアからふくよかな女性が入ってきた。隣の席にいたつるつる頭でビール腹のおやじが、彼女をにらみつけながら、大声で独り言を言っていた。「あんなに太って通路まで塞いで。肉ばっかり食ってるからだ——」あんたの焼き肉を食べてるわけじゃないのに、そんなこと言われる筋合いはない。他の人も使いそうな言葉で、そんなこと言って恥ずかしくないの？　でも、そのおやじはわたしに向かって言ったわけではないから、あれこれ言う必要はないのだけれど。

わたしたちが出て行こうとした時、女性は入り口の近くで順番を待っていた。頭を下げてドラマを見ながら、イヤホンは二重顎に沿うように下に垂れている。じっと見ていると、女性の胸元が丸くはなく、水滴マークのような形に見えた。不自然なくらい柔らかくて、胸より下にあるお腹はもっとふにゃふにゃしていて、三段に重なっていた。おへそは腰の支えを失って、さらに下の方へ落ちてしまい、股間は完全に隠れてしまっていた。その姿がわたしに希望を与えたように感じた。太ることで、内分泌官をいじらずにより女性っぽく見せることができる。お腹であそこも隠せるし。いやいや、そんなことまでする必要はない。他の人の目に映るのは太ったわたしで、誰もわたしが服を脱ぐ姿なんて見ようとも思わないだろうから。

でも、入り口のドアに映った自分の影を見ると、一七〇センチの身長で（しかも、まだまだ伸びていて）、肩幅も広く、喉仏と髭、すね毛、腕の毛もうっすらと生えてきている。あごは四角くて、眉毛は濃く、目は小さく、唇は薄すぎるから、笑うと歯茎がむきだしになってしまう。悩んでしまうと、死んで生まれ変わりたくなるほどだ。

食べきれなかった焼き肉は、お持ち帰りすることにした。何度も注文して食べ残しが多いと追加料金が発生するから、いっそのこと持ち帰って、近くの公園で猫に食べさせよう。

小学生が茂みの影にしゃがんだり、立ちあがって歩いたりしている。二歩歩いては止まり、三歩歩いては止まりと、ダンスのステップでも練習しているのかと思ったけれど、よくよく見てみると下の方には子猫がいた。やめな、子猫がかわいそう。近くでは祖父も将棋をさしているけれど、やめさせようともしない。子供はわんぱくでいなきゃ、などと言っている。

「そうですよね。子供なんだから元気な方がいいですよね」意外にも彼女はこのように老人に向かって言った。でも、もし自分が路上生活者だったら、寝込んでいる時にうるさくちょっかい出されても、それでも、わんぱくでいなきゃ、なんて言うのだろうか。

老人は得意気になって、別の将棋も見に行った。ガキは祖父を後ろ盾にして、大声を出し始めた。何しようと勝手でしょ。そのうえさらに、子猫に蹴りまで入れ始めたので、わたしはガキのカバンを引っ張った。彼女はペンを指のあいだに握りしめて、ガキの腕をめがけてパンチを入れた。赤、黒、青の三色で袖口から腕先に向かって引っ掻いたので、赤い三本線ができてしまった。腕の皮が破けて、白い皮膚からは血が流れている。老人はまだ向こうで見物中。たぶん孫が死んでも気がつかないのだろう。

「血、血が出た――」

男の子が大声で泣き叫ぼうとしたので、わたしは急いで彼の口を抑えて、指を口中に突っ込み鼻の下も思いっきり押した。暴を以て暴に易(か)う。故事成語はこういう時に使う。

「チクるなよ。ペンで死んでも知らないよ」わたしは言った。「わたしね、子猫のママなの。今からどうやって子猫に餌をあげるのか教えてあげる」

そう言いながら食べきれなかった肉を取り出し、彼に餌付けさせた。

一見すると、男の子とお姉さん二人が仲良く遊んでいるようにも思える。男の子の頭を撫でて、男の子の手を取りながら。猫が食べ終わるのを確認してから、彼は別の場所へと駆けていった。わたしたちは優しくバイバイと言った。

この時のことを彼が覚えていますように。

＊

深夜十一時、予備校に通う生徒もみんな帰宅してしまった。予備校は巨大な国家という装置の中での、腐敗した教育制度下で生まれた副産物に巣くう貪欲な寄生虫。このような言い方は、もしかしたらいつかの夜に聴いた漫才のかけ合いみたいなもの、なのかもしれない。むかしは予備校と学校は手を取り合って、生徒たちに空欄や公式に慣れさせ、高得点を取ることで夢を追わせていた。でも、今では予備校なんてカウンセリングやエステティックサロンのようなもの。有名講師が横一直線に並び、若くておしゃれで、優しく語りかけてくれる。点数が悪くたってかまわない。私たちがそばにいるから。孤独じゃないよ。学費をしっかり納めてくれれば、それでいいんです。

こういう場所に来るのは頭の悪い生徒で、吐き出しそうなほど不味いものを食べさせられているのを知らない。

彼女はまだ家に帰りたがらなかったので、わたしたちは台大医院(タイダーイーユエン)の駅から台北駅まで歩いた。カードをかざして改札から入ると、彼女がわたしの手をつかんだ。「ねえ、ゲームしない？　最近じゃあ、ホームでこんなことして遊べなくなっちゃったんだから」

その頃の台北駅には、まだホームドアが設置されていなかった。

わたしたちは手と手を握り合い、ＭＲＴのホームの端、黄色い線のうえに立った。ふつうは一歩内側に立つものだ。でも、これはゲームだからギリギリのところに立つ。列車がホームに入ってくる時には、周囲の空気が揺れ始め、それからものすごく強烈な光にレールがきしむ音までする。高速で入ってくる車両に目を向ければ、先頭車両は確かに自分の方に突っ込んでくるのだ。目をそらしてはいけない。その瞬間自分の体が落っこちていくような感じがする。車両のスピードが落ちてくると、窓ガラス越しに乗客の姿を見ることができる。一両、一両、まるで額縁のように。スピードがますます落ちて、完全に停まった時、こちらが引っ張られていくような感じで、思わず右側に倒れ込んでしまうのだ。

「莉莉の負け」彼女が言った。

動いているのは車両で、わたしたちの方ではない。でも、目と体は平衡感覚を失ってしまう。車両のドアが開き、乗客は列を作って出入りし、すべてがいつも通りに進む。ホームの乗客はどんどん前に進んでいく。でも、列車が入ってくる時になって、二人だけがぶつかるような心地よさに浸っているのを、他の人は誰も気づいていない。

ときどき、わたしが彼女の体にもたれかかってしまうこともある。逆に彼女がわたしに寄りかかってくる時もあるし、二人一緒に倒れてしまう時だってある。利用客は怪訝な顔をしてわたしたちのことを見るけれど、飛び込んだりしないかとか、勉強のしすぎで頭がおかしくなったんじゃないかとか、思っているのだろう。

列車が一本一本入ってきては出ていく。三分、五分、七分、十五分、最後は二十五分。最終列車が出ていった後で、彼女はケータイを取り出して電話をかけていた。たぶん家の人にかけているのだろう。

「勉強していて遅れちゃった。終電逃したみたい」とひと言だけ。

一番大事なのは勉強。他は一切どうでもいい。

彼女の両親は娘のために学校近くのマンションを借りあげ、通学に時間を取られないよう、十分ほど歩くだけで登校できるように取り計らった。もし順調にT大に合格すれば、賃貸を買いあげて娘にやってもいい。

「じゃあ卒業したあと、その部屋はどうするの？」

「他の学生に貸す。あんなところは半永久的に借りたい人が出てくるんだから。でもそんなの無理。わたし絶対に期待されている大学とか、期待されている学科に合格することなんてできない。息するだけで苦しいんだから。浪人したって、たぶん無理。ねえ、知ってる？　あそこで、誰か飛び降りたことがあるんだって」

彼女が指をさしたのは、特に変わった様子はない灰色のコンクリートだった。血痕や脳漿などはとっくに洗い落とされていた。わたしはそのうえを踏んでしまったかどうか思い出そうとしたけれど、でも全然思い出せなかった。頭の中は空っぽだった。

＊

「秘密基地に連れていってあげる」

えー、秘密なんでしょ。わたしみたいに初めて知り合ったばかりの人に話してもいいの？

「いつかは、あの家の人間と関係を切るんだから。完全に消え去る時が来るんだから」彼女は言った。

大小のロッカーが地下室の奥まで続いている。赤、黄、青、緑と続き、どこか幼稚な感じだ。左右前後を確認しながら、さもなければ通路が長く、深いところへ入っていけばいくほど、自分がどこにいるのかもわからなくなってしまう。ロッカーの番号に沿って歩けば、入り口に戻ることができるのだ。

センスのない、脚の長ささえもそろっていないテーブルが二つ置かれ、靴やファンデーション、つけまつげ、アイシャドー、チーク、リップクリーム、ドライヤー、電化製品などが山積みになっていた――数人がパソコンで発送先の住所と品目を確認し、ガムテープを伸ばして段ボールに詰めていた。たぶんネット通販の業者だろう。ＥＣモールの商店ではあるけれど、本当に存在する場所なのだ。

個人向けロッカーは駅やデパートにあるコインロッカーのように大きかった。高さは足元から頭のてっぺんまではあり、位置が異なれば値段もちがう。中間の高さが一番高かった。すぐに開けて中のものが取れるからで、上や下にずれるほど値段は安くなった。これは納骨堂のシステムにも似ている。一番下なら子孫は毎回跪くし、一番上からは眺めがよい。どちらにしても、なんだかんだ理由をつけて、顧客を納得させるのだ。

もう少し奥に進むと、アメリカの学園ドラマによく出てくる縦長のロッカーがある。上の方にはハンガーをかけて、下は引き出しになっている。なんだか棺桶のようで、引き出しを取り除けば人がすっぽり入ってしまいそう。個室ほどの広さがあるロッカーもあった。中国で会社を経営する台湾人ビジネスマンが借りているもので、自分の高級家具を運び込み、適切な湿温管理で二十四時間録画監視していた。自宅に置いておくより安心なのだ。通路の途中では、白髪の長髪男性が大型バイクを引っ張ってロッカーに入れていた。こそこそしている様子からすると、奥さんには絶対に見つかってはいけないものなのだろう。さらに大げさなのは、麻の白シャツ白ズボンの男。ロッカーを開くと年代ごとにワインが並べてあり、まるでワイナリーのようだ。

ここにはいったいどれだけの人の秘密が隠されているのだろう？

かりに死んでしまった時、誰もこの場所を知らなければ、ここに置いてある財産はどうなるのだろう？

契約書にははっきりと書いてある。もし使用料の支払いが百日間滞れば、業者側で処分できる。でも、わたしには業者がこんなに高価なものを廃棄するなど考えられなかった。八割方は安値で売りさばくのだろう。

借り手が死んだわけでなく、ただ置いていることを忘れてしまったのなら、その場合も業者側のものになる。

人が死んだり忘れたりすれば、業者には利益が出る。こんなビジネスは詐欺みたい。

「人生で大事な日を一緒に過ごしてくれてありがとう。ごめんね、もう無理なんだ。でも一緒にいた思い出は一生忘れない。あの日、ネットに書き込んだら、友達がすぐに譲ってくれと連絡をくれたんだ。だから安心してね。あの人のところなら、絶対にここよりも幸せになれるから」

眼鏡をかけたおじさん（見た目では三十三歳くらい）はガールフレンドと別れ話をするかのような言い方で、鼻まで赤くなっていた。でも、話しかけている相手はロッカーの中にある紅白のゲーム機。そもそも自分の手元に置いておかなかったのだから、それほど大事なものではないのだろう。最近では物を捨てるにもスキルがいる。ここのロッカーはガラクタを断捨離する場所なのだ。面会までの時間はますます長くなっていた。最初は数時間おきだったけれど、そのうち数日おきになり、それから忘れてしまうのだ——そして人が死んでしまい、売られていく。

近くには女の人が二人がいて、一人は外見はとても頭のよさそうな感じがした。まるでわたしたちの学級委員がパワーアップしたかのよう。とりあえず学級委員2.0とでも呼んでおこう。もう一人は学生のような感じだけれど、肌や毛穴は全然ちがっていた。十七歳の女の子ならば、ふつうはそれほどきれいではない。髪の毛だって束ねてもバラバラなのだから。でも、肌くらいはファンデーションを使わなくてもキメ細かくてハリもある。だから、ひとまず田舎女とでも呼んでおこう。セレブな感じの2.0は紙袋をたくさん提げていて、テーブルのうえでハンカチを広げて、先ほど買ったばかりのブランドバッグを置いた。写真を撮った後には、ロッカーの中に入れて他の戦利品と一緒に並べるのだ。

「こんなところがあるのを知ってから、家を買う夢なんてすぐに消えた」2.0は田舎女に言っていた。自分の家はないけれど、でも生活レベルに対する欲求は下がったことがなく、引っ越しをするたびに、自分が魂を入れ替えているように感じるという。

田舎女は笑いながら返した。「わたしなんか引っ越ししたことないけど、でももしかしたらその必要があるのかも。誰もわたしのことを知らない場所で、もう一度やり直したい。そうすれば、こんな細々としたものはいらなくなるのに。三十になったんだから、新しい人生を始めるべき」

2.0は既婚者だった。「あとから物がどんどん増えてしまって、購入した服とかバッグは旦那や義母には内緒で、だから大きめのロッカーに変えた。クローゼットもオプションで付けて。写真を撮ってファイルに入れておけば、家では来週どんなコーディネートにしようか考えられるし。どちらにしても、あの人たちはわたしが何を着ようが関心なんてないし。実家から持ってきたと言えばそれで済むんだし」

でも、こんなもの実家に置いておけるわけがない。ここまで言うと彼女の顔色が変わった。結婚して一年もしないうちに、両親が自分の部屋を学生に貸し出してしまったという。彼女の私物はすべて段ボールに入れられて、二十年間続いてきた親子の情も途切れてしまった。彼女は怒りのあまり、探し物を見つけ出そうとはせず、必要なものはすべて新しく買いそろえた。段ボールには少なくとも自分に代わって存在感を発揮し続けてもらいたくて。

「そんなの、どうでもいいよ」2.0は田舎女の指輪に目がいった。一目見ただけでブランドものだとわかる。「わたしもそれ買おうと思ってた！　でも、その時は一カラット以上のものこそ価値があるように思えたから、結局シングルカットのダイヤにした」

田舎女はそんなことないと返した。「自分へのご褒美にしたかっただけ。今は付き合っている人もいないし、男を頼りにしていたら、いつになれば買えるかわからないから」

「結婚した時にはなんでもかんでも高価な物を使っての一点張りで、でも自分で好きなものは全然選べなくて。若い人たちが決めればいいの、なんて言っていたけど、実際はあれはダメ、これもダメで、三回もお色直ししたけど自分が食べたり飲んだりすることは全然できなくて、お腹ペコペコで気絶しそうだった。結婚写真で最初に頼んだカメラマンは納期なんか全然無視で、一生に一度の結婚っていうけれど、三十歳の時も一生で一度なんだけどね」

よくよく考えてみると、多くのことは人生で一度きりだから、記念にしようとしてもきりがない。二人の話を聞いていると、大人になるのは決して羨ましいことではないような気がしてきた。もし三十歳になるのが、十三歳と同じようにおとなしく先生の話を聞いているだけなら、勉強して睡眠をとって、体を動かしてきた日々なんて無意味なことになる。大人になるということは、断捨離しなければならないものが増えるだけなのだ。

＊

ピピッ。彼女がパスワードを入力すると、自動ドアが開いた。

こんなところは初めてだ。

マットレスに勉強机、それから機内持ち込み用のスーツケースも。ここが彼女の部屋なんだ。

「学期が始まる前は、いつもここに泊まるの？」

「眠るだけ。どちらにしてもほとんどの時間は学校にいたり塾にいたり。リッチなところに泊まったって意味ないから。あとからトンネルがあることに気づいて、そこで勉強するようになったの」

この人、失踪する練習でもしてるのだろうか？　教室にも行かないし、登校もしていない。トンネルにいてもここにいても、そんなこと誰も知らない。もし、いなくなってしまったら、失踪したってことになる。誰もどこに行ったかわからないのだから。どちらにしても、ここに移ってくる前には、たくさんのものを捨てている。自分が生きてきた痕跡をこの世から消してしまって。

「メイクしてみる？」わたしは聞いてみた。これは別人になる一番手っ取り早い方法だ。彼女を座らせ、自分のメイクポーチを取り出して、米粒大のリキッドファンデーションを絞り出し、彼女の顔に優しく塗ってあげた。もともと白かった肌は透き通るかのようになった。眉毛や産毛も抜く必要がなかった。彼女は眉の形がすごくきれいだったから。薄い唇は外に向かって軽く広がり、セクシーな紅色の唇になった。一番やっかいだったのはコンタクトレンズ。彼女は近眼ではなかったけれど、二時間まるまるかかって二枚のプラスチックをようやく眼につけることができた。彼女が自分で眼を突っついてしまうのではないかとすごく心配だった。でもメイクが終わると、淡いグレーの瞳から見つめてくる女性は別人かと思うくらい美人で。でも本人の感想は、女の子っぽいというものだったけど。——だって、もともと女の子でしょ。とは言っても、わたしが何度教えても、やはりポニーテールの基本的な結び方はできていなかった。

「もう切っちゃおう」彼女は言った。

何言ってるの？　それにわたしだってカツラ用のナイロン製髪の毛は切ったことがあるけど、人の頭髪なんて経験ないし。

「カツラは失敗するとお金がかかるけど、人間の髪の毛なら伸びてくるから。今みたいな感じじゃなければ、どんな感じでもいい」

なんとなく理屈が通っているように思う。経済的だという点では。

でも、前にスタイリストの女性が言っていた。口では短くしてくださいっていう人がたくさんいるけれど、でも本当に短く切りたい人なんていなくて、もしザクッザクッと切ってしまうと、心の中ではずっと拒否反応を示してるって。わたしは彼女を失いたくなかったし、ちょっと整えればそれでいいかと思った。でも、少しハサミを入れるだけでいいシンプルなショートボブは、実は相当に難しいのだ。左右対称に切るなど、ほとんど不可能に近い——気づいた時には、彼女はすでに首筋を出して待っていた。バリカンを使ってという感じで。

「坊主でもいいから」

髪の毛が足元にパラパラと落ちてきて、知らず知らずのうちに、死んでしまった髪の毛が切り落とされる前よりもずっと多くなってきた。わたしは心を決めた。左右の耳は同じくらいの高さだから、一気に耳の上まで刈りあげてしまえ!!

「目を閉じて」わたしは言った。前髪がひとかたまりずつ、眉毛のうえから落ちてくる。わたしは微動だにせず、真っ黒な髪の毛が自然に落ちてしまうまで待った。数分前にはまだ生き生きとしていた髪の毛は、床に落ちて完全にゴミとなってしまった。

「もしハサミで首の動脈をうっかり刺しちゃえば、すべて終わりだよね」わたしは何も答えなかった。どう返事したらいいかわからなかったから。でも彼女はすぐに続けた。「冗談だって」

わたしは軽く息をふきかけ、残っていた髪の毛を落とした。

「目を開けて」

彼女は目を開き、あらわになった耳たぶを撫でていた。その瞬間、わたしは気づいた。学校で騒ぎをおこすのはお姫さまではない。彼女たちはみんな箱入り娘なのだから。女の子の王国を統治するのは、本当は王子さまなのだ。

「どうしたの？　そんなにヤバい？」彼女は聞いてきた。

ヤバいよ。ヤバすぎだよ。わたしは男の子のことが好きだと思っていたけれど、でもこんなにショートヘアが似合うなんて思わなかった。どうして女の子が好きだっていうことに気がつかなかったんだろう。それじゃあ身分証の記載変更なんて無駄だったじゃないか。もし将来同性婚が合法化したら、まずは子供を作るのを考えるべきだろうか？　ＤＮＡってそんなに大事なのだろうか？　やっぱり先に精子バンクに登録しておこうか？

「首の後ろがスースーする。いままでのわたしはいなくなったみたい。わたしの一部なんて死んじゃったみたい」彼女は言った。

七年間生死不明になると失踪宣告がなされる。

でも本当に死んでしまったわけじゃない。だって死んでしまうと何もできないのだから。まず生きて、それからこの世界を変える。わたしたちと同じような人を救ってあげるのだ。もし家族とか両親とかが嫌だったら、無理してそこにいる必要はない。でも、役所の福祉保健課や子供家庭支援センターのスタッフ、先生なんて、当たり前のことしか言えない。わたしたちのような未成年者は思考能力がないと言われるように、たとえ自分の意見を出しても、まだ幼いからとか、成長してわかるようになるからとか、いつもはぐらかされてしまう。でも、思考能力があるとかないとか、いったい誰が決められるの？　今のこと、これからのこと、いったい誰が決められるの？　親の庇護から離れて、封印を解いた後、自分の本当の姿を見たいとは思わないのだろうか？

今、わたしたちは何を持っていったらいいのだろう？　スーツケースはダメ。自分たちは家出しましたと言っているようなものだから。すぐに警察が来て事情を聞くはず。マイボトルの水筒と現金は必須かな。

「歯ブラシは？」

「指で磨けばいいよ。でも歯磨き粉はやっぱりいる」

最後は、一番大切なケータイも捨てないと。電源を入れればＧＰＳが働くから、今捨てないとこれからきっと捨てづらくなる。

「ケータイなんてないよ」彼女は言った。

「一台もないの？」わたしなどは小学生の頃のＰＨＳを今でも使っていて、すごく惨めに感じるくらいなのに。家柄のいいお金持ちの女子高生なのにケータイさえ持たせてもらえないのだろうか。

「勉強しなくなると思って心配なの」

「F高に受かったんでしょ、何ビビってるの？」

「クラブ活動だって認めてくれないんだよ。生物研とESSを除いて」

「部活やクラブってダンスしたり合コンしたりするためでしょ。少なくとも漫画くらいは読まないと。

そんなだと、塾と全然変わらないじゃん」

「だから一日目から疲れちゃった」

それもそうだ。そうでなければ、あの場所で出会うはずがない。

＊

探し回ってようやく格安のラブホテルを見つけた。川岸に沿って歩いたけれど、ラブホってどうしてこんなに辺鄙なところにあるのだろう。彼女はわたしに対する警戒心が少しもないようだ。わたしでよかったね。もし変な人だったらどうするつもりだろう。彼女が本当に自分のことを女性と見なしている証しなのだろう。道路には車が停まっている。車内の人も眠っているわけじゃない。何かスクープ写真のチャンスを待っているかのよう。大人ってこんな遅くにこっそりデートして疲れないのだろうか。明日も仕事があるだろうに。カウンターには女性が並んでいて、マスクとサングラス姿だった。どこの有名人か知らないけれど、でも室内でこんな格好をしているのは、どこか場違いだ。そして、女性は髭面のおっさんと一緒に上の階へあがっていった。

もし聞かれたら、旅行中ですと答えよう——ある程度は本当なのだから。わたしは大人のように落ち着こうとしたけれど、大人じゃないからこそ、こんな感じなのだと思う。

エレベーターが開いた。目の前に広がるのはピカピカに光る車道。まるでファッションショーのランウェイを歩いてるみたい。でも、逆に近くのシャッターが降りて車が突然飛び出してくるんじゃないかと不安でもあった。わたしたちには駐車スペースなんて不要だったけれど、スマートキーを押すと、頑丈なシャッターが降りてきて、中にある部屋のドアが開いた。

遊園地で聞くようなアコーディオン調の音楽が鳴り響き、回転木馬がまわり、七色のネオンがキラキラ光っている。向こう側ではブランコが動いている。こんな場面はエロチックどころか、ホラーに近い。赤いボタンを押すと、すべての動きが止まった。

ベッドはすごく大きく、しかも円形だった。部屋の真ん中に置いてあって、超豪華！　助走をつけて飛び乗ってみると、ものすごく柔らかかった！　枕元ではライトの設定を変えることができるようだけれど、それにはすべてに変な名前がついている。グラマラスガール、レインボーバタフライ、パープルロマン、パラダイスヘブン、サマーラブなど、だいたい十種類くらいはあって、全部押して試してみても、あまり大差はないようだった。時間の無駄。テレビもすごく大きく、つけてみるとチャンネルは全部有料。ＡＶの種類もすごく多いみたいだけど、こんなに詳しく種類分けする必要なんてあるのだろうか。アダルトアニメまである。わたしはどれか見てみようかなと本気で考えたけれど、受付に電話をしないといけない。そうなると恥ずかしい――

正方形の大理石でできた浴槽からは水が流れる音が聞こえる。サラサラサラと浴室全体に響いている。彼女がいる方のドアが閉まっていなかったので、わたしは浴室と部屋が同じくらい広いことがわからなかった。「ここ、すごぉーい！」

彼女の後ろにあるベランダに目がいった。ドアを開けると、ピカピカに輝く街並みが足元に広がっている。外から風が絶えず入ってきて、カーテンが揺れる。わたしは突然彼女が十三階の窓からいなくなってしまうのではないかと感じた――わたしは言った。窓は閉めた方がいいよ、風邪引かないようにね。いい感じにエコーするから、お風呂入った時に歌でも歌おうよ。この部屋は広すぎる。広すぎて、彼女の姿を見失ってしまう。でも声が聞こえるなら、生きているっていうこと。水が止まった。浴槽がいっぱいになったのだ。

彼女は足先で湯加減をみて、それから海にでも飛び込むようにジャンプした。服を脱ぎ終わっていなかったので、ズボンが濡れてしまい、膝下すべてが浸ってしまった。そして水温に満足するかのように、体全体で寝そべり、ブクブクブクブクとやっていた。

あっという間だった。

はやく引き起こさないと！　でも足が萎えてしまっている。自分の目の前で人が死のうとしている。さっきテレビを見ている時、彼女はあんなに長いあいだ水の音を聞きながら何を思っていたのだろう？浴槽に飛び込むと、彼女は頭を浮かべてぜいぜいしていた。

「泳げないの。だからこんな感じなの」そう言い終わると、彼女はクックックックックッと笑いが止まらなかった。

この時には、わたしも全身ずぶ濡れだった。いっそのこと浸っちゃえ。服が全部濡れてしまった。腕を強くつねってみたけれど、暖かく感じることはなかった。お湯の温度が下がり、エアコンの風が次第に体を冷やしていく。こんなに寒い思いをしたことなど、いままでにはなかった。この建物は中央管理方式の空調で、新しいエアコンのようだけれど、でもそれがバスルームをものすごく寒くしていた。彼女が手をわたしの膝頭に当てたので、わたしも同じようにした。合わせ鏡のように二人で寄り添って、体温で暖を取った。

その時、彼女が突然手を払い、透明な水の中で目を開きながら、シャツのボタンをひとつひとつ外していった。

もともと薄手の衣服だったので、クラゲでも浮いてきたかと思った。服は水に浸ってしまい、なかなか脱げない。後で知ったのは、有名なマジシャンもこうして死んでしまったらしい。ようやく服を脱ぎすてた時、自分が脱皮してるんじゃないかと思うほどだった。

「毎回こんなことするとね、古い自分が死んでいくように思う」

彼女は楽しそうに笑ったけど、わたしはすごく疲れて言葉が出なかった。服が浮いているのを見ているだけ。本当に生まれ変わったのだ。

「でもさ、それなら、今が新しい自分なの？」わたしは聞いた。

「もしかすると皺がひとつ増えてるのかもね。お腹がちょっと出てたりして。でも本当の自分はとっくに入れ替わってるんじゃない？　たぶん、寝てる時とか、運動してる時とか、大事なものを失っていく時に――自分が新しいかどうかなんてわからなくて。パソコンで言ってみれば、いつアップデートされたんだろうって怪訝に思うような感じ」

「そんなこと言って、そのうち一緒じゃなくなるってこと？」

「もしかしたら、とっくのむかしに一緒じゃなくなってるのかも。自分から死のうとすることさえ無駄ってこと。自分でも知らない人間に変わっていくのかもね」

彼女とそのまま話を続けたくはなかった。聞いているうちに、それが遺言みたいに思えてきたから。死んだ後、わたしが代わりに事後処理することなんかできないし、そもそも自分で何かができるわけじゃない。もっと言えば、目の前からすっといなくなってしまったことさえ気がつかないかもしれない。

好きだけじゃ足りない。

努力だけじゃ意味がない。

彼女は猫のように、わたしの涙を舐めてくれた。それはロープのようにしっかり安心できるもの。でも、わたしたちは絶対にゴールまで走れない。わたしは誰にも自分の体に触れて欲しくなかったから。それは彼女だってダメなのだ。わたしは、この後どうしようかと迷っていた。拒絶するにもどう拒絶したらいいんだろう。

「まかせて。リラックスしてればそれでいいんだから」彼女は言った。「今ここにいるのは、お互いに知り合いじゃなくて、虚構の人ってこと。わたしたちのこと。そうすればお互いの人生に責任を負う必要もないし。こう言えば、少しはわかる？」

彼女は爽やかな笑顔を浮かべ、励ましてくれていると錯覚するほどだった。でも、わたしは自分の体が好きじゃない。他の人だって好きになるとは思えない。浴槽から立ちあがると、あの超大型ベッドに駆けていって、布団を引っ張ってうずくまった。

彼女があとから追いかけて来てくれると思ったけど、そんなことはなかった。水の流れる音が聞こえ、ドライヤーの音が響いていた。わたしは安心し、枕元のＰＨＳを手に取った。出会い系サイトには数十通の未読メッセージが残っていた。学校の様子はどうとか、モデルの写真撮影しないとか、星座や身長、体重を聞いてくるものまであった。もう何度も何度も伝えたことがあるのに。でもやっぱり応じてしまう。どのアカウントも新しい人で、いつでも連絡を絶つことができるから、この点はわたしにとって都合がよかった――今よりもよっぽど気楽なのだ。わたしは返信することで気を紛らわそうとしたけど、レスなど簡単に済んでしまった。次は何をしよう。まだ決めていない。いつも即レスでチャットしている「海安（ハイアン）」を捜して、メッセージを送った。

「さっきキスされた」

「どこいるの？」

「ラブホ」

「すげえ！　援交かよ」

「ちがう、彼女」

「マジで？　なんで俺には女の子の誘いがないの？」

こちらは真面目なのに、どうしてネット友達ははぐらかしてばかりなのだろう。からかってばかりで、ほんと頭にくる！　誰にも聞けない。自分の母親だって無理。でも女性だから安心だよね？　ちがう、自分は男だから。でも男にはなりたくない。男女は一定の距離を取るべきなんて、今にして思えばたいしたことではない。もし彼女の両親が飛び込んできたら、人生台無し。少年院に入れられるとすれば、女子少年院だろうか。ドライヤーの音が止まった。きっと髪の毛が全部乾いたのだろう。照明が暗くなり、軽々とベッドにあがってきた。彼女は布団をめくり、わたしがまだＰＨＳをいじってるのに気づいた。「まだ寝ないの？」

「眠れないから」

何言ってるの、眠れるわけない。今は眠るような時間じゃないし。いつもこの時間はチャットルームが一番盛りあがってるんだから。家だとダイヤルアップ接続で夜中の一時、二時になってからようやく寝るのだ。

「面白そう、見てもいい？」

彼女がのしかかってきたので、わたしはすぐに画面を切り換えて、ＰＨＳを枕元に放り投げた。彼女はばつが悪そうな表情を浮かべて、「ごめん、大丈夫かと思ってた――」と言い、真面目な顔をして向こうをむき、ベッドの片隅に座った。わたしはこの時、ベッドの横に鏡がぐるりと張りめぐらされているのにようやく気づき、彼女の背中と正面がはっきりと見えたのだ。

わたしにはわかった。彼女を自分の前に座らせれば、体は美少女同然に見えることを。そう思った時にはもう、自分の顎を彼女の肩にもたせかけていた。彼女の後ろで膝をついて、そして言った。「動かないで。女の子になれた姿を見ていたい」

肩の柔らかな線、かすかに盛りあがった鎖骨、それからバスタオルの下にふくらむ胸、うずまきのような耳、首筋の線もきれい。でも髪の毛を切ってしまったのは惜しい。そうでなければ、もっときれいだったのに。一人ではこの位置からは絶対に見ることができない。もしできるのなら、わたしは彼女と同じような体に整形したかった。体全体の骨格も変えて、肩甲骨を縮めて、肋骨を削って。どちらにしても、肋骨二本残っていたからって何の役にも立たないし。どうりで神はアダムの肋骨を使ってイブを生み出したわけだ。でも、そんなことは想像するだけで痛々しい。わたしは後ろから彼女の腰を抱えた。お腹も異常なほど柔らかで、すごく羨ましい。撫でていると温かくなってきた。

彼女は右手でわたしの手の甲を覆うと、自分の手はすっぽり隠れてしまった。二人いるけれど体は一人だけのような感じ。どれくらい時間が経っただろうか。彼女の左手がバスタオルの結び目のところまで動いた――わたしは彼女がバスタオルを広げるのを止めさせようとしたけれど、でもわたしにもわかっていた。もしこの機会を逃したら、一生で二度とチャンスはないだろうって。だから彼女に任せていると、バスタオルはお腹と両足のあいだに落ちていった。本当の女性の体っていうのはこんな感じなんだ。皮膚には薄く薄く鳥肌がたっていた。目を閉じて、どれくらい経っただろうか。彼女が突然クシャミをした。

「ごめん、エアコン強すぎるかな」わたしは急いでシーツで彼女の体をくるんであげた。風邪を引かないように。わたしたちは同時に横になり、天井を見つめた。照明はいつから暗くなっていたのだろうか、外の光だけが射していた。

「自分の体、嫌いなの？」彼女が聞いてきた。

「大嫌い。もし今こんな感じじゃなかったら、生まれた時から女だったら、こんなに嫌な気持ちにならないのに――」

「お互いに魂が入れかわることができればいいのに」

「ほんと。こんなにきれいなんだから！」

アニメだとよくこんな展開がある。目覚めてみると、自分が見知らぬベッドのうえで、見ず知らずの街にいて、まったく別人になっていて、完全に新しい人生が始まるというもの。

「じゃあ、交換しない？　名前とか性別とか全部あげるから。体も」

「でもさ、どうやって？」

「そのふりをしていけばいいから。わたし入学手続きは済ませたけど、先生もクラスの子もわたしのことなんて見たことないんだから。交換したいのなら、使っていいから」

わたしは胸がドキドキした。彼女がいらないというものは、わたしが絶対に手に入れることのできない――女子高生という身分。

「李飛篇（リーフェイピエン）」彼女は自分で自分を指さした。それはどこか、友達の誰かをわたしに紹介するかのようだった。

　李飛篇——思い出した。あの日、わたしが座っていたクラスだ。あの時もうお互い擦れ違っていたなんて。教室での場所は、真ん中の列で、窓よりの席でしょ。わたしはその場所に座って、黒板に風が吹き付ける音を聞いていたのだ。

「でも、交換する前に、言っておかないと。でないと、絶対に後悔するから」

　女子高生のふりをする時に気をつけなければいけない点かと思った。でも、李飛篇という名前の彼女が話してくれたのは、わたしが考えていたほど単純なことではなかった。聞いて後悔した。そんなことは知る必要がなかったから。知っても彼女の傷心を癒やせるわけではないし、過去におきてしまったことは変えられなくて、逆に負担になるばかりなのだから。それとも、やはり交換するのはやめておいた方がいいのだろうか。

　小学二年の頃、昼に下校した時があったという。天気もよく、広々とした道路は、突然駐車場が造られたことで切断され、むかしからある歩道橋を残すだけだった。彼女はそこで一人の中年男性に出会った。ママが今日レストランに連れていってあげるという。それから何もおきなかった。せいぜいおじさんが自分でズボンを脱ぎ始めたことくらいで——まもなく区域をパトロール中の警察官に見つかって、二人は警察署に連れていかれた。

「わたしは全然怖くなかった。その後にママがしたことの方がもっと怖かった」

家に帰るなり、「私はどうしたらいいのよ」とか「なんでママのいうこと聞かないのよ」と詰問され、それからずっと見張られるようになった。だから彼女はなるべく外出を控え、家の中に隠れるようになったのだ。

こんな日々はあとどれだけ続くのだろう？

「それはあなたのせいではありません」中二の時に、パンダみたいに太ったカウンセラーが彼女に言った。彼女はそれを受け入れ、実家から離れるため、台北の高校に通うようになり、機会を見つけて、学校の近くで一人暮らしするようになった。

そんな深い闇は、誰も経験できないこと。

「だから、交換すると、絶対に損。きれいな体じゃないんだから」

え？　でも、何もおきなかったんでしょ。厳密に言えば、実際にはどこも触られていないのだから。いやいや、触られたって汚されたって、あなたのせいじゃないでしょ。問題はそこなのかもしれない。他人から見れば、外見では傷ひとつないのだから、深刻な被害者とまでは言えないと。でも、一番身近にいるお母さんとか、家には全然帰ってこないお父さんとか、道ばたでパトロールしているおまわりさんとか、皆、口をそろえて言うのだ。おまえは悪い子だと。

「そんなに泣かなくたっていいのに。わたしの話なんてたいしたことないんだから」彼女は話し終わると笑い出した。まるで別の人のうわさ話でもしているみたいに。

泣いていたのだろうか？　鏡を見ると、激しく泣いて顔がぐちゃぐちゃになっていた。大げさすぎる。自分とは関係ないのに。でも、わたしが泣かなければ、誰が彼女のために泣いてくれるのだろう？　こんなにすぐに泣けてきちゃうなんて、彼女のことがかわいそうと思うからだろうか。わたしがもっと強ければ、言ってあげるのに。たいしたことないと。傷口を見ることがなければ、彼女が言っていたように何もおきなかったということになるのだろうか？　どうして女の子になるのはこんなに面倒なんだろう？

彼女は言った。「もし生まれてくるのに他の人の同意が必要でないとしたら、じゃあどうして死ぬ時には必要なんだろう？　こいつ死んだほうがいいとかいう人がいるけど、そうなのかな？　将来、医者が裁判官と同じように、人の死刑を宣告できるようになっても、苦しみって数値化することはできないよね？　でも、そうとも思えない。わたし個人の立場から言えば、体の機能が止まったり、人の呼吸が止まってしまえば、もしかすると考える必要なんてないのかもしれない。でも、わたしがどこの学校の生徒で、誰の家の娘なのかっていうことまでは変えられないでしょ。もし本当に死んじゃったら、やっぱりあなたには弁解できないよ。ホテルの人と警察官がやってきて死体を処理したりして、最後にはやっぱり両親の迎えで家に帰るんだろうね。それからニュースにも流れて、どこかで見たような感じだなって。むかつく近所の人や予備校、中学の先生とか、同級生たちは絶対に言うよ。李さんはすごくいい人でした。おとなしくて、勉強もよくでき、人間関係も悪くなかったですって。ウソばっかり。それから、わたしの顔にはモザイクがかけられて、ふざけんなって！　遺書を書いたとしても、絶対にゴミとして扱われる。その時には絶対に迷惑かけるから。ごめんね、知り合ったばかりなのにこんなに変な頭で。後始末も全然つけられなくて」

「最後には誰にも迷惑かけたくないって、誰にも気にされないまま、この世界からいなくなりたいって思ってるの？」わたしは聞いた。こんなに色白できれいなのは、誰からも近づかれたくないということなのだと、今ようやくわかったような気がした。

「あなたのこと好き」彼女は言った。

「な、なんでわたし？」びっくりした。これって告白かな。「そのスペックだったら、もっといい人探せるのに」

「もっといい人なんていないよ。だってあなた、何も言わないから。さっきだって頭を肩のうえにのせてるだけで、わたしの両親みたいに恥知らずだなんて言わないし。スペックが高いから尊敬するとか、きれいだから付き合いたいとか、そんなの考えただけでも吐き気がする。あなたって、わたしに何かを求めてるわけじゃないでしょ？」

「そ、そんなことないよ！」

「何？」

「生きててほしいって」

彼女は笑った。「それは別」

でも、本当に「何かを求めているわけじゃない」状態でも、人を好きになれるのだろうか？　好きなら、もっとまじめな理由があるんじゃないだろうか？　彼女はわたしのために生きててくれるかな？

それって自己満足すぎない？

「じゃあ、わたしのこと好き？」彼女は聞いてきた。

こんなにストレートに聞いてくる人いるの？　わたしは女だから、男を好きになるべきじゃない？　あんなに頑張ってここまで来たのだから、絶対に百点満点の美少女でいたい。わたしって、誰かに優しくしてもらえれば、前進するのをやめてしまうのだろうか？

「わたしに言わせれば、あなたはあなた、男か女かなんて全然大事じゃない」彼女は言った。

彼女は女の子だから、こう言うのだろう。わたしの気持ち、全然わかってない。

わたしは眠いねと言って洗面所に駆け込み、歯ブラシの袋を破って、わざと大きな音を立ててハミガキを始めた。トレーの横には女性用と男性用の下着が並んでいる。うわっ！　ここには何でもある。結論から言えば、ラブホより家出に適した場所はないわけだ。備え置きの下着を穿いて家に帰る人たちって、連れ合いの人にどこから着てきたのって言われないのだろうか？　それってボロが出るようなものなのに。なぜ二セットずつ置かないんだろう？　それだったら、わたしも試してみたいのに。そう、わたしはまだ紳士用トランクスの段階なのだ。

振り返って浴槽を見てみると、ずぶ濡れの服が排水栓を塞いでいた。いつからだろう。水があふれるのも止まってしまい、二人の服は排水溝でからみあい、ものすごく汚く見えた。鏡の中にわたしは部屋の鏡を見ることができる。それからベッドにいる彼女も。わたしは混乱してきた。あなたがそばにいても、自分では何ができるのかはっきりしなくて。思春期だから？　それとも愛してるから？　わたしは頭にきて、どうして告白に応じてあげなかったのかと思った。どうしてあんなこと聞いてきたんだろう？　もし聞いてこなければ、迷うことなく好きって言ってたのに。でも、わたしはそうじゃないとも思う。言ってしまえば、それは認めてしまうこと。承諾はずっと永遠に続くのだろうか？　わたしは、ずっと永遠に、などという言い方でそれがどれだけ続くのか気がかりだったわけじゃない。それよりも彼女にはっきりとした答えが出た後で、好きとか嫌いとか言っても、わたしが制止できないことを始めるんじゃないかと不安だったのだ。

＊

朝起きて、わたしたちは昨日買った服を着て、濡れてしまった衣類は排水溝のところに置きっぱなしにした。これはまずいと思い、持ちあげてみたけれど想像以上に重かった。特にデニムは。彼女はそこに置いておけばいいからって言うけれど、でもどこか変な感じだった。そこで誰かが死んでいるような気がして、清掃の人はびっくりするだろうなと思った。服を腕に抱えながら廊下を歩いていると、自分が死体遺棄の殺人犯のように思えてきた。それから、適当に別の部屋のドアを開けて、清掃の人が見ていない隙にゴミ箱に放り投げた。

「一緒にプリクラでも撮らない？」わたしはそう言った。今ではいろんな種類があって、さまざまな特殊効果を付け加えることができる。「わたし、お金出すから！」最初はどこか笑顔がぎこちなくて、でもハートマークや星などを加えていたら、なんとかマシになった。

わたしはプリクラをＰＨＳに貼り、この時のことをずっと記念にしておきたいと思った。

夜は一緒にマクドナルドを食べたけど、彼女はほとんど手をつけず、突然言った。「わたしがいなくなったって、家の人が言ってると思う？」

朝のニュースで流れてないから、まだいなくなったことに気がついてないいんじゃないの。でももしかすると、警察がオフレコの指示を出しているのかも。

「わたし、お父さんの声、聞いてみたい。いなくなったって、最初に気づくと思う」

「じゃあ公衆電話から、家に電話しようよ。もし他の人が出たら、すぐに切ればいいから」

わたしたちは外に出て電話ボックスに入り、ドアを閉め、受話器を持ちあげた。彼女は番号を押し、わたしは手のひらに硬貨を握っていた。呼び出し音は三回鳴り、繋がった。

「もしもし？」

男の人の声で、彼女の視線は父親だと言っているかのようだ。でも、もしもしのひと言だけで、その後は声が続かない。別れを告げるわけでもなく、家に帰るからと言うわけでもない。きっと何を言おうか考えていなかったのだろう。わたしは彼女が持っていたクレジットカードで支払いをしたことを思い出し、相手がもしもしと三回言った後に、こう言った。

「こちら××銀行のコールセンターです。ローンのご紹介ですが、今お時間ありますでしょうか――」

「いや、結構です。ありがとう」

「失礼いたしました。お邪魔いたしました」時計を見ると、午前十一時。こんなウソも嘘っぽくはないだろう。

「声、本当にわからないのかな？」わたしは不思議に思ったけれど、彼女はもうどれだけのあいだ電話をしていなかったのかも思い出せないほどだった。電話があったとしても、駅に着いたよという程度の会話でしかなかったのだ。

所持金すべてを持っていたけれど、わたしたちにはそれほど長くラブホに泊まれるお金はなかった。ネットカフェの方が最適な逃げ場だった。

濃いグレーのガラスドアを押し開けると、馴染みのあるたばこ臭の冷気が流れてきた。それは禁煙していても消すことのできない記憶のようなもの。カウンターの男はわたしたちが未成年かどうかも確かめずに、二人掛けのソファを案内してくれた。たぶん店長だろう。アルバイトの子ならこんなに老けてはいないはず。髪の毛は長く、太縁眼鏡で、髭を蓄えていた。年齢は三十から五十ほどだろう。

彼女は来たのは初めてだったけれど、でも常連のような感じもした。店長の後ろについて、ディスプレイとソファの隙間から作られる狭い通路を歩いていく。わたしは彼女が曲がり角にさしかかったら消えてしまうのではないかと不安で、彼女の服の端を引っ張っていた。彼女は心配しないでと言い、ぎゅっとわたしの手を握ってくれた。わたしたちはビクビクしていたけれど、二人一緒なら怖さも半減だった。奥まで歩き、店長は格子柄のカーテンをめくり、丁寧に引いてくれた。ここはわたしたち二人だけの場所。靴を脱いで入ると、だいたい畳二枚分の広さで、藺草（いぐさ）の香りまでした。鍵をかけることはできないけれど、ネットカフェにはシャワーもある。夜通しで敵を倒そうとする客は顔を洗えば、引き続き夢中になれた。だからわたしたちも、順番に持ち物の見張りをしながらシャワーを浴びに行ったのだ。

彼女が離席していた時、わたしはＰＨＳを開いて拇指情報（ムージーチンバオ）（台湾での従来型携帯電話やＰＨＳのインターネット接続サービス）にアクセスし、今日の運勢を確認した。水瓶座はまずまずのようだ。彼女の双子座はあまりよくないみたい。それじゃあ、わたしの運勢を少し分けてあげようか。わたしにはたくさんの人がメッセージを残していた。四十歳の中年サラリーマンから兵役中で手持ち無沙汰な男の子まで――わたしは女性の声でおしゃべりすることができるけど、ただゆっくり話せるだけ。饒舌になってしまうとぼろが出る。面倒くさい時は、風邪気味だからと言って逃げるのだ。そもそもニックネームなどは参考程度にしかならない。小宇（シアオユー）や阿宝（アーバオ）、knightなんていうニックネームを使う女の子も少なくないんだから。不倫や浮気、兵役中のことなどを話したりするけれど、会ったことすらないから、やはりお互いに怖いのだ。今どきニュースになるのは、出会い系のネット詐欺だから。

足がしびれてきた。わたしは立ちあがって周りの客に目をやった。皆、耳にヘッドホンをつけて敵を倒している。ヤフーのチャットルームでチャットをしている人もいる。明らかに学生だけど、三十代向けのユーザールームにいる。前にわたしも高校生向けのユーザールームに入ったことがあるけれど、そこではしょっちゅう口げんかがおきていて、バカみたいだった。頭上の明かりを消しても、通路の光がカーテンから透けてきて、オンラインゲームの明かりがギラギラと光っていた。

＊

わたしたちは同じ制服を着て、同じカバンを持ち、同じ靴を履いて、一緒に登校した。ただ、わたしは教室、彼女はトンネルにいたけれど。二人でシュレーディンガーの猫計画と呼んでいた。誰かが、教室とトンネルで同時に李飛篇に出会うなんてありえない。人間ならば複数の場所に同時にいることなどないのだから。

わたしは李飛篇と三文字書き、女子高生の身分を手に入れた。さっき誰かが自分のことを李飛篇と呼んだけれど、まだすぐに振り返ることはできなかった。

昼休みになると、クラブの先輩たちが来て勧誘を始めた。教壇に立った先輩はキラキラ輝いていて、特別な使命感に包まれている。わたしは先輩たちと食堂へ行って弁当を買った。みんな午前中には食べ終わっていて、それから長い長い昼寝をしたようだ。わたしたちは一緒に高三の先輩を捜しに、校庭を通り抜け、光復楼まで来た。教科書はめちゃくちゃに積み重ねられていて、廊下のロッカーからもはみだしている。高三の日常など期待しない方がいいのかもしれない。

ある先輩は新しいケータイを持っていて、手をひっくり返して自撮りしていた。

女の子たちに取り囲まれる感じを覚えたので、わたしの夢は実現したのも同然。でも、大事な人が近くにいない。

授業は始まったばかりなのに、もう放課後が待ち遠しい。

五時十分に正門のところで。遅刻してしまったと思ったけど、ＰＨＳの時計を五分早めていたんだっけ。警備員室の時計が十分を指し、彼女はぴたりと現われた。

「お兄ちゃんがおごってくれるって」わたしは言った。

「誰のお兄さん？」

わたしはＰＨＳを振りながら、「ネット友達に決まってるじゃん」

ネット友達に一人で会いにいくのはすごく怖い。でも、二人なら大丈夫。待ち合わせに遅れてしまったけど、ネットの知り合いでしかないのだから、それほど真面目になる必要なんてない。あるいは、もう真面目になる時期なんてとうに過ぎてしまったのかも。お兄さんなら、妹には融通をきかせてくれるはず。

真善美(ジェンシャンメイ)映画館〔台北西門町の老舗映画館〕の入り口に立っていると、一人のおじさんが近寄ってきて聞いた。「一時間いくら？」近くを歩く男の子もこちらを振り向いたほどだった。本当に恥ずかしくて、恥ずかしくて。わたしのお兄ちゃんって、本当はこんなに老けてるの？　一瞬逃げようかとさえ思ったけれど、でも彼女も一緒なので、わたしは頭をかきながら聞いてみた。「海安のお兄ちゃん？」

「海安だよ」隣にいたグレーのパーカーを着た男の子がそう言うと、おじさんは何ごともなかったかのように離れていった。あれ？　さっきわたしたちに万年大楼(ワンニエンダーロウ)〔西門町の代表的な商業ビル〕の場所を尋ねた人かな？

一時間いくらなのと言った男じゃなくて。本人にはうまく会えたけど、でもわたしは少し不機嫌だった。何度も目を向けてきたのに、どうしてちょっかいを出されているのを見てようやく声をかけてくるの（別にたいしたことはないけど）。先に言ってくれればいいのに。スーパーマンのふりでもしてるの？

わたしは口をききたくなく、そこに突っ立っていた。

「メッセージくれるかと思った」彼は言った。

「一目で見つけてくれるかと思った」拇指情報で二カ月もやり取りして、わたしにはそのニックネームが『傷心珈琲店之歌』（台湾人作家の朱少麟が一九九六年に発表した長篇小説）の登場人物から取ってきたものだと一目でわかったのに。出会い系なんて情報量から判断するもの。相手の性別、年齢、個性、好きなものなど。わたしは海安が本気だと思ったから、だから直接会う最初の人に選んだのに。でも、わたしだってはっきりしていた。実際に会ってしまうと、お互いの人生からどうしてもログアウトできなくなることを。海安が言っていたとおり、わたしより五歳年上で、でも思っていたほど背は高くなく、一七〇センチほどしかなかった。それでもわたしが好きなタイプの男の子だ——もし彼女と出会っていなければの話だけど。でも今となっては自分だって誰が好きなのかわからない。彼の方もわたしのことが好きかどうかはわからない。ただ会う約束をしたから会っただけなのかもしれない。もういい、お腹が減った。わたしはもう、ここで気取っていたくなかった。

「こっちの人、わたしのお兄ちゃん。それからこっちがわたしのお姉ちゃん」

わたしは二人のあいだに立って挨拶してあげた。

「本当のお姉ちゃんなの？」

「そう」わたしたちは同時に声を出した。

「似てないけど」

どこが似てないの？　なんで？　二人ともそっくりだと思ってるのに。

お兄ちゃんは大学生。わたしたちの方が二人だったので、マクドナルドをご馳走してくれた。彼が面白いよと教えてくれた映画は、わたしはすぐに借りてきたものだった。見終わった時にはいつも——あの人のセンスなんかもう信用しないから！——という感じで。でも同時に、「わたしも見たよ」と自慢げに言えるのがたまらなくて、こんな感じで二人は徐々に近づいたのだ。わたしは本当に思う。自分は生まれる時代を間違えたと。もうちょっと早く生まれていたら。あの時代はすべてが前進していく感じで、ロックなんかも反抗的で、アジアツアーで回るバンドもおっさんたちではなく。

本当のところ、お兄ちゃんとはネットでそれほど話が弾むっていうわけではなかった。デブというわけではないけど、体格がいいと表現した方が正しいかも。太縁眼鏡をかけて、見た目はすごく頭がいい感じ。家庭教師をしているらしいので、それならわたしたちの宿題を解くのもそれほど難しくはないはず。

彼は友人とマンションの部屋をシェアしていて、ルームメイトは外出中だった。テーブル二つ並べて宿題を解かせておいて、自分は横になっている。わたしは心配になってきた。異性愛者のはずなのにどうして女の子を放っておいてベッドで寝てるんだろう。これって何かの暗示？　そんなことを考え始めると、わたしたち二人は宿題に集中できなくなってしまった。後ろで寝ている彼のことが気になったからだけど、向こうは一人でこちらは二人。飲み物を用意しておいてくれるわけでもなかった。そんなことは思いつかなかったからか、それとも他の狙いがあるからなのか。そうと知っていれば、マクドナルドに残って、マンションへ一緒に来ることなんてなかったのに。でも、本心では見てみたかったのだ――自宅以外の他人の家の中を。

背中の方からは小さな鼾が聞こえてきた。本当に寝てしまったみたい。寝る真似をしているわけでもないみたい。すごく疲れていたのだろう。わたしたちはホッとして、宿題を解き終えた時にはもう十時に近かった。それでも目覚める気配がない。明日の朝まで眠り続けるのだろうか？

「ねえ、ねえ」軽く揺すってみたけれど反応がない。お腹からはお肉が白い線のようにはみ出している。

「どうしよう」「電話すればいいよ」

わたしたちではそんなことを考えるくらいしかできなかった。

「じゃあ行こうか」

彼はいい人で、わたしたちがバスに乗るまで何もおきなかった。

あんな感じの大学生になるのなら、そんなに悪いことではないのかも。彼が読んでいる本はだいぶ難しそうで、書名も忘れてしまった。まあいいか。彼のことは「昼寝くん」とあだ名をつけておけばいい。この人を捜して宿題するのはもうよそう。どちらにしても、二人で解こうと思えば解けるんだから。

「もし私がいなかったら、一人でも会いにいく？」彼女が聞いてきた。

わたしはそんなことないと答えた。せいぜいマクドナルドで会うくらいで、その後は別々だと。自分の頭でははっきりしているのに、でも二人一緒だと、逆に馬鹿なことをしてしまう。どうしてだろう。

夜のバスはガラガラだったけど、わたしたちは奥までつめていき後ろから二列目の座席に腰かけた。席を譲りたくなかったから。四人がけの向かい合わせシートには、背もたれの裏にいたずら書きがたくさん書かれていた。彼女はわたしと差し向かいで座り、車内には他に学生もサラリーマンもいなくて、暇そうにしている人が少し乗っているくらいだった。

下車するバス停まで長いから、少しは眠ることができる。密集する住宅街を通り抜け、左折したり右折したり、バスは同じ場所をぐるぐると回っているような気がした。それからコンテナの倉庫がずっと続き、骨壷や仏具を売る店、窯焼きピザの店が見えた。窯焼き？　弁当屋さえないこんな辺鄙なところなのに。本当に何もなくて、あの窯って骨壷も一緒に焼くわけじゃないよね？　いろいろ考えたけど、どうにも解せなくて、わたしはついに寝入ってしまった。

ほらほらほら。膝頭を急に触られたような気がして、わたしは突然目が覚めた。お年寄りが雨傘でわたしのすねを小突いていた。強くはないけれど、催促するような感じで。

「今どきの若者は席を譲ることさえ知らないのか」

反射的に立ちあがると、じじいが割り込んできた。わたしの体にもたれかかりながら。わたしの隣が空席なのは間違いない。でも、優先席も空いていて、このバス自体乗客なんて少ないのに。それでも絶対に隣に座らないといけないの？　しかも雨など降ってないのに、どうして雨傘で？　わざとでしょ！　じじいはわたしが押し返すのを見計らって、手を伸ばして胸を触ってきた。その瞬間ストラップレスブラがずれ落ちた。どちらにしても、自分には本物の胸なんてないのだけれど。じじいはわたしに目をやると、髭の剃り残しさえも見えるほど顔を近づけて言った。

「チッ、男かよ！」

じじいの視線がどこか驚くような感じだったのは、それは一番残念に感じたことだったけれど、でも逆に自慢できるような気分にもなれた。車内全体に聞こえてしまった。でも、誰もおしゃべりなどしていない。誰も手を差し伸べてくれず、みんな忙しそうに窓の外を見ているだけ。

「男だけど、だから何？」

「あんたに触ってないだろ！」

「わたしの友達なの！　友達でも友達じゃなくても、ひどくない？」彼女だけが自分のかわりに声をあげてくれた。

「気持ち悪いな、触れと言われてもこっちはごめんだ」じじいが言うのは、完全に無茶苦茶。

「あることないこと言わないでよ。勝手に触るのが悪いんでしょ！」

「何なんだよ、当たったくらいで怪我するわけじゃないだろ！　男のくせに、こんな変な格好して。親の顔が見てみたい！」

わたしのことをどうこう言うのはいいけど、両親のことは絶対にダメ。わたしはじじいを座席に押し倒してしまった。母親が空手を習わせてくれたのも無駄ではなかったと急に思えてきた。

「どう？　変態に会うのは初めてかよ！」わたしは言った。「謝れ!!」

「うるせえな。文句があるならはっきり言えよ——」
「親に謝れって言ってるの」
「あんたの親なんか、俺より年下だろう。俺が経験してきた苦労の方がよっぽど多い——」
「謝れって!!」
「わかったよ、大声出すなよ。こっちが悪かった」じじいはいままで不良に出会ったことなどないのだろう。すぐに非を認めたので、こちらが爆発するまでもなかった。じじいは慌てて降りていった。今晩は運が悪い、変態と不良少女に出会っちまった、とずっとつぶやいていた——

さよなら、道徳。もしかしたら、なよなよした女の子でもいいのかもしれないけど、でも十五年も頑張って、なんだかんだとすごく苦しかった。自分を見失って、好きな人も傷つけてしまうようで。

大きなことは何もおきずに、学期始めの一カ月が過ぎ、最初の試験が近づいてきた。わたしは解答用紙に、李飛篇、と記名するのにも慣れてきた。

*

わたしたちは決めた。二人でおそろいのケータイを持つことにした。そうすればいつでも連絡が取れるから。

携帯ショップはものすごく混んでいた。今日は休日でもないのに、どこからこんなにたくさんの人が出てくるのだろう？　皆おしゃべりに夢中で、受付スタッフの応対ぶりは心理カウンセラーにも引けを取らないほどだった。わたしは自分たちの前の客がわざと時間をかけすぎているのかと思ったけれど、でも左右両側も同じような感じだ。子供や旦那、しゅうとめの悪口を言い、現代人の心理状態っていったいどうしちゃったのかと思う。田舎のコンビニ店員が留守家庭の子供たちに話を聞かせるのならまだわかる。今では携帯ショップさえもカウンセリングをやるようになったのだろうか。ようやく順番が回ってきて、わたしたちは機種を選んだ。

隣のカウンターのお年寄りは、トイレでゲームをしていてズボンをあげる時に、うっかり落としてしまったらしい。

「この機種は古いものですから。今週入荷したばかりのピンクの折りたたみ式の方が前のよりいいと思います。和音の着メロで、カラーディスプレイとカメラがついています」店員はとても熱心だったけれど、おじいさんはさんざん悩んだ挙げ句、もともと決めていたJ88にした。

「これはすごくいいんだよ。病院の中だと低出力のものしか使えないから。わたしら年寄りはいつも病院にいるでしょ。ボタンも大きくて、電池の持ちもよくて。一週間とか十日に一回充電すればいいわけだし、今新しいのに変えると、通話するのにいちいちカバーを開けないといけないから、面倒なの。そんなに機能ばかりたくさんついてもねえ――」

お年寄りはわかってない。折りたたみ式でカバー付きの方が格好いいのに。それにカメラも大事。わたしたちの青春なんか分単位、秒単位で消えていって、低出力の方が健康にはいいだろうけど、でも肝心なのは通話代の安さ。ずっと基本料金はかからないんだから。後ろのカップルが言った。「恋愛中なら絶対にＰＨＳ。そうしないと毎月の通話料金が馬鹿にならないよ」わたしはそれを聞いてやっぱり焦ってしまった。彼女には聞こえていませんように。そんなつもりじゃないんだから。わたしたちは姉妹のようなもので、彼女がお姉さん、わたしは妹みたいな感じ。絶対に友達の線は越えないから。

「修理できないわけじゃないですけど。でも修理代は八九〇〇元かかります」

「なんでそんなに取るの。新品を買ってもそんなにしないでしょ！」おじいさんが言った。

「お金のことを言ってるんじゃないんだよ」そして続けた。「一番はやくてどれくらいかかるの？」

「修理のためには日本へ送りますから、三、四カ月はお待ちいただきます。ですので、新しいのをお求めになった方がいいですよ。値段はちょっと高いですが、九六〇〇元です。今キャンペーン中ですので、むかしからのユーザー様には割引もあります」店員は言った。新しいのを買う方が修理するよりもはるかにお得な時代なのだ。

「これと同じのはないの！」おじいさんは急にわたしが持っている J88を指さした。「いくらならいいかな？　買い取ってあげる」

いいえ、わたしはケータイを買う付き添いで来ただけです。買い替えたいわけじゃないんです——

「ここに二万元あるから」おじいさんは封筒に入れたお札を取り出した。真新しいピン札だ。

「それ多すぎます！」わたしは言った。公共の場所だから、皆が一部始終を見ていた。でも目の前には二万元。わたしたちが二人で同じ機種をそろえるには十分だ。

「わたしのと同じなんだよ！　どこを探しても見つからなかったけど。今どきの携帯電話は折りたたみ式で、ボタンも小さくて押せやしない――」おじいさんはあちこち押しながら、問題なく使えることを確認していた。「お嬢さんから安く買い叩くわけじゃないよ。もう年だから。時間をかけて新しい機種に慣れようとも思わないし。少しくらい余分だってかまわないじゃないか。取っておきなさい」おじいさんはわたしたちが断ることを許さなかった。この人、いったい何者なの？　これって不労所得の感覚だろうか。冷たい視線、天井の隅でじっと見つめる監視カメラ、わたしは自分がお年寄りの年金を騙す特殊詐欺の一員になったかのような気がした。いやいや、誤解だって――でもわたしの手は知らず知らずのうちにピンクの古いＰＨＳを差し出していた。

「奥にある新しいのを二台持ってきますので、何かありましたら七日以内に交換にいらしてください」店員が言った。明らかにその場をすぐに離れたいようだ。

「待ちなさい！　この子に渡す機種は不良品じゃないよね？」おじいさんが横から割り込んできた。

「そちらは展示用のサンプルです。どれも親会社の工場から送られてきたもので同じですのでご安心ください」

「同じなら展示用でも十分」おじいさんは言った。

「会社の規定では販売できません」

まずい、押し問答が始まった。大勢が遠巻きにわたしたちを見ている。まるでわたしたちが汚いものであるかのように。わたしは、自分たちで決めさせて、と言った。

新しいケータイが二つ使えるようになった。ディスプレイは液晶カラーで、自撮りもできる。

「ねえ、撮ってみない」

わたしは新しいケータイを取り出して、カメラを使ってみた。

「写真も撮れるのかい?」おじいさんが聞いてきた。

二人の邪魔をしてもらいたくはなかったけれど、でも礼儀正しく、一緒に撮りませんかと誘ってみた。後で削除してしまえばそれで済むのだから。

頭を傾け、口をやや開き、歯を少し見せる。前髪がまた分れてしまったから、整えて、顎を少し高めにして、多少ピントのあわない視線で、はい! 特殊効果も使って、ぼんやりとした感じがちょうど肌にできたニキビを隠してくれた。わたしはこの写真がとても素敵に思え、アップロードするとすぐにコメントが届いた。

「いいじゃないか」おじいさんは満足げだった。「下の方の文字は誰?」

「わたしもよくわからない。ネットの友達」

「知らない他人なのに、写真や場所を公開してるの? 馬鹿だね。その人たちが何か悪さしたらどうするの? そんなもの、はやく、はやく消しなさい!」

「いいんです、いいんです。わたしたちの写真を褒めてくれる人なんてあまりいませんから。どちらにしても、もう退職したんですよね。人に知られたっていいじゃないですか。撮った写真なんてそんなに多くないと思いますから、この一枚を取っておくのも悪くないですよ」

おじいさんはケータイの中の自分を見つめて、ため息をついた。「こんなに老けたか。老けすぎて誰も自分のことはわからないな」

わたしはパッケージの箱を抱えながら、箱が大きすぎる、保証書を出しておこうかと考えていた。おじいさんが手招きでタクシーを停めてくれて、車が走り出した。わたしがようやく探し出した領収書は、おじいさんに窓から外に投げられてしまい、どうすることもできなかった。まずい、何か問題があっても返品できない。

「わたしの家でコーヒーでも飲まないかい？」

おじいさんは嫌じゃなかったら、泊まっていってもいいとまで言ってくれた。でも、わたしたちはこの人のことを全然知らないし、どこか他の場所に連れていかれて人身売買されてしまうかもしれない。でも、こんなに年を取っていて、話すこともはっきりしてるんだから、恐ろしいことはおそらく何もおきないだろう。

こっちも二人いるのだから、怖いものなどない。

＊

おじいさんの後についてマンションの中に入った。外観は平凡な感じで、築数十年といったところか。管理人がスーツを着用していて、わたしたちのためにエントランスのドアを開けてくれた。エレベーターの床は白黒の格子柄、天井の木製装飾は高価な感じで檜の香りまでした。おじいさんは、ちょっと付き添ってよと言っただけだけれど、そのちょっとがどれくらいなのかは言わなかった。一緒にいるだけでいいみたい。何かわけがありそう。世の中こんなに都合のいい話はないのだから。ただより高い物はない。いつになったらその代償を支払うのか、一生不安なまま生きるのだろうか。

「靴は脱がなくていいよ」

おじいさんの家のドアを開けると、そこはアートギャラリーだった——正真正銘の絵画だ。通路があり、左側はキッチン、右側にはメインの寝室、奥まで入るとリビングがある。観音開きに閉じているドアは、きっと別の部屋だろう。マンションの隣り合う二戸を繋げたと言っているけど、いったいどれだけの部屋数があるのだろう。目で数えただけでもトイレが七カ所もある。おじいさんは、遠慮しないで、と言っていた。いつもリビングでテレビを見ながら寝てしまうらしい。老人は皆同じように見えるので、いくつなのかはわからないけど、健康そうなことだけは確かだ。車椅子に乗るわけでもなく、杖を使うわけでもない。

「今年いくつなの？」

「二十一です」未成年だと面倒なので、適当に言った。

「そうかい。なんていう名前？」

「莉莉」わたしだけが答えた。

おじいさんは目を細めながら見ていた。「名前も見た目と同じようにかわいいね。自由にくつろぎなさい。何日泊まっていってもかまわないから。ここは広いから、泊まりたいところに泊まりなさい。部屋も勝手にのぞいていいから」

ラッキー！　でも明日はどうしよう？　ダメならネットカフェに戻ればいい。明日のことは明日考えよう。

わたしたちは大邸宅の中を行ったり来たりした。お年寄りは左側の絵画を指さして言った。わたしが美術の授業で見たことのある絵だ。

「これピカソのレプリカ」

――そう言うってことは、ホンモノはこの家のどこかにあるのだろうか？

リビングは、大げさ過ぎるほど広かった。テレビをつけてバラエティ番組にチャンネルを回してみると、スピーカーの音声が反響してどうにも気まずい。

「蘇打緑（ソーダグリーン）って誰？」

「爽やか系を売りにしてるインディーズバンドの名前」わたしは教えてあげた。

「『花蓮の夏』〔二〇〇六年の台湾映画。レスト・チェン監督〕って何？」

「前に流行ってた映画。こんなのも知らないの」わたしがそういうのを待って、芸能ニュース番組に変わった。おじいさんはすぐに「仔仔（ザイザイ）って誰のこと？」と聞いてきた。

「『流星花園』〔原作は神尾葉子の少女漫画『花より男子』。二〇〇一年に台湾でドラマ化され東アジアで大ヒットした〕の主演キャスト。もう何なの！　見てるそばから聞かないでよ！　ニュースの内容が変わるたびに解説して、そんなことなら番組の司会者にでもなってる」

「今どきのニュースなんて、ニュースとは言えないだろうに」おじいさんはため息をついた。

「期待しているニュースなんて、もうむかしのものなの」わたしは言ってやった。

わたしたちは玄関の右側にある部屋を選んだ。部屋が特別広かったためではなく、玄関から近かったからだ。近ければ逃げ出すにも便利だし。部屋に入ると、彼女はすぐにドアのロックをかけた。でもこの家は全面的にバリアフリーに改修されていて、スロープや手すりがあるだけではなく、外から解錠できる鍵もついている。万が一の時でもお年寄りが助かるように。大きなバスルームの中はウォシュレットもついていて、テレビと暖房もあった。左側は独立したシャワールームで、右側は大理石でできた正方形の浴槽。大きな窓からは、山並みが見えた。

「入ってもいいのかな?」

シャワーヘッドからはお湯が出て、体についた泡が排水溝に吸い寄せられていく。その時、バスルームのもうひとつのドアが開いた。どうして二カ所にドアがあるのだろう? おじいさんは我慢できないと言って、こちらの返事を待たずに入ってきた。バリアフリーって何なの! プライバシーも何もない! ふつうの家ならわかるけど、ここには七カ所もトイレがあるんでしょ。どうしてわざわざバスルームのトイレを使うの? 幸いにもシャワーカーテンは透明ではなく、おじいさんが入ってきても問題はない。もし、そのまま突っ込んでくれば、空手チョップを食らわせてその隙に逃げようとまで考えた。これは正当防衛だ。

おじいさんは用を足しながら、むかしの人は近所の人とおしゃべりするくらいで、今のようにニュースなどは見なかったと言う。でも、わたしたちだって、今ではネットの中でのお隣さんとおしゃべりする方がほとんどだ。性別や経済状況、外見などに左右されず、純粋にプラトニックな交際相手を見つけることもできる。それにむかしのニュースは周囲に監視カメラがなかったからで、記者がやってきてから報道してもそれほど恐ろしいことにはならなかった。どちらにしろ、事件がおきても戒厳令で口封じされたのだから。あの時代にはご近所さんが物音ひとつ立てずにいなくなったりして、知らないうちに殺られたのか、政府機関に拉致されたのかもわからなかったのだから。

「で、もう終わりましたか？」「年取ると、膀胱に力が入らなくて」

同じ話の繰り返しで、言い終わるころにはわたしは髪の毛を一本一本きれいに洗い終わっていた。おじいさんは言っていた。自分はもうすぐ死ぬんだよ。若い時にはこうなるとは思わなかった。もし若い時に戻れるなら、一時間だっていい。全財産を使ってでも、若返りたい。それから言った。若い時に戻ろうなんていうのはやめよう。若い子の肌に触れるだけでいいや。

「ちょっと触ってもいいかな？」「ダメ」

きっぱりと断った。ただ、一方では外にいる彼女のことも心配だった。このジジイ、セクハラするかな？　この家に他に共犯はいないよね？

「お友達は外にいるんだから、わからないよ。ちょっとキスするだけでいいんだから！」

「ダメだって言ってるでしょ」

わたしは蹴りを入れる格好をした。

「お願い。もう長くは生きられないんだから。きみは神さまが寄こしてきた天使なんだよ！」

この時、バスルームの向こう側のドアから彼女の声が聞こえた。「大丈夫？　服でも忘れた？」

わたしは頭を出してジジイに目をやった。「大丈夫。歌を歌ってただけ」

彼女は無事だ。それに脚だけだったら、別にいいかなとも思えてきた。どうしようか迷ってる時に、おじいさんは金の指輪を急に抜いて、シャワーカーテンの下から渡そうとしてきた。「これあげるから。キスするだけでいいんだ」

これ、セクハラじゃないの？　露出狂に出くわすより、もっとひどくない？　でも、わたしはもう子供ではないし、何よりこれは公正な取引（ディール）なのかもしれない。正直なところ、今回の取引は決して悪くない。相手が自分のことを正真正銘の女性として見ているのだから。そんなことを考えただけでも、わたしは満足だった。それに実際に利ざやをかなり稼げるようだし。

「脚だけだよ。もし他のところにいったら、蹴るから」

おじいさんの鳥みたいな手から、ずしりと重い金の指輪を受け取った。それから約束どおり、シャワーカーテンの下から脚を伸ばした。

「蛇口を閉めて。水を飲んでるみたいじゃないか」おじいさんは言った。

「引っ張らないでよ。口くさいんだから。すぐに洗うから」

蛇口は閉めなかったけど、このヌルヌルした感じはやはり嫌だ。流れていくのがお湯なのか、おじいさんの誕なのか、さっぱりわからない。閉めても閉めなくても、そんなものはどっちでもいい。どちらにしても、後で時間をかけてゴシゴシ洗うんだから。問題はここで止めておかなければ、ますますエスカレートするかもしれないということ。だから一度決めた約束は、変えてはダメ。おじいさんが出て行くのを待って、わたしはバスルームの両方のドアをロックした。

「次どうぞ」わたしは彼女に言った。でも、バスルームで髪を乾かすからとも言っておいた。

「じゃあ乾かしてからでいいよ」

彼女は着替えとタオルを持って入ってきた。わたしが隣にいる真意を知らないだろう。ジジイが入ってきてセクハラしたら、ぶん殴ってやるんだ。結局、何事もなく、わたしは彼女にも髪を乾かすよう言った。部屋に戻ってから、二人で同じ機種のケータイを握って、電話番号、基本機能を確認し、時計を設定し、同じ時間にアラームをかけた。同じ部屋にいても、携帯メールで会話した。わたしたちは、こうしてこの晩を無事に過ごしたのだった。

＊

「飛篇。一緒にトイレ行かない？」

名前があれば、隣のクラスメートは自然とわたしを誘い、一緒に女子トイレへ行く。F高のトイレはきっと台湾で一番人口密度が高いのだろう。女子トイレの個室ドアが目に入り、血で滲んだ生理用品やガーゼ、トイレットペーパーなども目についいて、わたしはそのすべてに幸せを感じた。授業のあいだの短い十分間に、トイレには行く必要がなくても、一緒についていって手を洗ったりした。彼女たちは本当に可愛らしい。

授業も終わり、わたしと飛篇は図書室の入り口で約束し、一緒に帰ることにした。同じ制服に、同じ学生番号と氏名の刺繍を入れて。わたしは彼女にクラスでのことを話すと、彼女は今日読んだ本のこと、それからネットのチャットルームで会った人について話してくれた。一人の世界が二倍に広がり、家のかわりにしているネットカフェに戻った。

二人ともケータイがあるので、時間もはやく過ぎていく。わたしは毎時限の授業が終わるたびに携帯メールを送り、毎晩話し終わらないほどたくさんのおしゃべりをした。どうして同じ本の、同じ段落を読んでも、二人の感想はこうもちがうのだろう。

お金の問題も解決した。おじいさんがわたしたちに夕食をごちそうしてくれて、何でもいいからプレゼントを買ってあげるという。女性用の下着、補正下着、バッグなどなど。アップル正規代理店の前を通りかかり、わたしは一番新しい iPod が欲しいと言うと、その場ですぐに買ってくれた。パッケージを開ける時、そんなに簡単に傷がつくとは思わず、鏡のようなボディにはすぐに細い線がついてしまった。まあいいや。新しいのが出たら、また買ってもらおう。

「ちょっと触らせるだけでいいみたい。何でも買ってもらえるみたい」わたしは彼女にそう言ったけれど、内心ではすごく心配だった。もし自分が男であることがバレてしまったら——

「男だからとか女だからとかじゃなくて、そういうこと本当に大丈夫なの？　絶対にエスカレートするよ」
「でも、せいぜい手で触るくらいだから」わたしはバスルームで脚にキスされたとは言わなかった。脚なんて大事なところじゃないから、わざわざ言わなくても大丈夫。でも彼女と考え方があわないと、わたしはまずいなと感じるのでもあった。

　ネットカフェでは花やチョコレート、キャラクター人形に囲まれて、他にもおじいさんがプレゼントしてくれたものがたくさんあった。こんな毎日はとても幸せ。あまりにも幸せすぎて現実ではないみたい。でも、ゲームだったら全クリの日が必ずくるけれど、でも誰もわたしには教えてくれない。その時はどんな感じなのかと。

「わたしの彼女にならないかい？」おじいさんはいつもこんなふうに聞く。

　男の人にそう言ってもらえるのは悪くない。少しくらい年を取っていてもかまわない。でも、返事をしたくなかった。将来どうなるのかわからないし、それなら今のままがいい。わたし以外にも、おじいさんは彼女やネットカフェの店長、その他たくさんの人たちの面倒を見ていた。みんな、おじいさんのことを六爺（リウイエ）と呼ぶ。兄弟の中で六番目だから。六爺はわたしに何が好きかと聞いた。ネットを見るのが好きと答えると、六爺はネットカフェの「長青一指電脳班（シルバー一本指パソコン教室）」に申し込んでいた。授業内容は、電源オン、シャットダウン、キーボード入力、ビデオ通話などで十八週も授業が続くのだ。わたしは心の中で、それって詐欺、と思ってしまった。

「まず青をクリックします。それから白をクリック、そうすれば『栄民（ロンミン）四七』のチャットルームに入ることができますから――」店長が進める授業は全然面白くない。でも、毎朝十時には、お年寄りたちは雨が降っても風が吹いても、絶対に時間通りに「栄民四七」のチャットルームにやってきた。

「先生！　栄民四七って誰のことですか？」ツルツル頭のじいさんが聞いた。

「このクラスのことです」

「どうして栄民四七っていうんですか？」

「クラスには四十七人いるから」

「でも、四十四人しかいないみたいです」

店長は手の指を動かしながら言った。「劉（リウ）士官長は入院で、奥さんが様子を見にいっています。老周（ラオジョウ）はお嫁さんが子供を産んだから南部へ孫の顔を見にいっていて、張さんは光栄山荘で亡くなりました――」

「老張（ラオジャン）、死んだかあ」胡さんと呼ばれているお年寄りが突然涙を流した。「なんでひと言、言ってくれなかったかなあ」

「いや、わしらバスで光栄山荘まで行ったじゃないか」老姜（ラオジアン）だ。背が高くて、インターネット上のアカウントは「春風の笑い」というらしい。写真をクリックすると、たくさんのお年寄りが斎場で立っていた。胡さんは写真をみて、ようやく自分も告別式に行ったことを思い出し、涙をぬぐって言った。「僕、なにを泣いてたのかな？」

忘れてもいいじゃないですか。店長は続けて教えた。青をクリックすれば、栄民四七に入れます――

「先生！　栄民四七とは誰ですか？」隅に座り尿袋を抱えたお年寄りが聞いた。どうりで、このクラスではずっと同じことを教えているわけだ。ここの受講生ときたら、全然覚えられないのだから！

「こんな感じなら、やっぱり二十歳まで生きない方がいいのかも」わたしはつぶやいてしまった。

「もし死んだら、後のことは任せてもいいかな？」六爺が聞いてきた。

お年寄りは本当に困る。死ぬ、死ぬ、と何度も言って。それに位牌を持つのは男がやることでしょ。そんな大きな骨壺なんて持たないから。筋肉がついたらどうするの？

「じゃあ、こうしよう。死んだら、家をあげてもいい。遺灰はあそこの中央分離帯にまいて。そうすれば毎日きみのことを見ていられるから」六爺とここのお年寄りたちは仲良しだから、こんな縁起でもないことを話すのだ。

「もう年だから。たぶん明日にはログインできないかもしれない」わたしが返事をするまでもなく、六爺はパスワードをわたしのケータイに携帯メールで送ってきた。自分の死後にウェブサイトを更新してほしいと。

「もう勝手にしてよ。健康診断の結果はよかったんだから、大丈夫」

「わかってないな。もう生きたくないんだ。でも、死んだら多くの人に面倒をかけるし、だから死ねずに頑張ってるの」

六爺の言葉が嘘か本当かはわからないけれど、取引なのであれば、言うべきことは言っておかないと

「かわいいなんて思わないで。わたし、男なの」わたしは自分で隠し事はしないと決めた。直接向き合おうと。

「男なら、なおさらいい。妊娠することもないし」六爺の微笑みが、わたしの決心を簡単に打ち壊してしまった。

若ければそれでいいんだ。若さは年寄りにとって唯一の条件。そして六爺は、こうも言っていた。男とか女とか、この年になってみればあまり意味がないと。

そうか、年を取れば性別なんか重要じゃないんだ。それなら、はやくおばさんになりたい。その時にはもう胸の大きさだとか声の高さなど、気にしなくていいのだから。どうして人間は中年を通り越してすぐ高齢者になれないのだろう。いや、ちがう。わたし明らかに美少女願望なのに。しかも十五歳の女の子。でも、ずっと自分で自分のことが気になっているだけ。背が高くなって、肩幅が広がって、声変わりして、髭と体毛が濃くなって――

「じゃあ、二十万くれない？　整形したい」

「あんなの体を傷つけるだけだろう。タイのニューハーフは四十歳まで生きられないっていうじゃないか。今が一番かわいいんだから」

「くれないなら、自分で行ってくる」

でも、お金があったとしても、整形手術は十八歳にならないとできない。わたしが今できる唯一の方法は、思春期の成長を止めること。ただ、薬に頼っていては気分が不快になってくるし、この先も飲み続けなければいけないのだろうか？　六爺と彼女はどちらもわたしにはやめた方がいいと言う。二人とも今のままでいいと言うのだ。でも、わたしはこれから自分がおじさんになっていく姿を見ていたくはないのだ。

＊

ときどき、わたしたちはネットカフェの店番を手伝ったりした。店長はしょっちゅうデモ行進に出ていて、何日も戻ってこなかった。深夜の時間帯には変わった客が多い。でも、もう慣れたけど。夜は長く、二人でネイルを塗っていると、時間はあっという間に過ぎていった。

「カプチーノで、三時間」客の大部分はドリンクと時間だけ言う。

「二〇一です。コーヒーができあがりましたらお持ちします」

インスタントコーヒーを紙コップの中に落とし、ぬるま湯を注ぎ、グルグル適当にかき回した。このコーヒー、絶対まずい。自分ですら飲みたくないのだから。

「コーヒーでございます」わたしは畳が敷いてある個室に行った。

「ちょっとだけ隣にいてくれない？」客は言った。

「いいですよ。でも長くはダメです」わたしは応じた。

客は太股にコートをかけている。きっとＡＶでも見ていたのだろう。室内が寒すぎるなら、しっかり着込めばいいのに。そんなのどうでもいいや。iPodに電源を入れ、イヤホンをつなげて新曲をダウンロードした。何曲か聴き終わって、ケータイのメッセージもすべて確認した後で、客が突然わたしの手にむりやり握らせた。はじめはゴミかと思ったけど、それは二千元。気づいた時には、もう身の回りのものをまとめて、ものすごい勢いで飛び出て行くところだった。このチップ、多すぎない？　ふだんならポイントを購入してチャージする時以外には、こんな大金は出し入れしないのに。わたしはお金をポケットにしまった。

「大丈夫？」今度は彼女が入ってきた。客が走って出て行ったので、変に思ったらしい。

「たぶん急な用事だよ」

「三時間のはずだけど、一時間しかいないの？」彼女は続けた。

「うーん、きっとお金はたくさんあるんじゃない」

「いったい何しに来たんだろうね？」彼女の言葉は、質問ではない。その瞬間、答えを見つけたから。客が使っていたウェブサイトの履歴を開き、イヤホンをつけると、やっぱりアダルトサイトだった。眼鏡っ娘の動画だけど、その女優は全然近眼のようには見えず、太縁眼鏡にはレンズすら入っていない。これ、適当すぎない？　自分のことをふと思い、度数のない眼鏡をつけてマスクをすれば、ふつうの女の子みたいに見えるのだろうかと考えてしまった——

「ねえ、試してみない？」

彼女の言葉は、また質問ではない。

ディスプレイいっぱいに広がる長々とした展開が、脳裏の空白を埋めていった。夢の中でこそ試せるものと思っていたのに。でもそんなこと、絶対に無理。だから、自分で何も考えないようにしていたのだ。彼女は客のイヤホンをつけた。そのストーリーと時間軸は、どれもわたしたちには全然関係のないものだけど。

今ここにいる二人は、どちらもゴールまでたどり着きたい。

わたしはこの前の彼女と同じようにキスをしようとした。

もし他の男と同じようにイッてしまったら、薬や手術なんて言うまでもない。

わたしたちはお互いに、相手が一番嫌がる場所を受け入れた。他の人たちはあんなに楽しそうなのだから、わたしたちだってゴールまで行けるはず。自分たちは、頑張ってここまで来たんじゃなかったのだろうか？

わたしたちだけの美少女体験。

「あなただったら、大丈夫」

誰もこんなふうに言わないけど、でもわたしは信じている。前にバスルームでできなかったことは、勇気がいることなのだと。

彼女は言った。大丈夫だって。わたしも勇気がわいてきて、受け入れてもらう感覚はすごく気持ちのよいものだった。どうりで大勢の人が虜になってしまうわけだ。でも、同時に怖かった。体の制御がきかなくなって、この後は何がおきるのだろうかと。

「待って」わたしはそう言って、次に来る快感は絶対に受け入れられないと思った。彼女と一緒なのが嫌なのではない。自分がどんな人に変わるのか全然想像できていないのが嫌なのだ。もし、何も言わずに、何もしなければ、将来きっと平凡な男性になるのだろう。でも、そうは言っても、わたしは男になんか絶対なりたくない。

混乱した気持ちのなかで、わたしは自分から「ごめんね」というのが聞こえた。

＊

その日から、わたしたちは距離を置き始めた。彼女は学校近くの借家に戻り、わたしは六爺のマンションに移った。同じようにケータイで携帯メールを送り、ケータイでおしゃべりはするけれど。お互いに新しい友人ができて、新しい毎日が始まった。まるでこんなやり方で相手に訴えかけているようなもので。今すごくいいから、前よりもずっといいから、そっとしておいてと。

＊

お腹が減った。

朝九時過ぎまで寝てしまった。どうしたわけか六爺がまだ起きてこない。いつもは六時には起床して運動に出かけ、わたしのために朝ご飯も買ってきてくれるのに。逆にこっちから電話を使って起こしてあげて、六爺が目覚める時もあった。ドアひとつ隔てているだけだけれど、それがマナーだと思っていた。でも今日はそれができない。わたしが部屋に入ると、まだ布団の中だった。起きてこないのは、きっと昨晩すごく疲れたからだろう。わたしは自分で小銭を握り、階下で朝飯を食べたけれど、戻ってきた時もまだ寝ていた。ふだんは鼾が雷と同じくらいうるさくて、隣の部屋にいても聞こえるくらいなのに、でも、今はひっそりと静まりかえっている。ドアを開けてみると、部屋はいつもと同じで、家具をひっくり返した跡も、血痕なども見えなかった。わたしが手を伸ばして、鼻先に指を当ててみると、案の定呼吸をしていなかった。

死が突然、姿を見せることなく降りかかってきた。

救急車、呼ぶべきだろうか？　でも、もう助からないだろう。やっぱり一一〇番だろうか？　人が死ぬと本当に面倒で、想像した以上にやっかいだ。死んでも肉体は消えたりしない。警察が勝手に玄関から入ってくるのだろう。生き物という点から言えば、あらゆる生物は腐敗の方向に向かって進んでいて、六爺のスピードはもっと速い。腐臭が漂ってこないうちに、エアコンの温度を一番下まで下げた。しばらくすると室温は十六度になった。わたしはクローゼットからコートをすべて取り出して羽織ったけれど、でも自分がいつまで持ちこたえられるのかわからなかった。

わたしから言わない限り、誰も死んだことなんてわからない。ネットカフェの友達ですら、六爺がどこに住んでいるのかまでは知らないだろう。この場から立ち去ればいいのだ。自分が殺したわけではないのだから。でも、指紋や毛髪など証拠になりそうなものはすべてここに残っている。マンションの監視カメラはとっくにわたしの姿を捉えている。わたしが犯人でなければ、誰が犯人だと言えるだろうか。

　クソッ！　数日前に検診に行ったばかりで、数値がすばらしいですねと医者に褒められていたけど、早過ぎず遅過ぎず、なんと今日死んでしまったのだ。濯ぐことのできない罪を着せられて、わたしはなんてかわいそうなのだろう。逃げちゃえ。逮捕を恐れて逃亡していたと言われたら？　死んじゃえ。でも、それでも逮捕が恐くて自殺したと思われる。潔白証明のために死ぬなんて、そんなの不可能だ。自分ですら、あとの事は簡単に想像できるのだから。新聞には見出しまでついてこう書かれるだろう。「陳少年は自分の性別が錯乱し、学業の緊張にも耐えかねて自殺を選んだ」——わたしが死ぬだけならそれでいいけれど、彼女がわたしのために声を上げたら、その時には世間が何を言い出すのかわからない。

　だから今は携帯メールで彼女に伝えておくことにしよう。いやいや、もし連絡を取り合えば、絶対に通信記録が残ってしまう。そうすれば彼女だって共犯にされてしまうだろうし、口裏をあわせたと思われてしまうかもしれない。巻き込むことなんてできない。彼女のためにも、自分のためにも、わたしは絶対に逃げてはならないのだ。自分が殺したと言おうか。どちらにしても、未成年には少年法が適用されるから死刑にはならないだろう。

　ということは、これはわたし一人の戦争で、一人で死んでいけということなのだろうか？

　彼女に来てもらってはダメ、絶対に巻き込んではダメ。今朝、彼女から受け取ったメッセージを見たけれど、わたしは返信できなかった。もし返事をするなら、絶交でないと。「今朝起きてみて、あなたのことなんか何とも思わなかった。もうこれ以上、声をかけないで。大嫌いなんだから」でも、もし送ってしまったら、彼女は絶対にネットカフェや六爺の家に会いにくるだろう。いやいや、そっちの方がいいのかもしれない。どちらにしても彼女は学校でしっかりやっているのだし。わたし一人がいなくなったところで、影響などないだろう。このメールがどんな効果をもたらすかわからなかったので、とりあえず下書きに入れておくことにした。

わたしは、もう一度現場を見回した。

バラバラにして、塩酸で溶かしちゃおうか。もっと化学を勉強しておけばよかった。後悔。でも、この家のどこに電ノコが置いてあるのだろう。誰にも頼らないで静かに死んでいくのは不可能なのだ。その点はとっくに理解していた。腐ってウジが湧いて、臭いが拡散すれば、ここにいるのも嫌になってくるだろう。死んでしまったのだから、いろいろ悩んでも仕方がない。でも、人の笑い話になっても本当のことを言うことはできない。どう考えても八方塞がりだった。

わたしは日が暗くなるまで待ち、もし誰も来なかったら、火をつけて燃やしてしまおうと考えた。でもそんなことをしても、わたしたちがここで暮らしていた痕跡や指紋、毛髪、DNAまで消すことはできない。唯一の手段は、やはり逃げることなのだ。

でも、近所の人はわたしたちのことを知っているから、口封じでもしておくべきだろうか？　お隣さんは認知症みたいだから、妄想だと思われるだろう。お年寄りの話は信用できないなどと言われて。お世話をしている外国人介護士は、中国語だってうまく話せないし。面倒なことに頭を突っ込むより、決められた仕事でお金をもらっている方が楽に決まっている。それに、ネットの中でいろいろ言われたくもなかった。ニックネームなんかは匿名で、する事なす事全然責任を負わないのだから。損をするのは、やはり自分。その時だった。六爺のケータイに着信メッセージが入った。

発信者は梅叔(メイシュー)だ。でも、わたしはそれを読むことができない。どうしてケータイにロックをかけてるの！　もともとわたしのケータイだったのに、自分でパスワードなんかかけて。そうだ、前に六爺が送ってくれた携帯メールの中に、アカウントの管理を頼む内容があったはず。わたしは自分のメールを検索してみた。よかった、まだ削除してない。そこにはいろいろなパスワードが記されていた。ケータイのロックもなんなく解除できた。メールボックスは時候の挨拶ばかりで、こんなものはどうでもいい。問題はあの「栄民四七」というチャットルームだ。

朝十時。六爺は毎日アクセスしてチャットを始める。六爺のパソコンにはパスワードがかかっていなかった。たぶん面倒くさかったのだろう。わたしは六十歳以上限定の栄民四七のルームに入った。どれもこれもつまらない内容だけれど、適当に返事だけは打っておいた。

［クラウドの人］……おはよう

［春風の笑い］……今日はだいぶ遅いんだね

嘘を言い始めたら、嘘で塗り固めないと。もう切りがない。

［クラウドの人］……体調が悪くてね

Enter キーを押した後で、しまったと思った。こんなことを言っていると、逆にもっと心配されてしまうんじゃないかと。案の定、まもなくチャットルームは気づかいの言葉であふれてしまった。日頃は返事をしない老孫（ラオスン）まで、どこが悪いの、と聞いてきた。お年寄りは長い病気持ちのために逆に医学に詳しくなり、どこどこが痛いと言えば、何の薬を飲めとか、服用すると眠気やげっぷ、口の渇きの副作用が出るとか、いろいろなことを教えてくれた。なかには夜に物が見えづらくても、わざわざ車を運転して薬を届けてくれる人までいる。そんなことをして、罪のない人にぶつかってしまったら、その時には亡くなるのは一人では済まないだろう。だから、わたしは返事を打った。そんなにたくさんの薬は一度に飲みきれないし、もしかしたら、少し休めばよくなるかもしれないと。途切れなく続いていたチャットはようやく静かになった。

わたしは見にいった。六爺の表情は大きく変わってはいない。もしかして、まだ生きているのだろうか？　動転してしまい、死んでしまったと思っただけだったのかも。布団をめくり、六爺の手首に触ってみた。脈拍はなんとか小さく打っているようだ。でも、すぐにそれが自分の血管の鼓動だと気づいた。やはり死んでしまったのだ。わたしは自分で自分をつねってみた。イタッ。夢ではなかった。

死んだら死んだで、もういいや。すべてが終わったのだ。こんなことに悩んでいても仕方がない。でも、自分だったら、死んでから他人の迷惑にはなりたくない。生きていても周りの人に迷惑をかけるのに、死ぬということはそのスピードをさらに加速させるだけなのだ。でも、こうした言い方はいかにも偽善的で、わたしには到底受け入れられない。絶対に自分の筋を通さないと。でも、わたしにはその方法がまだわからないだけ。おそらくここで終わりなのだろう。警察車両に押し込まれ、牢屋に繋がれて。出所したとしても一生前科持ちで。それなら今おしまいにした方が少しは楽なのかもしれない。

続けてわたしは六爺のケータイをチェックした。漫然といじってみた。メールボックスには知人からのメールが五日間、十日間に一度の頻度で届いていた。六爺にはこの程度の友人しかいないみたい。それもいい。これなら六爺が亡くなったとしても、この友人たちは疑うこともないだろう。

留守番電話を聞いてみると、なんと六爺は自分で自分に向かって話しかけていた。

「いつ死んでもいいんだ。今日まで生きられるなんて思ってもいなかった。それに若い子の脚にも触れるなんて。だいぶ水を飲まされて、びしょびしょになったけど。たぶん、そのうち風邪を引くんだろう。ケータイが防水でなかったのが残念。そうでなければ、写真を撮ったのに。死んだらお棺の中に入れて焼いてくれ。墓碑もすらりとした脚の形でデザインして。名前は彫らなくていい。どちらにしろ、本当の名前は誰も知らないんだから。体が脚の下で腐り、草花に囲まれればそれでいい。百合の花の下でおばけになるのも風流じゃないか。それに気づくのが遅かったなあ」

――わたしと六爺のことを言っていた。知っていれば蛇口を閉めてあげたのに。でも本人がそれでいいと言ったのだから。わたしも納得した。

少し聞いた限りだけれど、六爺は留守電を日記のかわりにしていたみたいだ。こんなことしたら、秘密といっても人に知られてしまうじゃないか。でも、よくよく考えてみると、留守電に向かって話すのは人間を相手にして話すより話しやすいのかもしれない。次のメッセージはこうだった。

「だから、若い人とは苦難を共に分かち合えるけど、一緒に幸せを満喫することなんてできないんだよ。年寄りの友人こそ、それができる。恥ずかしがらずにね。前はこんなこと考えたこともなかった。今はっきりしたんだ。そんなにこだわる必要もないとね」

もしかして、ケータイをペット代わりにしてない？　メッセージの後ろの方は、もうメモ帳のかわりにもなっていた。

「外出する時に忘れずにやること。鍵かけ、ガスの元栓閉め。アメリカの知人の家はガスを閉め忘れて、台所だけならよかったけれど、集めた絵画もすべて焼けてしまったらしい。ひどい損害だったという」

「そうか、ケータイは返事をしないんだ。前にチャットルームという場所があると聞いたけど、そこでは誰か相手をしてくれるのかな。まあいいか」

「これ、録音できるのかな。始まったかな。さて、何を言おうか。ケータイは何も言ってくれないからな。そうだな、通帳はタンスの中にある」

「前に言ったけど、パソコンメンテナンスって何をするの？　つい最近買ったばかりじゃないか？　どうしてすぐメンテナンスなの？　それって詐欺だろ！　何かにつけ、パスワード、パスワードって。そんなたくさん覚えられない」

「こんにちは、はじめまして。今日、初めてこの携帯電話を使います。前に同じものを持っていたのですが、不注意だったので壊してしまいました。歌でも歌いましょうか。聞いていてくださいね。喜んでもらえたらいいなあ――」六爺の歌声が響いてきた。最初のフレーズ「もしも　あなたと逢えずにいたら」から始まり「想い出だけじゃ 生きてゆけない」まで歌い、そこからどうしても続かなかった。

それは最初で最後のメッセージだった。六爺の歌声を聞いていると、この人の暮らしがとても悲しく思えてきた。ケータイだけが話を聞いてくれて、しゃべった後に話を何度も繰り返して。ケータイでなければ、たぶん誰も最後まで我慢して聞いてくれないだろう。それでも、ネットカフェのお年寄りたちは別なのだ。一緒に集まっては、あれこれと話し、前に聞いたと言っても、くどくどと続けるのだ。人生の最後に必要なのは意思疎通する魂ではない。お年寄りでも若者でも、誰だって六爺とは言い争いになってしまう。結局のところ、耳ひとつだけあれば十分なのだ。あるいはケータイを友人のかわりにしてもいい。

もう、どうでもいいや。火事になってしまえ。終わりよければすべてよし。火の温度が高ければ、死因はわからないだろう。殺人や放火など考えたこともなかったけれど、そんなに都合のよいものなのかな。わたしは部屋の中で引火しやすい物を探してみた。シーツ、カーテン、服――その時、わたしのケータイがメッセージを受信した。

【不明】……見捨てないで

発信者の番号はゼロが十二個。幼い時に噂を聞いたことがある。深夜零時ぴったりに電話でゼロを十二回かけると、地獄に繋がるらしい。それ冗談でしょ？　六爺は死んだんじゃないの？　もしかして、六爺には別のケータイがあるのだろうか。いやいや、きっと特殊詐欺のグループがパソコンを操作して、わたしがケータイを握ったのでこの番号にかけてきたんだ。

[莉莉]……何ですか？

ディスプレイには入力中と出ている。だいぶ待ってから、一文字だけ送られてきた。

[不明]……趙

これって六爺がやりそうなこと。わたしは、そうだと思えてきた。

[莉莉]……六爺？

[不明]……そう

[莉莉]……死んじゃったんじゃないの？

[不明]……死んだよ。でも意識はあるの

何を言ってるの？ 人が死んだら生きている時よりもすばやくケータイを操作できるわけないのに。

しばらくして、また送ってきた。

[不明]……お願い。しっかり埋葬して、極楽往生できるから

でも、お葬式を出すなんて、わたしには無理。後始末をわたしに押しつけたのが、そもそも間違えなんだよ。友達はたくさんいるんでしょ。信用できる人なんていないとでも言うの？ それに通報したら、わたしたちの関係だって悪くなっちゃうし。

[不明]……ここで腐っていっても　誰も気づいてくれない

わたしたちは知り合ってまだ日が浅いのに、こんなことを任されて。この世で他に頼れる人はいないの？

【不明】……いない　だから貴金属はすべてあげるから

わたしはついに遺体から抜き取った。そして返信した。

【莉莉】……取引成立。d(´・A・)b

人が死んだら、どうするべきなのだろう？　もう死ぬことさえ怖くなってきた。もし警察に疑われたら、自分で殺したと自白しよう。そうすれば、どうやって死のうかと悩む必要もないし。睡眠薬を飲んでも吐いてしまうし、農薬は痛いらしい、首つりは失禁するし、ガスだと引火が怖い。どれもこれも完璧な方法などなかった。言葉には出しづらいので、テキスト入力で済ませてしまおう。わたしは自分のアカウントを使って、栄民四七のチャットルームで入力した。

【莉莉】……六爺が亡くなりました。すみません、どうしたらいいですか？

【春風の笑い】……警察呼んで　救急車も

そんなの答えてないのと同じじゃない。それくらい、わたしだってわかる。何のためにここで入力してるの？　その時、チャットルームには突然大量の画像が送られてきた。画像にはテキストが書かれていて。「安心上路」〔お気をつけて〕、「一路好走」〔道中ご無事で〕、「R. L. P」〔安らかに眠れ〕（R.I.Pだよね）、「英才天妬」〔才子短命〕、「玉樹長埋」〔紅顔薄命〕、「駕鶴西帰」〔鶴にのって帰れ〕などなど——輓聯（ばんれん）〔弔問の対句〕をデジタル化させたようで気が滅入った。人が死んだのはここなのに。どうりで六爺はわたしを迷うことなく指名したわけだ。

【莉莉】……わたし、六爺の家族じゃないから、ご臨終に立ち会っているのは変じゃないですか？

【老孫】……そうでもないです　わたしたちも子供たちと一緒に住んでなければ　絶対そうなりますから

[莉莉] ……じゃあちょっと来てくれませんか

[梅叔] ……そんな時間はないよ　いま公園で将棋中

[老呉] ……脳卒中で階段から降りられません　嫁が買い物から帰るのを待ってるところです

[春風の笑い] ……この後、手術だから

それなら、もういい。老人は全然頼りにならない。わたしは警察に電話することにした。

警察官がやってきた。二人いたけれど、どちらも寝不足のような感じで、いくつか質問されて終わりだった。検死担当の老医もやってきて、遺体を調べ、慣れた手つきで呼吸が停止し瞳孔に反応がないことを確認した。現場は生きている感じが全然しない雰囲気だった。パソコンで電子カルテにアクセスし、六爺の心臓の病歴を確認すると、ずっと手術を避けていたことがわかった。死亡証明書はすぐに発行された。

「名刺です。何かありましたら、ご連絡ください」老医は言った。「六爺のお世話をするのは大変でしたね」

「いいえ、そうじゃなくて――」

「大丈夫。わかってますから」老医と警察官は行ってしまった。「後でまた。長くはなりません」

わたしはこの老医がナンパしてるのかと思った。わたしにできることなんて、何もないのに。

遺体を見つめながら、大事なことに気がついた。老医が渡してくれた名刺は葬儀社のものだったのだ。この後、遺体はどうすればいいのだろう？　チャットルームのお年寄りたちが指示を出してきた。

明日火葬し、訃報は送らなくてもいい。来られる人だけ今晩お別れに行けばいいから。

［莉莉］……了解　じゃあ喪服を買いに行きますね　╮(╯_╰)╭

持っていたケータイが突然震えた。彼女からのメッセージだ。

大丈夫？

彼女はどうしてわたしが今ゴタゴタに巻き込まれているのがわかったのだろう？　これってテレパシーだろうか。声が聞きたい。でも、きっと授業中だろう。自分がこの後心臓発作で、あるいは外に出た時に角で交通事故に巻き込まれることだってある――やっぱり携帯メールにしておこう。

会いたい。

彼女はすぐに電話をかけてきた。わたしは何も言えなかった。さっきのことは、どう言えばわかってもらえるだろうか。彼女はすぐに来ると言っていた。

＊

ピンポン。

呼び鈴が鳴った。彼女はドアのところに立っていて、ケータイと小銭だけで、カバンさえ持っていない。前髪が海苔のようにおでこに貼り付き、きっと走ってきたのだろう。

「なんでもない。わたし喪服を買いたかっただけ」わたしはそう言った。

彼女はそうなんだと言い、深くは聞いてこなかった。いままでの彼女と同じだ。

デパートに喪服を買いに出かけることにし、歩きながら六爺が亡くなったことを話すと、彼女は意外にも笑いながら言った。「あなたが大丈夫なら、それでいい」「お年寄りが一人死んでも何も変わらないって」彼女の冷淡さにドキリとしたけれど、わたしの方もとっくにわかっていた。彼女にとって、死ぬのはたいしたことではないと。

デパートの二、三階は若い人向けの洋服でピカピカに輝いていて、上階へ行くと、婦人服売り場で、ようやくレディーススーツやワンピースを見つけた。わたしたちは同じものを選んだ。全身真っ黒なスーツ。一瞬にして大人になったみたい。そのまま最上階まで行き、黒のパンプスを買った。わたしたち、OLにでもなったみたい。

「ちょっと飲んでみない?」

彼女が言った。デパート屋上のルーフトップバーだ。以前、六爺のためにマンション階下でたばこを買ったけれど、コンビニの人は身分証を見て、本人が買いにきてくださいと言っていた。わたしたちはバーの店内に入っていった。たばこの煙がもくもくと立ちのぼっている。でも、こういう暗い場所だからこそ、自分の年齢をごまかせるのだ。帰宅ラッシュの時間だ。わたしたちは隣の席の人にそっくりだった。ただ、手提げバッグを持っているわけではなく、着替えた服を入れた紙袋だったけれど。

ワインください。わたしはバーテンダーにこう言った。飲んでみたら苦くて、においを嗅いでみて後悔した。注文したからには後戻りできない。

全身真っ黒なスーツの二人は、カウンターに腰かけ往年のヒットソングを聴いていた。大人になったという感じ。でも本当に大人になったら、わたしは今の気持ちやこういう友人がいたということを覚えているのだろうか。もう子供ではないから、誰々ちゃんが親友です、などとは言わない。でも、世の中の移り変わりを知るお年寄りでもないので、一生で知るべきことは全部知った、などとも言えない。すべてが自分からは遠いもの。いったいいつになったら成長できるのだろう？

六爺の家に戻ると、みんなが集まっていた。

お年寄りたちはお互いに家の鍵を持ちあっている。三日間ログインがなかったら、彼らは何が何でも訪ねて入っていった。老姜は言っていた。それは男気なのだと。布団の中で腐ってしまったり、ペットの犬猫に食われていないかと心配なんだと。梅叔は言った。もっと心配なのは家が事故物件になってしまい資産価値が下がり、子供たちに残す遺産が目減りしてしまうのではないかということ。

「そこまで心配なの？」わたしは聞いた。

「当然。生き延びてるのは、年金で子供たちを食わせるためなんだから」梅叔は言っていた。

もういいよ、勝手にして。買ってきた百合の花を棺桶の隣に置いた。お手洗いに行く時、六爺の入れ歯がコップに入れたままなのに目がいった。汚ねえ。でも、きっとこれから使うんだろうな。遺体保存用冷蔵庫を開けると、艶などちっともない顔が見えた。ごめんね、口の中につけてあげられなくて。でも隣に置いておくから。あの世にいってから、自分ではめてください。

わたしは iPod に電源を入れ、テレサ・テンのメドレー曲をダウンロードした。スピーカーからは

「何日君再来(いつの日君帰る)」の物静かな歌声が聴こえてきた。

胸にうかぶは　君のおもかげ
おもいでを　だきしめて
ひたすら待つ身の　わびしいこの日
ああいとしの君　いつまたかえる

鳴り物のラッパや太鼓よりも、好きだった歌を流してあげよう。馴染みのある人との別れは、以前参列したことのある見知らぬ老人の葬儀よりよほど感じがよかった。死後に栄誉を褒めるより、生きているあいだにいろいろとたくさん話した方がいい。わたしは自分の葬式で使う歌のリストを本気で考え始めた。いやいや、まだ結婚すらしていないのだから、こんなに先のことを考えるべきではないのに。でも、一生のうちに結婚できない場合だってあるし、結婚式を考えても無駄だろう。いろいろ素敵な想像をしてみても、たいていはロッカーで出会った女性たちみたいに、妥協して理想ではない相手と一緒になるのだろう。近頃では六十歳で生涯結婚経験のない人は、人口の四割はいるという。そこに離別や死別は含まない。一方、人間ならば絶対に死ぬ時が来るのだから、葬儀の曲目を考えておくのはすごく現実的でもある。いとこのお姉ちゃんの結婚式に行った時などは、流せない曲が多くて散々だった。絶対に明るく前向きな曲でなければダメなのだから。実際、よい歌というのはそうとも限らない。死者は偉大なる者。そう表現するのもいいけど、電子花車（ディエンズーホワチョー）〔露出度の高い衣装で女性が踊るステージトラック〕を見てもアニメを見てもそれほど変わらない。こうしてこそ自分らしくするってことじゃないか。

「六爺がログインした！」

みんなが騒ぎ出した。六爺がチャットルームで打ち始めたようだ。

〔クラウドの人〕……みなさん、最期の顔を見に来てくれてありがとう。わたしの人生で申し分のない終着点です。応急処置もなく、鼻から繋いだチューブもなく、肋骨が折れたわけでもなく、血管はきれいなまま。こんなことは幸運で、本当に文句なしです。これからしばらく、最後の道のりです。みなさんの手をお借りしたい。葬儀は簡素で、生涯妻も子供もいなかったから、残った財産はすべて莉莉ちゃんにあげてください。

たった数時間なのに、句読点までしっかり打って。たぶん、あの世ではつまらないのだろう。学ぶことが多すぎて、死んだあとも生きている頃とそれほど大差ないのかもしれない。わたしがため息をついていると、六爺はすぐに打ち返してきた。

〔クラウドの人〕……電波と意識はすごく似てる。将来の科学はきっとこんな感じで進んでいくんだな。外枠は重要じゃなくて。

〔莉莉〕……そんなこと言ってると、もう進化しなくていいのかも。(／´ロ｀)／~╫

〔春風の笑い〕……みんな兄弟じゃないか　遠慮するな　莉莉の面倒を見るから

わたしは白い目で見ていた。誰が年寄りのお世話になるの？

【梅叔】……お姉ちゃんはしっかりやってくれてる

本当に言ってあげたかった。全員来るのを待ってたら、遺体だって腐っちゃう。

【春風の笑い】……お姉ちゃんは天性のちからがあるんだね。スパイになれなかったのは惜しい。

「匪諜就在你身辺（スパイに気をつけろ）！」（戒厳令下の台湾でよく使われた標語）と言いながら、みんなの笑いを取っていた。わたしにはどこがおかしいのか、全然わからなかったけれど。

「六爺は言わなかったのかな？　わしらはスパイだったんだよ」

わたしにはどうしても想像できなかった。こうしたお年寄りがしたたかなスパイだったなんて。どうやったら変身できるのか、どうやったら親の干渉から逃れられるのか、わたしに教えてくれたらいいのに。みんな言っていた。特別な技なんてない。大勢が台湾に来たんだから。でも、機密情報は持ち帰れなかったけれど。死んだ者もいれば、怖気づいてしまい、いっそのこと台湾に残ってふつうの人として暮らしてきた者もいる。でも、違ったのはいつでも死ねる準備をしていたということ。老孫の首にかかっている玉のネックレスには小さな穴が空いていて、中には薬が入っていた。十秒で死ねるらしい。老姜は言っていた。あれこそスパイのお守りだと。六爺の首にも同じようなものがかかっていた。万が一逮捕されたら、拷問を受ける前に秘密だけは守る。でも、どんな秘密であろうと、半世紀も時間が過ぎてしまえば価値などなくなってしまうのだ。ここにいる皆と同じように。

「芸術家に金なんかあるわけないでしょ。アートはマネーロンダリングに使われるの。それにあの当時は出国するのにいちいち理由が必要だった。芸術家の交流などはいい理由になったんだよ。わたしらはみんな、党のミルクで育ったんだ。でも、台湾に来てみると、こちらの生活もいいし、いっそのこと帰るのをやめたんだ」同じことを繰り返すのは胡さんで、何度も話すので、信じてよいかどうかわからなくなってきてしまった。

「でも、あの人は正真正銘のアーティストだった。アートをやるためにスパイを続けたんだ。そんな時代だったね」老孫は言った。

「筆跡を真似るのはわたしたちが得意とするところだからね」老孫は自分がサインすれば、保険金を直接受取人のところまで届けることができるという。ただ、そんな得意技があっても、わたしが成人するまで待たなければいけないけれど。

「なんで今はダメなのかな？」

「未成年だから。大きくなってからね」

「その時に髭が濃く生えてたら嫌」わたしは不平を言った。

クローゼットにかけてあるチャイナドレスは、六爺の奥さんが残したものではない。六爺自身が女装するために使ったものだ。こうして女装することで何度も危機を乗り越えることができた。六爺は自分で女装するのが好きだったのだろうか？　だから、わたしたちのことも受け入れてくれたのだろうか？

とにかくため息をついたけれど、どこかしっくりこないところがあるのにも気づいた。みんな六爺の死に様に憧れているのだ。ここに集まっている人たちには悲しそうな感じは微塵もなかった。泣く人もなく、皆で喜んでいるような感じだった。よくよく考えてみると、昨日お互いに楽しそうに食べ、おしゃべりしたり笑ったりしていたけれど、人生はこんなにも突然に終わりを告げる。六爺の表情も苦しそうな感じではなかった。

「福運なんだよ」

皆はいままでに亡くなっていった人たちのことを話していた。ここにいる人たちが生きているのは奇跡なのだ。大多数の人はとっくのむかしに亡くなってしまった。親戚が初めて亡くなった時には、その関係がどんなに遠くても絶対に泣くものだ。魂を半分持っていかれてしまったかのように。それから二回、三回と葬儀が続くと、慣れてしまい悲しいことなど何もなく、魂さえも枯れてしまったかのようになる。

「死ぬ時期が遅い人は、命の意味あいも安っぽくなるって言いますね」わたしは言った。

「人生でおこるかもしれない可能性をすべて使い果たしてしまってるからね。今のこの有り様以外に、他にはないでしょう。別の人生なんてないんだから」老孫が言った。

わたしたちもそうなのだろうか？　あらゆる可能性を使い切ってしまうと、今みたいな姿になってしまうのだろうか。わたしはまだ十五歳。大学に合格し、両親が喜ぶような学部に入って二十歳になったとしても、そこから勉強を続けていけるだろうか？　大学に通わないとすれば、別の道はあるのだろうか？　唯一確かなものは、もう一度やり直すのであればそのコストは馬鹿にならないということ。進学、就職、結婚の選択などで迷うたびに、そこで止まってしまったら、それまでの努力は無駄になってしまうのか？　百合の花に囲まれている六爺を見ていると、どこか笑っているようだった。夜が明けたら、六爺はどこに行くのだろう。

＊

わたしは人の死に初めて立ち会い、悲しいと感じるかと思っていた。でも、やらなくてはいけないことが本当に多くて。証明書の申請、出棺の経路や葬儀の日取りを決めたり荼毘（だび）、野辺送りなどなど。感傷にふけっている暇さえない。線香を焚く時間がくれば、体内に宿る魂はそれぞれ決められた場所に戻らなくてはいけない。続けて道士がひと言。わたしたちもひと言。

「おじいさん、出発です」

「ちょっと、おじいさんなんて呼んだことないですよ。もしかすると、今だって自分のことだとわからないかも。生前の呼び方でいいです。六爺、出発」

道士が笑顔を見せた。「六爺、エレベーターに乗ります」

エレベーターのドアが開いた。「六爺、降りるよ」

でも、エントランスに停まっているのは栄民タクシー〔国民党の退役軍人が中心のタクシー協同組合〕ではなく、廃品回収の改造バイクだった。タクシーでは棺桶を載せきれなかったので、皆で話し合って、荷台が大きい改造バイクを使うことにしたのだ。周りにはビニール袋やゴムバンド、布切れなどを引っかけることができたし、一目では何だかわからないガラクタも提げてあった。霊柩車だとは見てもわからないだろう。棺桶を持ちあげて、後方の扉を閉め、エンジンをかけた。

「六爺が言ってる。死んだ後には、絶対にお経を流すスピーカーを隣に置かないでって。六爺は一生のうちに線香なんて何度かしか持ったことがなかったんだよ。先祖の墓参りの仕方も知らないうちに軍隊に入れられて、家から離されて。年を取ってから急に仏さまの足にすがりついたって遅いよ。それに毎回知人の告別式に参加するたびに、お経を聞きながら居眠りして。どうせ最後なんだから、聴き慣れた音楽の方がいいんだよ」

「道士さんや和尚さんよりも、テレサ・テンの方が絶対に好きだよね」わたしは言った。

荷台に乗ろうとした時、階下の管理人が急に走ってきた！　どうしよう、そんなにスピード出ない。わたしたち捕まっちゃうかな？　捕まるんだったら、少なくとも六爺のお葬式が済んでから。神さま、お願い。いままでずっと神さまなんて信じなかったけど、今だけは何でも言うことを聞きます。

「――すみません、中に入ってるのは趙（ジャオ）さんですか？」

「もしそうなら、最後の時くらい一緒にいてもいいですか」

ただ、この計画は知っている人が少なければ少ないほどいい。わたしたちがやっていることは確かによいことだけど、でも好人好事運動〔一九五〇年代から現在まで続く模範的な人物や出来事を表彰する運動〕で取りあげられるようなことではない。もしネットでさらされたら、それこそやっかいだ。管理人はいつも穏やかで優しそうな感じで、六爺に対しても至れり尽くせりだった。でも、葬儀とぶつかって、運が悪かったと思ったりはしないのかな？

「趙さんには本当にお世話になりました」

「でも、おじさん――」

「小蔡（シアオツァイ）と呼んでください。そんなふうに見ないでくださいよ。三十二歳になったばかりなんですから」

管理人は白髪頭で、アトピーがひどく、唇も荒れていた。もし自分から言わなければ、誰も彼の年齢がそれほど若いとは想像できない。小蔡は言った。大学を卒業する前から、ずっと両親の介護をしてきたと。はじめは母親が癌に罹り、それから父親が認知症になってしまった。仕事など全然見つからなかった。ただそんな時に、隣のベッドで股関節の手術をしたばかりの六爺の面倒を見てあげた。インドネシア人の介護士とコミュニケーションがうまく取れていなかったのだ。二人は何でも話し、自分の運勢をさんざん罵った。転んで怪我をした時には漢方医を紹介したり、介護用オムツに手を貸したり、何でもしてあげた。「だって、僕は満足に働けるなんて思わなかったから。気心の通じる相手なんかいなくて、恋愛する時間さえなかった。父さんの面倒を見ていたら、貯金があっという間に底をついて、本当にやっていけなかった。一人で死ぬか、二人で死ぬかのちがいくらいしかなかった。あの日、午後、僕は車椅子を押して病院の池に突っ込んでしまおうと考えていました。もし趙さんが手を貸してくれなければ、自分はとっくに死んでいたと思います」

と言うけれど、実際にはどうしたのだろう？

「人が生きていれば、呼吸するだけでもお金がたくさんかかるんです。酸素吸入器なんてなければいいのにとも思いました」

酸素吸入器にはマスクがついていて、酸素ボンベのバルブと連動している。もし、それを閉じてしまえば、酸素を吸えず、五分もしないうちに死んでしまう。それからまたバルブを戻せば、何事もなかったかのように時間は過ぎていく。監視カメラを調べなければ、誰がやったのかはわからない。監視カメラなんて見た目だけで、多くのカメラは正常に動いてないのだから。死は遅かれ早かれ来るものなのだ。老人ホームでは毎日どれだけの人が死んでいるのだろうか？　六爺はその責任を一身に背負ったのだ。年を取り、病院の中で友達を捜すことはしょっちゅうで、人違いも珍しくはなかった。この年齢のお年寄りなのだから仕方がないこと。だから六爺がバルブを閉じ、実の息子がそれを開けたのだ。事はこんな感じだった。

目の前にいるお年寄りは、こうして人を殺めてしまった。でも、これで人助けをしたのでもあった。

小蔡も荷台に乗り、わたしたちは一緒に長い長いトンネルを抜けて、線路沿いを走る自動車や特急列車、新幹線は全然お構いなしに、このとろいバイクを抜いていった。ゆっくりと走る車窓からの眺めの方がいいに決まってる。わたしはそう思っていた。

山の中で遠くに明かりが光り、港の貨物船がゆっくりと近づいてくる。そうか、終着点だ。袋と布切れは風に吹かれて舞いあがり、海底に沈むクラゲの髭のよう。火葬場からはどこかバーベキューのような臭いがした。

「今日はいったい何の日なの？　なんでこんなにたくさん火葬してるの？」わたしがそう言うと、すぐに突っ込みが入った。今日はいわゆる黄道吉日（こうどうきちにち）〔陰陽道で何をするにも吉とされる日〕なのだ。毎日こんなにたくさんの人が死んでいるのを見ていると、なんだか悲しさも薄れていく。

　わたしは初めて火葬場へ来て、火葬の順番を待った。禁句となっている言葉をだらだらと話すような家族もいない。わたしたちは別の家の告別式に紛れ込み、祭壇を見て回った。ホールはどこもだいたい同じようで、故人の写真が高々と掲げられ、前方は黄色や白の菊の花でいっぱいだ。九十歳のおばあちゃんも、太った中年男性も、金髪の若者も、わたしよりもずっと年下でツーブロックの髪型の男子中学生もいた。遺影の中で、彼はヘアピンを使っている。もしかして乙女心があったのかな？　いや、彼は前髪が目を覆うほどの長さで、眉毛を出すようむりやりに言われたのだろう。目が腫れていて、あまり嬉しそうな写真ではなかった。

　遺族の中には麻の喪服を身につけている人がいる。上から大きめのタオルをかぶっている人もいる。真っ黒の長衫（ちょうさん）〔紳士用の裾まで長い中国服〕姿の人もいる。道士が遺族の前で呪文を唱えている。はっきりとは聞こえないけれど、極楽浄土は光り輝き一面富貴にして、と言っているようだ。わたしは突然思った。こんなことをして演じるのもいいなあと。道士はプロの通訳みたいに、しっかりと間合いを取っている。わたしたちのお年寄りのように、告別式の手順を省略してしまい、ホッとして、木の下ですでにたばこを吹かしているのとはちがった。

　遠くから眺めているだけの人もいる。葬儀の日取りと参列者の生年月日がぶつかり合っているという。子供を抱いている人も、白髪頭で黒髪の故人を見送る人も参列できない――わたしには理解できなかった。野辺送りに参列する人の方が少ないのに、こうして追い払うように遠ざけて、それは本当に意味があることなのだろうか。形式だけの問題なのだ。もし本当にぶつかり合っているのなら、いっそのこと来なければいいのに。通夜のあとに、告別式ではいろいろな人が来ていた。フルネームを刺繍したベストを着ている政治家やそのスタッフもいて、お焼香をした後、必ず隣の洗面器で指先を洗うのだ。汚い。

店長がノートパソコンを持ってきてくれて、火葬場の無線通信に接続してくれた。こうすれば、わたしたちはいつでも六爺と繫がることができる。チャットルームにログインしてみた。

「もしわたしが死んだら、斎場を百合の花で飾ってくれない？」彼女が言った。

「急に何？」わたしは答えた。

「だって、やることとしっかりしてるから。お父さんやお母さんに頼んだら、期待したのとは全然ちがうことされるから」

「そう」

「じゃあ、そういうことね。待ってるから」

「わたしも」

天上人間（てんじょうじんかん）必ず逢える。わたしは決めた。バラバラに離れていても、絶対に連絡を取り合おうと。ネットさえあれば、クラウドで逢えるのだから。

飛び降りした若者、酸素吸入器をつけたままだった病人、家の中で孤独に死んでいく老人――彼らの遺体はすべてここにある。棺桶がどんなにきれいでも、他の棺桶と一緒に大きな火葬炉に入れられてしまう。わたしは火葬とは自分で火をおこして、中秋節の日にバーベキューしたりインドの人がガンジス川に流すみたいなことをするのかと思っていた。それなのに鉄の扉をしっかり閉めて、小さな格子からものすごい勢いで炎があがるのを見ているだけなのだ。

「火がついたよ。はやく行って」「火がついたよ。はやく行って」遺族は道士の後についてひと言ひと言叫んでいた。

もう死んじゃったのかな？　死んだらこの先どうなるんだろう？

栄民四七のチャットルームには見知らぬアカウントが見えた。永遠のギャラクシーと書いてある。誰が入室を許可したのだろう？　こんなに詩情あふれるアカウント名は、六爺はきっと考えつかない。だから分身ではないはず。わたしが顔をあげると、周りの人は下を向きケータイをいじったり、たばこを吸ったりしていた。わたしにはこのアカウントの人が、男性なのか女性なのか、老人なのか若者なのか、全然想像できない。ただ、パソコンを抱えてそのアカウントに返事するしかなかった。

［莉莉］……冗談はやめてよ。死んでからネットで助けを求める人なんている？　絶対に特殊詐欺のグループでしょ？　ɑ_ɑ

［永遠のギャラクシー］……でも何でもネットで調べるから、たいていの答えはわかるさ。

［莉莉］……わたしたちが相手するとでも思ってるの？　-,口,-

［永遠のギャラクシー］……だって、暇そうにしてるから。

それは間違いではない。周りを見渡してみると、こっちのお年寄りよりも暇そうにしている人はいなかった。本当にいい人を見つけたよね。わたしは心の中でそう思った。

［クラウドの人］……黄泉の路上 老少無し 千山万水 我ひとり行く

六爺、何？　こんな時まで詩を詠んでくるなんて。役者じゃないんだし！　六爺が続けて入力するのを見て、わたしはキーボードを打たずに待っていた。

［クラウドの人］……あのね、わたしは今年で八十歳とちょっと。眠る時には、心臓が止まればそれっきり。心臓病があることは自分で知っていたけど、でも治療したくなかった。手術台で死んでいくのは本当に惨めだから。知り合いの何人かも、こうやって死んでいったから。体を粉々に切り刻まれてね。わたしは前世でよいことをたくさんしたから、現世でようやく楽に死ねるみたい。女神さまがそばにいる。わたしの一生、本当に幸せだった。きみは死んでしまったけど、きみにしてみればどうでもよかったこと。運が悪かったのは他の人。もう死んでしまったけれど、やりきれなかったことってあるのかな？　しっかり時間を使って、会いたい人に会いに行き、したいことをしなさい。きみは今いくつなんだい？

［永遠のギャラクシー］……指図しないで！

［クラウドの人］……悪かったね。わたしだって死んだばかりで、きみとほとんど変わらないよ。

［永遠のギャラクシー］……人が死ぬと、どうなるの。

［クラウドの人］……消えるのだよ。

［永遠のギャラクシー］……でも、僕は確かにここにいるけれど。消えるなんて全然信じられない。自分

の記憶は部屋にいる時のまま。パソコンを開いて、お母さんがケータイを取りあげたことに不満を言って。ネットの友達は、新しいケータイが欲しいから飛び降りるなんて大げさすぎると笑って、できもしないことをくどくど言うなと言ったんだ。それから、メディアがたくさんやってきて、僕の写真にモザイクまでかけて、ほんと頭にくる。あ、そうそう、十三階から飛び降りて、直接建物のエントランスに落っこちたみたい。でも、ああいうニュースとか、写真とかは絶対になくならなくて、残ってるのは全部吐き気のする写真ばかり。消去することできないのかな？

［クラウドの人］……それはきみが生きた証拠だから。消えていくのは自分だけ。他の一切は消えずに残るのさ。

［永遠のギャラクシー］……そんなことがわかっていれば、生まれてなんかこなかったのに。嫌なことがこんなにも多いなんて。

［クラウドの人］……でも、そうは言っても、いいことだって少しはあったでしょ？　生き返ったとすれば何がしたいんだい？

［永遠のギャラクシー］……ゲーム。

［クラウドの人］……じゃあ、ゲームをやり終わったあとは？

［永遠のギャラクシー］……新しいゲーム。

［クラウドの人］……他に何かやりたいことがあるでしょ？　好きな女の子とか、興味のある職業とかはないの？

〔永遠のギャラクシー〕……僕のこと好きになんかならないよ。女の子を好きになってどうするの？　それなら家でゲームしてる方がまし。

〔クラウドの人〕……でも、ここにいるなら、絶対にやりたいことがあるんじゃないの？　今一番やりたいことって何？

〔永遠のギャラクシー〕……ゲームかな。

〔クラウドの人〕……じゃあ、ケータイを持ってきてあげようか。きみのケータイはどんな形なの？

〔永遠のギャラクシー〕Nokia 3310で、濃いブルー。


入室を許可したのは六爺だった。もう少しでわたしまで巻き添えになるところだった。ケータイは紙で作った洗濯機や一戸建ての家、冷蔵庫、ベンツのセダンなどと一緒に焼かれるのを待っていた〔葬儀の際に死者のために焚く紙器。現代では車や家、携帯電話などが多い〕。彼女が先生やクラスメートがお焼香する列に一緒に紛れてくれて、わたしを後ろに回して掩護してくれた。わたしたちが何者なのか、誰も聞いてこない。だから周囲の人が気づかないうちにケータイを取り戻すことができた。その場は耳をつんざくほど騒々しくて、永遠のギャラクシーの母親は泣いてばかりで、途中泣きながら気を失ってしまった。父親は会社の仕事で忙しく、人は死んだら戻ってこないとばかり言っていたそうだ。その時、突然わたしに声をかけてきた人がいた。

「いつ頃の同級生ですか？」わたしは彼が通っていた学校名は知らないし、クラスの名前も知らない。さんざん考えたあげく、塾で一緒でしたと言うと、その人はあなた本当に偉いわねと言うのだった。

お焼香を終え、無造作に彼のNokia 3310を取り返して帰ってきた。こんなケータイを使う人は、何もすることのない暇な大人か、ズボンのポケットに入れたまま壊れても惜しくない男子学生くらいだろう。永遠のギャラクシーは、男子学生の方か。十三階から落ちて、持ち主は死んでしまったけれど、ケータイはまだまだ使えるようだ。彼の魂が宿り、本当に信じられないほどの最強スペックだった。

「游（ヨウ）くんはクラスで物静かな子でしたけれど、でもとっても頭がよくて、遊ぶにしても自分でいろいろと考えるんです。学校でカード遊びは禁止ですが、彼ならノートやルーズリーフを使って、あるいはシャープペンの芯を入れるケースで遊んでいました。性格も悪くなく、全員の宿題を回収してと指示すると集めてくれましたし、成績も真ん中くらいで、本当にいい生徒でした」

「游くんはメディアが報道しているような感じではないんです。あの日游くんは僕のところにケータイを借りにきて一緒に遊びました。そうだと知ってれば、もっと貸してあげたのに。オンラインゲームの装備だって彼にあげたのに」

「嘉満（ジアマン）はとってもいいお兄ちゃんで、妹の面倒もよく見て、家事だって手伝ってくれたんです。携帯電話を取りあげたくらいで、死んじゃうなんて。そんなことをすると言ってくれれば、今日みたいなことにはならなかったのに——」

「永遠のギャラクシー」……僕は物静かな性格なんかじゃないよ。みんな僕のこと嫌うからだ。いろいろ遊び方を考えなければ、誰も一緒に遊んでくれない。先生だって悪い人じゃないけど、僕のもの全部取りあげたじゃないか。最後にはシャーペンのケースまで。成績は中間くらいだけど、それで頭いいと言えるの？　ケータイを貸してくれたっていう子も都合のいいことばかり言ってるんだよ。ケータイ借りたら、五分もしないうちに宿題を手伝わされて。ねえ、それって不公平でしょ？　僕のお母さん？フッフッ、妹の面倒なんか見たことないし、叩かれてようやくって感じ。僕だって何回か言ったよ。何してもいいけど、ケータイ取りあげるのだけはやめてって。僕は恨みを抱えるような性格じゃない。だって恨みなんか抱えても、我慢するの辛いから。お父さんだって、会社なんか辞めてやる辞めてやるって毎日言うけど、辞めたことなんて一度もないでしょ？

　わたしは何も言えなかったけれど、あるメッセージを見つけた。

［莉莉］……ねえ、「すぐキレる小宇（シアオユー）」っていうニックネーム見つけたよ。転載するね。

＊＊＊＊＊＊＊＊＊＊＊＊＊＊＊＊＊＊

コノ記事見テ　すげ悲しい　誰も何も言わないかよ　ゲームやるのとこかオカシイノ　相手一人減ったから　みんなうれしいでしょ　オレ本当淤加満（ユージアマン）のやつと遊んだことある　自殺するってわかってればオレ愛テム全部あげたのに　イエスさまあ～　淤加満を守てくださ　天国でも幸せになれますよーにお守りくださませー

永遠のキャラシー　前その話聞いたことある　なんていいやつ　他人をたすけるなんて　ダマサレテモ　自分が悪いて思うでしょ　天国でも幸せてね　ずっときみのとこ忘れないから　それにさ　きみのこと　みんなに放してあげるから　田原をいれる時　默禱してもらう　イエス・キリストさま　あーめん

　わずかな時間だったけれど、チャットルームは静かになった。誤字脱字が本当に多くて、皆で読むのに苦労した。でもすごく心に響くものだった。ノートパソコンのディスプレイから顔をあげると、お年寄りたちはまだたばこを吸っていて、まるで時間が止まっているように思えた。

「こんにちは、わたしたちは往生扶助会の者です。毎月二千元の会費で、亡くなった時には三万元を受け取ることができます。その後はわたしたちが責任をもってご遺体の埋葬をします」

スーツ姿の男がお年寄りに順番にチラシを配っていた。金儲けのためなら火葬場まで来るのだ。死んだ人のお金にまでたかるなんて！　スーツの男はペラペラと話していた。今どきは若者だって金に困っているのだと。でも、男は両親のために五口買ったそうだ。お年寄りには少なくとも若者に負担を押しつけないようにと。でも、見た目ではこの人も四十歳ほど。自分のことを若者とか言って、恥ずかしくないのだろうか。お年寄りたちが皆しきりに頷いているのが見えた。どうやら全員説得されてしまったようだ。お年寄りだってチューブを繋がれたくはないし、延命処置だってされたくはないのだ。でも、仮に子供たちと一緒に住んでいたとしても、親孝行されているかどうかや、財産分配、他人の視線などが気になるだろうし、あるいは単純に亡くなるのが怖くてたまらなくなるのかもしれない。そうしたらその後は、どうなってしまうのだろう。

お年寄りたちは自分が将来どこに埋葬されるのかということさえ、しっかりとした意見を持っていなかった。死んだ者の多くは山や海辺に運ばれる。「山に連れていかれるのは誰にも迷惑をかけないからというのは間違いない。でも、俺のところの女房だってあと何年歩けるかわからないし、山に登って俺に会いに来てなんて言うのもかわいそう」「人生の半分以上は都会に住んでいて、何が葉は落ちて根に帰るだよ。清明節〔二十四節気のひとつで四月五日頃。先祖の墓参りをする〕になれば大渋滞で、道行く人を眺めている時間の方が墓参りする時間より長いくらい」「はっきり言うと、山の上に持っていくのは生きている側からすればいい迷惑なんだよ」「納骨堂の多くはロッカーみたいなものだろう」「不動産政策はころころと変わるばかりで、墓所の金持ち会長が破産でもしたら、納骨堂はブルドーザーで潰されて更地にでもなるんだろうな」

扶助会の集会所にはエアコンもあれば、お湯も沸かせるという。皆は毎日そこへ行き、おしゃべりしているけれど、公園よりもよほど居心地がいいみたいだ。もし姿が見えなくなって三日が過ぎれば、扶助会のスタッフが登録済みの居所まで確認に来てくれて、病院に連れていったり、あるいは葬式を出してくれたりしてくれる。でも、細々と書かれている契約条項なんて、老眼のお年寄りには嫌味なくらいで、この計算の仕方では長生きすればするほど損をすることになるけれど、どうしてそれでも加入しようとするのだろう？　もしかしたら、お年寄りたちはどこかに集まりたいだけなのかもしれないし、そもそも多少の損失が出ることなど気にしていないのかもしれない。その時わたしは突然思った。もし、自分が六爺の家に行っていなかったら、六爺はこうやって安らかに死んでいったのだろうか。

他の人はともかく、ここにいるお年寄りたちは朝早くに起きて運動し、体の健康状態からいえば夜更かしして肝臓を悪くする若者よりよっぽどいいくらいだ。毎日ここが痛い、あそこが痛いと言っているけれど、でもそれは長く続く慢性疾患なのだから、半年のうちに死んでしまうなんてありえない。扶助会とかいっても、騙される可能性だってあるんじゃないだろうか。ニュースでもよく報道される。誰々に数百万元とか数千万元を持ち逃げされたって。亡くなった時にはお金が支給されるけれど、でも死んでしまったらどうやって受け取るのだろう？　これって本当に割にあうことなのだろうか。

「戦争の時は苦しかったな。みんな何が何でも生きようと思った。今はいい時代だ。それで逆に生きたくなくなるなんて」と梅叔が言った。これはわたしが唯一賛同できる言い方だった。高校受験の時には、死にたいなどと考えている暇は全然なかったのだから。

「あの時は若かったなあ」

「わたし、全然わからないです。どうして若いからって生き続けないといけないんですか？　毎回死にたいって思う時、たいしたことないのに大げさなこと言ってるってみんなに言われるけど。でも、それって他の人とは関係ないことなのに」彼女が言った。彼女はわたしと同じ、ここで唯一の若者だ。

「痛みって比べることできるのかな？　死ぬ人が若ければ、若い魂も小さな声なのかな？　それならいっそのこと痛みのテストをすればいいのに。八十点取れなければ死ねないって！」

「わたしも全然わからない。自分では人生の始まりなんて決めることできないんだから。少なくとも終わりくらいは自分で決めたいし。若い人はわかってないって言われるけど、でもわたしからすればお年寄りの人が長生きする毎日だって、別に知恵が増えるわけでもないし、自分で終わりを決めるのが怖いだけなんじゃないの」

　わたしは保険の契約条件をつぶさに確認した。自殺しようとしても、生命保険は二年経たないと効力が発生しないという。原理原則からいえば、自殺っていうのは突発的で、反復する発作のようなもの。天気が悪くて気分が落ち着かないとか、そんなことだから絶対に二年も待っていられない。永遠のギャラクシーが言っていたみたいに、生命保険は葬儀の費用の足しにすることくらいしかできない。連続ドラマの中でよく見かける保険金詐欺などは傷害保険なのだから、とかく数千万元にもなるのだ。

「わたしたち二年ももつかな？」

「わたしらは抗日戦争の八年だって我慢したんだ。二年なんか屁みたいなもんだろ？」

「お年寄りの一日は長いけど、一年はあっという間。絶対に大丈夫」

「そうね、じゃあ今日契約しようか」

「こういう傷害保険があるんだから、扶助会なんて加わる必要ないんじゃないの？　観光バスでも借り切って、一緒に海に行く方がいいよ」姜公（ジアンゴン）が言った。この提案は悪くない。でもわたしには、お年寄りたちはきっとすぐに忘れてしまうのだろうと感じた。八割方、口先で言うだけで、人生の最後までできたのだからやっぱり忍びないのだ。

「そういうわけじゃないんです。わたしたち扶助会では、早く亡くなるとお金が入り、亡くなるのが遅くても功徳を積んだことになります。いずれ亡くなるのですから、あらかじめ準備しておくにこしたことはありません」話題がいきなりずれてしまったので、スーツの男は潜在顧客を極力引きつけようとした。

「わたしの人生じゃあ絶対に地獄に堕ちるんだよ。だからお金は余分に子供のために残しておくの。ちょっとだけだけど。他はもうどうでもいい」梅叔が言った。

「六哥（リウゴー）は莉莉に出会ったからな。娘さんがやることはしっかりしてる」梅叔はわたしを見ながらそう言った。「初めは他人、二回目は知り合い、次からは友達じゃないか。一番簡単なやり方でやってくればいいんだ。そうだな、わたしの場合、埋葬だって必要ない。海に捨ててくれればそれでいいよ」

「傷害保険がいいな。お年寄りには意外なことがつきものだから。今どき運転免許は二年に一度の更新だから、みんなで賑やかにやろう」

スーツ姿の男はお年寄りを説得できないことに気づくと、必要がありましたらご連絡くださいと言い、他の遺族に声をかけ始めた。わたしたちだけが嬉しそうにはしゃいでいた。人はいつかきっと必ず死ぬのだから、みんなにとって都合のいい時間であればそれでいい。「次のお出かけは、重陽の節句でのお祝い金を使おう。それに加えて台湾一周できればもっといいや。テレビで大型バイクに乗って全島一周する夢をかなえた人がいるのを見たけど、今はわたしたちだって夢をかなえられるんだよ」

夢という言葉。お年寄りにそう言われると、本当に変な話になってしまう。でも、どうでもいい。どちらにしても看取りなんて一度経験してしまえば、二回目はさほど難しくないはずだから。

「旅行保険に一千万元ほどかける人もいるけど、そんなに多くなくていいから。多いと疑われるから」

「この二年で今後のことはしっかり話しておこう。二年後に、旅立ちだ」

時間は止まってくれない。お年寄りたちは博打打ちのように、そうと決めたら動き、ここぞという時に金を集めた。わたしは決めた。お年寄りたちが守っているわずかなものに手を貸してあげようと。

ネット上で保険に加入した時点でこの集まりも終わりだ。掛け金は高かった。でもお年寄りたちはなんとも思わないようだ。彼らが恐れていたのは時間がどんどん減っていくということだったから。健康を失い、友人を失い、最後には意識さえも失って。そうしたら失禁して大小便を垂れ流しても誰も手を貸してくれずに、ゴロゴロしているだけ。ウンチやおしっこの中に埋もれながら死んでいき、人の尊厳なんてちっともない。投名状って、本当にあるんだ。ただ彼らは自分の命で誓っただけ。——生死をゆだね、運の良し悪しを分かちあい、禍福や苦難をともにし、同じ時間に生まれることができないのなら、せめて同じ日に死んでいきたい。この世では確かにこうした承諾の仕方があるようだ。

なかったとしても、わたしたちで作ってしまえばいい。

自分でドライバー役をつとめ、自分でガイド役をつとめ、自分自身が死という道の案内人になるのだ。生前は友人が同行してくれる。死後には遺産を愛する人に残し、口座番号だって適当な相手に任せる。片道切符の旅程はこうして決まっていくのだ。

「え？　自分のケータイさえも管理できないの？　そんなことまで面倒見てられないですよ」わたしは言った。魂と電波は一緒に伝わるというけれど、それは自分でやればいいこと。でも、はっきりとした意識がいつまで持つかなんて、誰にもわからない。ホームページがいつまで残るのかがわからないのと同じように。

「そんなに気にしないで。もう死ぬのを待つだけだから。早めに死んでしまうかもしれないし。ここに残ってるのは畜生ばかりで、時代の波に寄せられてここまで来ちゃったんだよ」姜公は言った。「でも、みんながいるから。この世で一人だけじゃない、安心して死ねるってわかるんだ」

チャットルームでは新しいメッセージが出てきていた。永遠のギャラクシーは緊急事態だと言っている。もしかして、天下に背く死神の使者でもやってきたのだろうか？

［永遠のギャラクシー］……ケータイの電池がもうない!!!

バカだな。もういいよ、永遠のギャラクシー。わたしたち別に友達じゃないけれど、でもきみのために充電しておいてあげる。ちょうどその時、老姜も車に乗ってやってきた。ケータイも同じ型のものだった。電源を繋ぐと、永遠のギャラクシーは言った。ここは本当にいいところだね、電源さえ繋がれば心の中の気持ちを吐き出して自分がここにいるってわかるんだから。まだ死んでないようにも思えて、もしかしてケータイの禁断症状が出てきたのだろうか。車の中には永遠のギャラクシーとお年寄りのケータイが置いてあった。わたしは迷信なんて信じないけれど、でも自分のケータイをここで充電したくはなかった。なんだかすごく汚らしかったから。

［春風の笑い］……ギャラクシー。もし行くところがなければ、ここにおいでよ。

わたしに向かって言ったわけじゃない。でもそれを見て、ちょっと感動してしまった。その言葉はまるで、自分たちは家族だからと言ってるようなものだったから。ネットの世界で新しく結ばれた家族だ。自由で、ゆっくりと繋がっていて、身体の拘束も受けないもの。

チャットルームだったけれど、永遠のギャラクシーはこっそりとわたしに聞いてきた。ディスプレイには新しいメッセージが浮かびあがった。電話番号、聞いてもいい？

わたしは全然かまわなかったから、教えてあげた。

「趙遠山（ジャオユエンシャン）さん、趙遠山さんのご遺族の方はいらっしゃいますか」

向こうの方で何度も呼んでいる。六爺はついに白い骨になって出てきた。わたしは火葬した骨は灰になって、真っ白く軽くて、一吹きすれば飛んでいくのかと思っていたけれど、想像したよりも多かった。市場で仙草ゼリーや愛玉ゼリーを売っているような鉄缶に入れるのだ。

「すみません、遺骨はどこに入れましょうか」火葬場の係員が聞いてきた。考えてもいなかったことで、節約のために骨壺さえ買わなかったのだ。車に戻ってあちこちひっくり返してみたけれど、ポンコツの古い車には何もなかった。段ボールや新聞、空き缶、保温ボトル、スナック菓子の空箱ばかりで、大きめの魔法瓶はちょうどよさそうだ。でも、蓋が壊れてしまい、どうしても閉まらない。それから隅っこの方にピンク色の電気鍋があるのを見つけた。ランの花がたくさんプリントされているもので、何十年も前に流行した新婚さんへのプレゼントみたいだった――骨壺は必ず石で作らないといけないわけではないのだから。コンセントを抜けば、これでいいか！

係員が言った。今は時代がちがうんですから。黄金の馬蹄銀やスポーツカー、別荘の形をしたものまで何でもあります。これは保温効果も抜群で、全部入りそうですね。

みんなで駅まで戻った。ファストフード店の中からガラス越しに渋滞する車列を見ていた。道路がこんなに混んでしまって、交通整理をする人さえいないのだから。ロータリーを発明した人って何も考えてなかったのだろう。駅前に設置すれば交通事故が減るなんて。結局、広々としていた場所が狭くなって、車がぶつかりあって、みんなカリカリしている。タクシーも列を作らざるをえないから、隙間を縫って歩かなくてはいけないし。ドアからは乗客の波が出てきた。左にいったり、右にいったり、行き先だけはしっかりしていて、自分がどこへ向かうのかはっきりしているかのようだった。

ふだん、わたしは通退勤の時間が一番嫌いだ。死人の列のように見えるから。みんなに電車の座席を用意してあげようか聞いてみた。

「大丈夫。どこか見つけて座るから。どちらにしろ若いのが譲ってくれる」これを聞くと、むかつく。でも、実際にはそんな感じなのだ。

駅を出て、ＭＲＴに乗り換え、梅叔は先に六爺の家に戻り料理の準備をするという。賑やかに六爺の最期を見送るのだ。私は向かいの道路で電気鍋を抱えていた。まるでこの後ピクニックにでも行くかのような感じで。でも、本当は六爺をどこに埋めようかと考えていたのだ。突然、二人の女の子が道路を渡ってきた。左に行くわけでもないし、右に行くわけでもない。信号を無視して、まっすぐに中央分離帯に突っ込んでくる。都会の夕暮れが二人のスカートの裾で黄金色の筋を作っていた。

そうか、放課後の時間だ。

体育会系のサークルが終わったばかりの五人組が、ケラケラ笑いながらハゲてしまった緑地帯を踏んでいる。

スーツを着た女性会社員、子供の手を引くおばあちゃん――

これなら、踏まれても気にしないよね。むしろ嬉しいくらいなんじゃないの。ここは六爺にとって天国みたいな場所だ。わたしは中央分離帯でビンロウを売るわけではないので、罰金なんて課されないと踏んだ。六爺のために穴を掘ってあげよう。そこに植えてあるフウの木の下に。しばらくすれば、紅く変わるんだから。

わたしは電気鍋を抱えながら、右手でスコップを持ち、中央分離帯までかけていった。緑地帯を掘り返し、フェイスパックのように広げてみた。後で使うのだ。下に向かって掘り続け、砂利は適当に脇によけた。誰かがわたしの行動に気づいたとしても、急いで立ち去るだけ。

ひとつひとつ穴の中に入れていき、土も一緒に混ぜて、もともとあった草をかぶせた。

「六爺、最後は、わたしが一緒にここまで来たんだよ。最後の最後だから、サービスしちゃう」わたしはスカートの裾を広げて、中のレースの下着を見せた。「今日は白。当たった?」

「――六爺、安らかに」

ネットさえあれば、わたしたちはいつでも一緒。

夕方の空も暗くなった。六爺のマンションに明かりが灯っている。遠くないところで、誰かがわたしたちの帰りを待っているのだ。

*

五卓のテーブルで湯気がもくもくと出ている料理には、誰も手をつけなかった。みんな写真を撮るのに忙しいのだ。リビングの窓と壁はすべて黒布で覆い隠し、その中央にアウトドア用ライトをいくつかかけた。明かりの下は客がいつでも来て、いつでも立ち去れる赤テーブルだ。割り箸やプラスチックのレンゲ、ピンク色で透けそうなほどのテーブルクロスも用意した。まるで何かのお祝いでもするかのように。

七十二歳の梅叔は、将軍とともに逃げてきた広東料理のお抱えシェフで、生涯の大半でフライ返しを持ちながら走り回った。やがて繁華街でレストランを開いていたが、違法建築のために解体させられ、営業もやめたのだ。だから今回は再度の見せ場だった。

紅焼蹄膀（ホンシャオティーパン）〔豚すね肉の醤油煮〕は、煮てから油で揚げると琥珀色のつやが出た――この外側のことを紅皮赤壮（ホンピーチージュアン）という。隣の麹色の豚肉は、糖酢英雄骨（タンツーインシオングー）〔豚肉の甘酢あんかけ〕だ。一番手間ひまをかけたのは清蒸海上鮮（チンジェンハイシャンシエン）〔ハタの姿蒸し〕で、水揚げされた魚をすぐに厨房まで運び、呼吸が止まらないうちにえらを残したまま強火の蒸籠の中で蒸していく。魚はもともと冷たい海にいるものだから、強火でなければ火が通らず、逆に火が強すぎると、身が硬くなってしまう。星洲炒飯（シンジョウチャオファン）〔マレーシア・シンガポール風炒飯〕で使うのは南洋の香辛料で、口にいれるとサクサクし、すぐにとろけた。それから今ではあまり見かけることもなくなった烏魚子（ウーユーズー）〔カラスミ〕の盛り合わせ。ボラが全然獲れなくても、台湾にいれば、これを抜きにしては語れない。元籠蒸南蝦（ユエンロンジェンナンシア）〔海老の蒸籠蒸し〕は青菜にエビの身を包んだもの。歯のなくなったお年寄りも簡単に咀嚼して飲み込める。デザートは黄金奶皇包（ホワンジンナイホワンバオ）〔カスタードあん饅〕だ。白い包子（パオズ）から黄金色のカスタードクリームがとろけ出ている。

こうした料理は「英雄の宴」という。軍人や政治家の葬儀の時にしか食べることができない。でも、皆はこんなにも高齢なので、細かいしきたりにはこだわらなかった。それに軍人や政治家だって、ここのお年寄りほど長生きしている者はいないのだから。秋の上海蟹は蟹みそをたっぷり包んでいた。脂がのって美味しいと言われるのは、まだ体が大きくなっていない子供の蟹を食べること。

「わしらが死んだあと、このアカウントはどうなるの？」「インターネットがなくなれば、わたしたちのことなんてとっくに忘れられてしまうね」

　お年寄りたちが恐れたのは痛みでなく、忘れられてしまうこと。スパイだった一生ではたくさんの秘密を抱え、人生の最後には名前さえも仮のものだったと気づくのだ。

　梅叔は言った。最近になってようやく名前を変えたのだと。同郷だった亡き人の身分証を拾うと、周春生（ジョウチュンション）と書いてあった。春生、春生と何度も口にして、最後にこの名前を使うことにした。二人の子供も、梅叔と一緒に改姓することになってしまったけれど。数十年ぶりに、大陸の祖廟に戻った時には、不孝な自分をお許しくださいと泣いたのだ。兄弟や親戚は全員文革〔一九六五年秋から始まったプロレタリア文化大革命〕で死んでいた。彼だけが台湾に渡ったために災難を逃れることができたのだ。梅叔は自分の元の氏名を告げたけれど、時間はこんなにも過ぎてしまい、ほとんど意味をなさなかった。彼の名前を口にする父母や親友などは、とっくにこの世にいなかったから。

　わたしは突然、梅叔のことが羨ましく思えた。わたしも誰も知り合いのいないところに行きたい。でも、それを望んでも望まなくても、生きるのが長くなれば、いつかはその日に行き着くようだ。そのことは自分を少しばかり慰めてくれる。わたしが受け入れられなかったのは、若い人が亡くなると惜しいことをしたと言われるのに、お年寄りの死は当たり前のように軽んじられること。そんな基準、いったい誰が決めたのだろう。

ピン、ポン。タピオカミルクティーのデリバリーだ。六爺が生前に一番好きだった飲み物。
「待って！　先に写真！」わたしはそう言い、フォークを持ち、カメラを構え、顔を近づけながらシャッターを切った。アップロードした後には、見知らぬ人からコメントがたくさん届いていた。「友達になりたい」「お孫さん？」「かわいいね」「そのタピオカになりたい」
　この世代のネット友達って、今どきはこんなに大胆なの？　返信したけれど、なんだか自分が急に年寄りになったように思え、すぐにコメントを削除した。この人たちはきっとディスプレイの向こうにいる人が誰なのか、何という名前なのかも知らないのだろう。それでもやっぱりアクセスしてきて、遠慮もなく褒めそやしたり、罵倒したり。もし、ある日わたしがこの世からいなくなったとしても、この人たちはきっと変わらないのだろう。

〔クラウドの人〕……いつかはこの日がくると思っていたんだ。そばにいてくれて、みんな、ありがとう。今すごく幸せ。心臓が止まってしまった時には本当に苦しかった。でも、そんなのすぐに過ぎてしまって、役者みたいな一生でたくさんのものを残すことができた。やり残したことなんて何もないよ。

〔莉莉〕……死んでしまったの？

〔店長〕……またどこかでお会いしましょう。

〔春風の笑い〕……本当に死んじゃったのか？

〔クラウドの人〕……じゃあね。このケータイはいらないから。莉莉ちゃんにあげて。

〔梅叔〕……どこに行くんだい？

［クラウドの人］……もう死ぬんだよ。返信はしないから。何を言いたいのかわかるでしょう？

［店長］……もし誰かが懐かしく思ったらどうすればいいの？

［クラウドの人］……わたしが遠いところから返すより、みんなで返信しておいてよ。アカウントとパスワードはここに書いておくから。気づいた人が返信すればいい。もし、ある日、みんながこちらの世界に来たら、その時はわたしの方が詳しいね。いろいろなところを案内してあげる。天上人間、かならず逢える。迎えがきたみたい。

［春風の笑い］……今どんなところにいるんだい？　送っていってあげようか？　何か足りないものはあるかい？　飲み物とか、食べものとか？

［クラウドの人］……これで十分。茶毘に付してくれた時のものは、このトランクの中にあるから。もし、何か足りなければ、夢まくらに立って言おうかな。じゃあね。千山万水　我ひとり行く。見送りはいらないよ。

チャットルームはメッセージであふれていた。

［春風の笑い］……六爺気をつけて。

［梅叔］……六爺、僕たちのことを忘れないでね。

［店長］……六爺カッコイイ。

［姜公］……ずっと友達だぞ。

［梅叔］……二年後に行くからな。

チャットルームとケータイの両方で反応がなくなったのは、ケータイが電池切れだからだろうか？　ケータイには何も電波が入らなかった。電源を入れ直しても同じで、今ケータイはその役目を終えたのだ。六爺がわたしたちに別れを告げてこの世界から去って行く時、決して一人ではないことを示しながら。

「死んだわけじゃなくて動けないだけ、っていうことはあるのかな？」わたしは聞いてみた。

「指先ですら動かなければ、死んだのと変わらないよ」みんなはアカウントとパスワードの両方をチャットルームに載せていた。

わたしはケータイを使って永遠のギャラクシーにメッセージを送ってみた。六爺って本当に死んじゃったのかな？　あなたたち同じ空間にいるんじゃないの？　死んだら、その後はどこに行くの？——

［永遠のギャラクシー］……僕にもわからないよ。だって、ただのネット友達でしかないんだから、みんながどこにいるのかさえはっきりとわからないんだから。僕はネットカフェにいるけど、でもいつになったらここから離れるのかわからないし、ただ食事する必要もなくて、眠る必要もなくて、疲れないだけ。でもね、誰かが立ちあがって、席を外して自動ドアから出て行けば、もうこっちには戻ってこないんだって思うんだ。

［莉莉］……あなたもそこから離れるの？

［永遠のギャラクシー］……友達に会いにね。僕が持ってるアイテムは小宇にあげたんだ。

［莉莉］……死んでからようやく会いに行くの？　アイテムとか言うけれど、そんなの架空のものでしょ？

［永遠のギャラクシー］……それでも値が張るんだよ。その場で確認してもらわないと、もし詐欺だなんて疑われたら損だから。よくよく考えてみると、彼こそ僕にとって本当の家族だったのかも。

［莉莉］……彼のこと許せる？

［永遠のギャラクシー］……そうかも。

［莉莉］……じゃあ、これからどうやって行くの？

［永遠のギャラクシー］……ヒッチハイクでもしながらね。

［莉莉］……そんなことで探し出せるとでも思ってるの？

［永遠のギャラクシー］どちらにしたって、やることはないんだもん。昼間は車が多いし、夜になるとドライバーも道を急ぐから、いろんなところへいけるんだよ。

わたしは腕を突きあげながら、ぐるりと回ってみたけれど、電波は入らなかった。そこで固定電話からゼロを十二回押してみると、「おかけになった電話番号は現在使われておりません」と音声が流れた。完全に鉄の塊になってしまった。もう一度起動してリセットしてみると、電波が入った。パスワードを入力する画面が出てきて、六爺がどうしてわざわざ言い残したのかがわかったような気がした。このケータイはふつうのケータイに戻ってしまい、そこには魂が宿ることもないのだ。

わたしは自分でパスワードを設定し直した。

そうすると、ゆっくり同期が始まった。

わたしは急に自分が死んでもかまわないと思えてきた。誰にも迷惑はかけないし。でも遺影の写真には、前に撮った証明写真は絶対に使って欲しくない。永遠のギャラクシーみたいになってしまったら嫌だから。ケータイの中の写真は早くに移しておくべきなのだ。

お母さんはわたしの告別式に来てくれるかな？　でも、そんなことを聞いたら、かえって混乱するだけかも。

死んだ後には遺体を処理して、いなくなった後には休学手続きもしないといけない。そんなことは、いままで考えたこともなかった。でも、死んだとしても、会いたい人はいるし、やりたいこともある。電波に変われば覚えていられる時間も長くなる。でも、いつ頃いなくなったのかなど誰も気にかけない。わたしの名前を書いた合格掲示はまだネット上に残っている。意識を失ったけれど呼吸をしているお年寄りも病院に残ったまま。死んでしまうということはすべてが終わりではないのだ。

大事なのは、完全に消え失せるということ。

今わたしは見つけられるのが怖くはない。この世界では、自分にとって大切なことと、どうでもいいことを一瞬で見分けることができる。大切な仲間、どうでもいい人たち、大切な繋がり、どうでもいい中傷。

女の子になりたい自分、ネット友達に会おうとしている幽霊、早く死にたいと思い続ける老人。もしインターネットがなければ、わたしたちは絶対に次の一歩を踏み出さないだろう。人生の最後なんて、いつでも歩き始めることができる。動けないほど、あるいは話せないほど引き延ばしてはダメだけど。その時になって考える余裕さえなければ、それなら一切を病院にあずければいい。ベッドにはいろいろな病名のプレートをかけてくれるし、延命処置もしてくれる。数値は彼らの実績になり、患者の名前なんて覚える必要もないし、どれだけ薬品を摂取したかがわかればそれでいいのだ。最低限の自由でさえも理屈をつけて奪われてしまい、苦しむのが当然のように思われて、呼吸できればそれは天からの恵みのように見なされる。

　ネットカフェにいるお年寄りたちも社会の笑いものにはされたくない。どうして必ず仲良くしなければいけないのだろう。仲良くできないから独り身で、家の中で腐ってしまっても、他人に勝手に同情などされたくはない。こんなことで頭を悩ませているのは、絶対にわたしたちだけではないだろう。皆で手を取り合って、この世界に立ち向かわないと！

若いから、自分が決めたことには見通しが立たない。でも、お年寄りの姿を見ていると、彼らの決意もしょっちゅう子供たちの利益に取って代わってしまう。いったい誰の決心なら勝算があるのだろう？人間であるならば、この孤独な道を絶対に歩かなければいけないのだろうか？

＊

元気？　お腹すいてない？　もっとワルいことしない？　今晩ひま？　こうしたメッセージがいつも

のようにわたしの受信トレイでいっぱいになった。放課後は彼女がわたしのところにやってきて、一緒に夕食を食べたり、音楽を聴いたりし、お兄ちゃんのところで宿題をしたりして、六爺のマンションで夜を明かした。でも、わたしが一番よくしゃべった相手はやはり永遠のギャラクシーだった——初七日、四十九日、百箇日が過ぎたけれど、彼の霊魂はこの世にまだ残っている。眠ることもなく休むこともなく、いつも最初にわたしに返信してくれる。

最初はみんなと一緒にチャットルームにいたけれど、しばらくするとこっそり携帯メールを送ってきた。しまいにはケータイを手に持つこともなく、わたしはスピーカーをオンにしておしゃべりを始めた。話が本当に長くて、意見なんか求めてないのに、突然語り出したりして、近くにいる人を驚かしたりするのだ。

〔永遠のギャラクシー〕……知ってる？　雨の時、影には色がつくんだって

〔莉莉〕……だから何～（ﾟｮﾟ）

〔永遠のギャラクシー〕……特に意味なんてないよ（◕ω◕)⊃━☆ﾟ.*

彼はわたしに何か隠してるんじゃないかといつも思っていたけれど、言いたくないなら、わたしだって聞かない。

「ねえ、陽が出てるのに雨降ってるよ！」ネットカフェの客が言った。

二階のネットカフェの窓から見ると、横断歩道の真ん中には虹とネオンの光が二本完璧に走り、中興大橋〔台北市西門町と新北市三重を結ぶ橋〕のうえにかかっていた。わたしは傘とケータイを抱えて飛び出し、青信号が六十

秒間点灯しているあいだ、一気に道路の真ん中まで駆けていった。ケータイでこの空を撮ろうとしたけれど、スペックがしょぼすぎて、灰色の空しか撮れなかった。

彼女が放課後に来てからでは間に合わないから、今のうちに絶対に撮りたい。

次の青信号を待っていると、太陽の下で斜めに雨が降り始め、道行く人は前を急ぎ、なんだか皆はっきりとした目的地があるように思えた。何秒か待っているうちに、周囲は急に霧が濃くなり、前に手を伸ばすと指先も見えないほどになった。わたしは進めなくなり、ネットカフェの方向さえわからなくなってしまった。

すると、隣の人が言った。「傘、貸しましょうか？」

顔をあげると隣には全身黒ずくめのナイトが立っていた。ゆったりと傘をうえの方で握ってくれて、わたしは手を緩めた。

コスプレ？　秋だけど、黒マントに革ズボンなんて熱中症にならない？　近くでみると化粧はしていなかったけれど、ただ目の周りはアイラインを引いているみたいで、爪楊枝をくわえ、手には小道具なのかホンモノなのかもわからないような剣を提げていた。

「どこかで会ったことない？」

「やあ、僕だよ、永遠のギャラクシー」彼は言った。

「えええええええ、きみなの!?」あの鬱々とした遺影とは全然ちがっていた。わたしは何とか冷静を装った。「どうして、ここにいるの？」

「だって雨の時には、影に色がつくから、姿、形はないけれど、ようやく人に会うことができるんだ」

「おばけって、夜に出るんじゃないの？」

「これって、ネットユーザーが最近発見した現象なんだ。時代は変わったんだよ」

そう、お年寄りだってチャットルームに入れるのだから、彼だって昼間に誰かに会うことができるのかも。彼は言っていた。夢の中ですぐキレる小宇に出会ったらしい。ゲームのキーアイテムをあげて、二人で楽しくおしゃべりしながら、小宇のテストが終わった頃にもう一度会う約束をしたという。

「人生ってゲームに似てると思わない？」彼は言った。

「どこが似てるの？　ゲームならキャラの性別や名前だって設定できるのに」わたしは答えた。

「でも、僕ね。死んでからやっとこの世界に近づくことができたような気がする」

後ろの方から電車の音が聞こえてきた。中華路〔西門町沿いを走る大通り〕にいつからレールなんかできたのだろう。そう思うと、わたしたちはプラットホームの真ん中に立っていて、隣には二人のお年寄りまでいる。真っ黒な傘を差していて、低い声でヒソヒソと何か言っている。いま後悔しても遅くはない、病院から離れればきっと死ぬよと。もう一人が言った。死なないやつなんているの？

頭上の歩道橋はとても賑やかで、歩道橋の向こうは商業施設の建物だった。

彼女から聞いたことがある。数十年前の西門町にあった中華商場は自殺の名所だったと。歩道橋をあがり、電車が入ってくる瞬間を見計らって、ドンッと、すべてを終わらせるのだ。

列車がゆったりとホームに入ってきた。隣にいた二人も手すりにもたれかかりながら、ゆっくりと乗車した。タイムスリップしたのか、あるいは時空の隙間に入ってしまったのかと思ったほどだった。

わたしたちは肩を並べてホームのベンチに座った。永遠のギャラクシーが傘を差し続けてくれて、彼は幼い頃に星を見るのが大好きで、大きくなったら天文学者になりたいと思ったらしい。今の彼は、もうこれ以上成長することはない。でも、それは別に悲しいことではないけれど。

「遠くからね、きみたちのことを見ていると同じだなって思うんだ」

「きみたちって誰のこと？」

「きみと、あの女の子。たぶん自分じゃわからないだろうけど、毎日一緒に本を読んだり、ネットをしたり、音楽聴いたり、街を歩いたり。それから何を食べようか迷ったりして、すっごくいいなって思うんだ」

「それだけ？」

「うん、それだけ」

永遠のギャラクシーは怪訝な顔でわたしを見た。その時わたしは突然、この人自分より背が低い、と思った。精神年齢にしても実際の年齢にしても、彼は本当に自分の弟みたい。羨ましい。死んでしまうと背なんか伸びないんだから。わたしはため息をついた。本当は彼がわたしに告白でもしてくれるのかと思ったから。でも、同時に安心だった。彼女が言っていた「求めているわけじゃない」って、きっとこういうことなのではないだろうか。

「あなたみたいな人はね、百合男子っていうの」わたしは、ガールズラブを好む男子は百合っていうのだと教えてあげた。でも、わたしだって本当の女の子になりたいのなら、男の子とは恋愛くらいしなければいけないのかもしれない。

「もし恋に悩んだら、いつでも聞いてね。美少女ゲームの攻略法、たくさん知ってるから」

この子、本当にダメ。わたしが何に悩んでるのか全然わかってない。表面的なことに答えただけ。

「じゃあ、もう遅いから。またね」

彼はそう言い残すと、あたふたと黒傘をわたしの手に渡した。わたしが顔をあげた時には、頭上の歩道橋はなくなっていて、ホームは道路の真ん中にある中央分離帯に変わっていた。人の往来が賑やかだった通りは、彼の願いがかなった後には、たぶん六爺みたいに消えてしまうのだろう。

「そうでしょ、永遠のギャラクシー」

返事はなかった。

「ねえ、永遠のギャラクシー」聞き慣れた声は、もう二度とわたしに返事をしてくれなかった。

「ねえ、永遠のギャラクシー」わたしは大声で彼の名前を呼んだ。

いつからだろう。霧が晴れていた。わたしはNokia 3310を握りしめ、この端末をもう一度初期化しようかと思った。そうすると携帯の番号も使われていないものに変わってしまう。彼がこんな感じでいなくなってしまうので、さよならさえ言えなかった。

「永遠のギャラクシーのばかやろうー」

「何？」ケータイが突然鳴った。「悪口、言ったでしょ」

「もう二度と戻ってこないと思ったから――」

「言ったじゃん。きみたちのことをずっと見てるって」彼がそう言い終わると、わたしのもうひとつのポケットが鳴り始めた。電話に出ると彼女からだった。

「さっき土砂降りだったから、傘がなくて学校にいるしかなかったの。何か用？　電話しても出なかったから。携帯メールも何度か送ったよ」

「ごめん、さっき電波が入らなかったから。今から、そっちに行く」

青信号になると、道行く人はいろいろな雨傘を持って通り過ぎていった。黒いアスファルトには色のついた影がいくつもできていた。わたしはそれを追いかけていき、何度も信号無視してしまった。F高の正門まで来た時には、赤信号がわたしの運命を阻むように、光っていた。

彼女が正門で、他の生徒たちとは離れたところで静かに立っている。わたしには一目でわかった。彼女は笑いながら手を振ってくれた。ゆっくりと手を振り、信号無視はしないでと言っている。

車は同じ方向に流れていった。六十秒後、わたしたちはいつものように何事もなかったかのようにネットカフェに戻っていった。

かわいい彼女。

大事なネット友達。

わたしを受け入れてくれたお年寄りたち。

今、電波がすごくよく繋がる。人生というゲームは、まだまだ遊び続けることができるみたい。

冬の章　霊界通信——梅宝心（メイバオシン）の一年後

遊覧船が基隆港を出て行くと、船尾からは細かく重なり合った白い泡が出て、濃い霧はゆっくりと晴れていった。正午の太陽が顔を出し、光の筋は斜めになり、ピンク色の輓聯や年老いた退役軍人の老兵たちが生前一緒に撮った集合写真を照らしていた。参列者は全員黒い服装で、列になってお焼香をした。観光バスの前で撮ったあの集合写真がなければ、わたしは父が死んだ時に何を着ていたのかさえわからなかっただろう。エンジンを切ると、ゴロゴロという大きな音は突然止まり、船全体に動きがなくなった。前方に港は見えず、後方も海岸は見えず、どこまでも続いている。

今回の儀式に道士はいない。墓碑もなければ、名前もなく、無限に広がる水平線が見えるだけ。昨年亡くなった父の遺骨を大海に投げると、瞬く間に海の底へと沈んでいった。

もしも　あなたと逢えずにいたら　わたしは何を　してたでしょうか
平凡だけど　誰かを愛し　普通の暮し　してたでしょうか

ステレオからはリマスタリングしたテレサ・テンの歌声が響いていた。ディスプレイには「北緯二六度二二分五八・八秒、東経一一〇度二八分三四・〇秒」と表示されている。これはわたしたちがいる大海原の座標だ。こう聞く人もいるかもしれない。退役軍人たちは大陸に戻りたかったのでしょうか？　でも、父ならたぶんこう答えるだろう。帰郷しても両親はいないし、海の中にまかれるのも悪くないと。

水葬は遺骨をひとつひとつ投げ込んでいくものではない。パウダーのように風に任せて吹き飛ばすものでもない。人為的に加工がほどこされた遺灰は、魚や鳥の飼料に似ていると言った方がいい。

もしも　あなたに　嫌われたなら
明日という日　失くしてしまうわ
約束なんか　いらないけれど
想い出だけじゃ　生きてゆけない　〔テレサ・テン「時の流れに身をまかせ」〕

告別式であっても一周忌であっても、黒衣の進行係はただ静かに音楽を流すだけ。道士がひざまづいたり立ちあがったりするよう大声で指示するのとはちがい、わたしは安心して父が生前にこの葬儀社を見つけてきたことに安堵した。位牌に至っては、３Dプリンターで打ち出したマスコットキャラクターだ。位牌に書かれた字が多くても誰も読めないし、もっと言えば、老兵の多くは文字の読み書きすらできないのだから。

「老王（ラオワン）、あれ六爺だぞ！」

「え？」

「そっくりだろう！　生前と同じように気合いがはいっていて！」

「そう、そうだよな」

お年寄りはケータイを手に取り、中風を患ったむかしからの友人と通話した。ビデオ通話なら、出かけることを煩わしく思うことはない。でも誰も、そう、そうだよな、が何を意味しているのかわからなかった。

オンライン上の人数を数えてみると千人以上はいる。

お年寄りはこの年になると、家から出られない人の方が多いのだ。でもわたしには、こうして葬儀のライブ中継をしていると、インターネットの向こうにいるのはかつての戦友なのか、通りすがりの人間なのか、あるいはネットの世界で飛び交っている魂なのか、全然判断できなかった。

「お料理だよ！」「安心して出かけなさい。我々もすぐに行くから」

高粱酒三杯とご馳走でお供えをした。

わたしは幼い頃に連れていかれて一緒に食事したことを覚えている。大勢のお年寄りが大きな円卓に腰かけ、声が大きくて隣のテーブルに座るお客さんまで横目で見るほどで。子供だったけれど自分のことのように恥ずかしく思い、いつも早めに食べ終わると、頃合いを見て逃げ出してしまったり、雑貨屋まで行きお菓子を買ったりしていた。当時父の友人の子供たちはとっくに成人していたので、しょっちゅう結婚式の宴席に呼ばれたりした。わたしから見ればおじさん、おばさんに当たるけど、お年寄りがあとからもらった後妻は自分の子供と同じくらい若いことも多かった。だから船の上では、むやみに他人の名前を呼ばない方がいい。頭を低くしてケータイをいじっている方がいいのだ。

「老梅（ラオメイ）の娘さんかな？」お年寄りがわたしに聞いた。頷くと、彼は他のお年寄りと同じように「きれいだねえ」と言った。

でも、わたしにはわかっていた。四肢が整っていて、目玉二つと鼻ひとつあれば、老人の基準からすれば、きれいなのだと。

「今年いくつなの？」

「三十一です」

「そうは見えないなあ。まだ学生みたいだね。結婚は？」

「離婚しました」わたしは答えた。

想像していたように沈黙が続き、相手が戸惑う様子を見るのも、楽しかった。三十一歳は子供ではないし、年寄りでもない。結婚していてもいいし、離婚していてもいい。生きていても、死んでいてもいいじゃないか。わたしの大学院の同級生などは、二年前に心筋梗塞で亡くなってしまったのだから。

「今、何をしてるの？」お年寄りの食い付きは平均値以上だ。前に聞かれたことがあるから、たいしたことない。

「原稿を書いたりして、フリーランスです」

「じゃあ作家だね？」

「そんなところです」

「書くのは現代もの？　それとも時代劇？」

そうやって区別するのを初めて聞いた。話をあわせるために、答えるしかなかった。「現代ものです」

武侠小説の話を少ししてあげると、お年寄りは船内に戻って小管麺線（シアオグワンミエンシエン）（ヤリイカ入りそうめん）を食べたいと言い、話題は途切れた。わたしがスマホを取り出すと、海上にもかかわらず電波が入った。Facebookで自分の個人ページをスクロールした。演出歴、受賞歴、経歴、アップロードしてあるエコー写真。先ほどアップした海からの写真には「いいなあ」「パイレーツになりたい」「気をつけてね」などとコメントをくれる人がいた——フリーのライターにとって、融通のきく休暇が取れるのは、唯一の利点なのだろう。


前に脚本を書いていた時には、脚本は演出されて、撮影されて、ようやく意義があるものと思っていた。わたしは小劇場で元カレと、いや、前夫と二人三脚で、自分の脚本が実際に舞台で演じられていくのを目にしたものだ。でも、稽古場では自分は全然役に立たなかった。今の演技がよかったのか、前の方がよかったのか、全然わからないのだ。おそらく大事なのは演技の良し悪しではなく、ステージ全体でのイメージなのかもしれないけれど。

監督（つまり芝居の中で一番重要な人）に言わせれば、自分が脚本家を必要として、脚本家はようやく仕事を完成させることができるらしい。わたしもそうだと思ったし、ただ断らなかっただけかもしれない。二人は七年間交際し、何人かの友人たちはお金を出しあってくれて一緒に劇団を作ったり、助成金申請の書類を書いたりした。雑誌インタビューに応じるのが、わたしにとって主な収入源だった。あの人がわたしの隣で上半身を起こして、ごめん、他に好きな人がいる、こんな状態できみとは結婚できない、と言うまでは。

本当は、わたしは知っていたけれど、でもあなたが言わなければ、何でもなかったのに。わたしたちは破局する半年前に婚姻届を出し、二週間後には披露宴をする予定だった。結婚写真も撮ったし、指輪も買ったし、招待状も送ったし。

わかった、じゃあ離婚する、結婚式は延期、いつまで延期するのか未定だけど、と電話を一人一人にかけ続けた。友人たちは、よかったじゃない、はやくに浮気がわかって、子供ができてからでは別れるのは難しいから、と言ってくれ、わたしもそう信じるしかなかった。その時、父はまだ元気で、慰謝料は二百万元だったけれど、駆け出しの小監督にそんな大金はどこにもない。そこでわたしは百万と決め、形ばかりの懲罰にとどめることにした。ローンの督促に追われるたびに、この教訓は忘れないだろう。わたしの人生初の大金は、こうして入ってきたのだ。

それから、あの人は後輩の女と一緒になり、三カ月も経たないうちにまた別れた。あの人の惨めな姿を見ていると気持ちが落ち着いたけれど、どういうわけかわたしのところに戻ってきて、一緒に日本へ行かないかという。もともと自分たちのハネムーンだったもので、チケットはとっくに予約してあるからと。

考えたすえに、一緒に行くことにした。この旅行でわたしはあの人の欠点をたくさん見つけた。以前なら、あの人のためにすべてを許せば、自分の愛がどれだけ深いかを証明できると思っていた。あの人のために節約し、自分たちの将来を想像したりもした。でも今はそんな必要はない。欲しいものは堂々と買えばいい。どうせあの人の慰謝料から支払うのだから。請求先はいつもあの人のカードで、だからあの人だって良心はある。でも、よりを戻すなんて、そんなの不可能だ。

『ブラインド・マッサージ』〔二〇一四年の中・仏映画。ロウ・イエ監督。原作は畢飛宇『推拿』（『ブラインド・マッサージ』飯塚容訳）〕っていう映画、観たことある？　王師傅が包丁を振りあげながら借金取りに言うんだけど、命なんていらない、面目こそ大事だって。あの時、結婚式をキャンセルする電話を一人一人にかけ続け、わたしには感情なんてちっともなかった。わたしは大丈夫だからと言うと、みんな信じてくれて、それから冗談まで言ってケラケラと笑わせてくれた。

気分がすぐれない時には、よくFacebookを開く。あの人の名前を検索し、他人の作品の悪口を言っていないかどうかチェックする。以前、あの人には特別な観察力があると感心していたけど、でも年を取ってみるとわかるのだ。あの人だって気づいていなかったのかもしれないけど、それはお高くとまっていただけなのだと。あの人への評価は完全にはウソではなかった。傑作と言われるには、好機にかなっていなければならない。作品でのスキルは今ではもうすっかりありふれたもの。すべてはスタッフ面での問題なのだ。でも、他人のあげ足ばかり取っているあの人は、今どれだけの作品があるっていうの？

これまでの作品はいつもあの人が監督で、わたしが脚本だった。あの人は稽古場に残り、わたしが外で調べ物をして、ついでに雑誌のインタビューを受けたりした。あの人の名前は出てこなくて、わたしの名前がはるかに有名な人たちと一緒に並ぶのだ。もしインタビューを受ける側が、海で一番偉そうにしているサメだとしたら、インタビューする側や編集サイドはそれに寄生する魚。肉のそぎ落としや残りかすなどを拾っているようなもの。でも、それでも十分に生きられるのだけど。逆にわたしが仕事の選り好みをして、急ぎの仕事を断るようになると、意外にも収入は倍になった。わたしって、寝ながらにして相場を釣上げているだけなんじゃないの？　さらには、締め切りを延ばしてもらったりした。どうして前に思いつかなかったんだろう？　黙って苦しんでばかりで。

以前は才能こそが大事だと思っていた。誰も才能が何なのかわかってない。あの人はいつも言っていた。わたしには才能がある、だから周りはわたしを尊敬するのだと。それ、ちがう。収入の程度は才能とは一切関係ない。規律正しいことが大事。たいしたことのない人があら探しをすればするほど、才能のない彼らは自分の運勢を使い尽くしていく。埃だらけになってしまい、どれも同じようになってしまうのだ。前は自分でも怖かった。手をつけた作品がすべて自分を代表しているかのようで。インタビューを受ける側の見方はわたし自身の意識だと思うのだけれど、でもみんなすぐに忘れ去ってしまうのだった。

どうして、わたしは脚本を書くのをやめてしまったのだろう？　離婚する前の時のことを思い出した。大学生の時だ。恋愛したり、サークルに顔を出したり、アルバイトしたり、青春を謳歌するって、たぶんそうしたことだったのだろう。学科内での面接を何度も突破して、稽古場のアシスタントになった。終わってからの反省会では、数人の学生アシスタントと指導教員が言った——アシスタントはメンバーより責任が重い。それなのに、わたしは上演中に間違って指示を出してしまい、もともと出すべきではなかった音をステージで出してしまった。判断を誤ったのだ。上演取りやめは、そのまま続行するよりもっとショックだった。先生が言った。「きみには才能がない」

わたしは演劇学科をようやく卒業したけれど、おそらくあの時にあきらめてしまったのだと思う。今のわたしは前と同じ場所にいる。あの時の先生よりも若いけれど、でも「才能がない」なんて口にしない。そんな無責任な言い方は。今のわたしは、あの時の人たちよりも懐が深いのだ。

本当のところ、指示を間違えたことと才能がないことは関係がなく、準備不足だったのだ。授業に出て、練習して、主体的に動いてこそ、しっかりと判断することができる。もちろんその時のわたしはそうした考え方を持ち合わせていなかった。でも、あの時わたしの周囲にいた人たちは、プロなんじゃないの？　プロだからこそ才能などという空虚な言い方ではなく、正確に言葉を使うべきなのではないだろうか。先生だって同じなのだ。ずっと自分のやり方を続けてきて、下り坂にさしかかっているのだから、半人前の学生制作を除いたら、自分の業績は他にどれだけあると思ってるの？　いつまで同じことを続ける気なの？

学生というのは、もともと対等な位置にいるわけではない。言葉にならないほどがっかりして、傷ついたという意識すらなく、その時のわたしは全然疑問も持たずに全力でぶつかっていった。何かを「学びたい」だけであって「完成させたい」わけではないのだ。その後、社会に出るようになり、自分の名前を掲げることができて、自分と仲間の作品になった。そして、ようやくわかったのだ。どんな道を行くにしても、才能だけに頼る人はほとんどいないのだと。

「もう失敗なんだからいいじゃない。責任全部背負うから」大事なのは作品の中身であって、「何かを学ぶ」ことではない。作品はネットに出回り、阿呆なネットユーザーはあら探しばかりして、一部の情報だけを鵜呑みにして、こんな脚本を作るやつは無能だと書いた。じゃあ聞くけど、一元たりとも出資していないあんたには、どれだけ立派な貢献があるっていうの？　それならわたしがあんたのことをインタビューした方がよっぽどいい。あんたが話すことすべて逐一文字になって記録されていき、それに耐えられるのかい？　すると、頭のいいネットユーザーは別の正論を吐く。そっちはプロで、こっちはそれを待っている読者なんだから、言ってくれれば何とかするのに。

今のわたしは、インタビューする側が想定しているような形では進まず、未知の部分を掘り出そうとしていく。時には相手がうんざりするほど論破して、知らないことを教えてあげて許しを請うような性格なのだと、自分でもわかっている。神さまはどれだけわたしのことを理解しているのだろう。小柄な女の子は相手の気を緩めることがよくある。まるで特殊詐欺のグループが子供やお年寄りを使うように。でも、インタビューされるのはこれまでの人生ばかりで、劇の展開ではない。稽古の時間なんてなく、攻めるのも守るのもぶっつけ本番。もし、わたしが本心からの話をしているように思っているのなら、スポットライトが当たり、原稿が出てくる時には、あなただけが一人でステージにいることに気づくのかもしれない。

現実の話に戻ると、フリーランスは想像以上に収入があったけれど、時間を奪われることはしょっちゅうだった。みんなわたしが暇だと思い、食事に誘ったり、おしゃべりしたり、何かを手伝ってと言ってくる。自分では絶対に仕事に影響させないようにしていたのだけど。そして、母や弟が行かない行事などは、わたしが代わりに出席してあげたりもした。

五年前に、父が脳卒中を患い、わたしも介護を担うようになった。その時わたしは社会人になりたてで、弟は日本へワーキングホリデーに行ってしまった。すぐには外国人の介護士を見つけられず、申請しても数カ月は待たなければならなかった。わたしはひとりで父を連れて胃腸科、内分泌科、それから整形外科や循環器内科、眼科、耳鼻科、脳神経内科なども回った。体中がボロボロだった。父は薬を飲むのが嫌いで、早く死にたいとすぐに口にした。わたしたちが頑張れば頑張るほど、父の痛みが増すかのようで。

入院したばかりの頃は、同室の老婆が父のことを臭いと言い、その嫁も同じように嫌な顔をするので、自分たちが本当に汚いかのように思えた。その時父は手術を終えたばかりで歩けず、尿瓶がいっぱいになるとわたしがすぐに捨てに行った。それに、あの老婆は換気扇のスイッチを切ってしまうのだ。浴室の換気扇が照明と連動していることがよくあるけれど、そんなことも想像できないのだろうか。

上と下の息子が見舞いに来る時には、自分がどれだけ惨めなのかっていう態度で、嫁もお見舞いに来るけれど、いつも邪魔者扱いされて自分から床掃除をするくらいだった。他の二人の嫁は老婆の面倒を見たがらなかった。強い者にはペコペコするくせに弱い者イジメをするのが大好きで、その嫁もかわいそうなくらいで、自分で点滴を抱えながら、この妖怪ばあさんの面倒を見なくてはならなかったのだ。いつかこの嫁が老婆を殺したとしても、わたしは全然不思議に思わないだろう。病院で死ぬ人はこんなにも多いのだから、一人くらいほっといても大して差はないと思う。

医師が老婆に具合をたずねると、わざとらしく言うのだ。「前に同じこと言ったじゃないの。今度新しい先生にかわったら、あなたに聞きなさいって言うからね」医者はあんたの命を救ってやるんだよ。あんたの使用人なんかじゃないんだよ。医師が出て行く時を狙って、老婆は言った。こんなに若いんだからきっと研修医ね、病院は病人から金を巻きあげたいんだよ。お願い！　病床は貴重なんだから、その必要がなければ外で死んで。

とは言っても、病院は居心地のいい場所だ。冷房は効いているし、椅子は多いし、しかも座っているぶんにはお金もかからない。わたしは暇な時にぶらぶらと掲示板を眺めたりしていると、なんと人体実験の案内もあった。何もする必要はない。時間がきたら薬を飲み、注射を打ち、担当部署に声をかけるだけでいい。応募してくる人はさまざまで、男もいれば女もいて、若いのも年寄りもいるという。

でも治験担当者の説明を聞いてようやく知ったのは、年寄りであればあるほど都合がいいらしい。こんなことがあるなんて初めて知った。必要なのは健康な若者ではない。若者は体力もあり、薬を飲まなくても快復してしまう。でも新薬は老人に対して開発されたもので、顧客ターゲットに近ければ近いほどよかった。病院の人は言った。わたしは補欠の第一番目だと。もし誰かがキャンセルしたら、連絡するという。わたしは嬉しいようで、心配でもあった。かりに病院から連絡が来ても、やはり行かないだろう。

ロビーのテレビでは二十四時間ニュースを流していた。総合診療科の前を通ると、だいぶ時間が経ったのに、まだ四十五番。患者の顔はどれも不機嫌そうな表情だった。

「キャアアアアー」その時、診察室から甲高い叫び声が聞こえてきた「人殺しー、人殺しー」

看護師が飛び出てきて大きな声で叫び、医師の白衣が血まみれになっていた。廊下では患者が逃げまどい、わたしも走って病院から出て、向かいのコンビニまで行き様子を見た。

パトカーや報道車両がやってきた。スマホでニュース速報を確認すると、犯人は林（リン）という名字で四十八歳の男。ご近所やお隣さんの誰もが知る孝行息子だったらしい。事件発生後、林はバイクに乗って家に戻り、ニュースを見ていた。自宅で逮捕された時に警察に話したのは、母親と自分の病気がずっとよくならず、医師を殺してから死のうと思ったという。林は自分で「計画的な犯行だった」と言い、報道記者がどのあたりが計画的なのかとたずねると、死ぬのが計画的だったと応じたらしい。

ここまでスクロールして、わたしは突然ほっとした。この男はわたしの父よりも若い。三十くらいは若いけど、死ぬなどと言っている。父はしょっちゅう死にたいと言っているけれど、わたしたちには冗談に聞こえていた。でも、もしかすると長く生きすぎたと本当に思っているのかもしれない。

怪我を負った医師の傷は浅く、大事には至らなかった。明日には診察を再開するという。

――医師の状態は？　事件翌日も出勤か？

ニュースの閲覧数は多くなかった。おそらく、ありきたりすぎるのだろう。ネット掲示板でも盛んに議論している様子ではなかった。でもわたしは、下のコメント欄に目がいった。すべてお年寄りや失業中の若者たちの声で、お互いに慰めあい、励ましあい、応援しあっていた。「わたしも同じ」「毎日同じような暮らしで先が見えない」「ここまで追い詰められたんだから、遅かれ早かれのことだった」「次はわたしかも」など。その他に自分の経験を書いている人もいた。長々と千字以上は書いてあった。

こうしたコメントを見ていると、わたしには理解できなかった。ニュースが報道することと実態はどうして、こうも差があるのだろう？　誰もこうした人たちのことを書かないのだ。ニュースでは千篇一律に「長期介護の末の悲劇」「孝行息子、母を殺す」と書いてあるだけ。わたしはコメントすることなく、そのウェブページを閉じた。夜に母が交代に来れば、わたしはここから離れられる。

病院のロビーに戻ると、現場は封鎖されていた。他の人のおしゃべりを聞いてみた。患者の報復を受けるくらいなのだから、医者の方にも問題がある。医者でも治療できないのに、どうしてまた病院に来なくてはいけないのか。もし医者が処方した薬が効かなければ、わたしも医者を殺しに行くのだろうか？　生きるか死ぬかは、もともと運命でしっかり決まってるのだから、他人を恨むことなんて無駄なのに。

エレベーターがあがっていった。病室に戻ると、父はいつものようにベッドに寝ていて、病室の外のことは知らないようだ。母は早くに来ていて、弁当を二つ持ってきてくれた。食べ終わったらすぐに家に戻ろう。枕元の棚には丸薬の瓶が増えていた。きっと母がまた見境もなく買ってきたんだ。前にお隣さんに薦められて、何が入っていたのかわからないけれど、飲んだら急に苦しくなって、夜は眠れずに頭痛がしたこともあった。家に積んであったけれど、捨てていないみたいだ。

「でもね、ラジオパーソナリティの阿雄(アーシオン)が言っていたけど、これを飲めば体も楽になるんだって」

「飲ませちゃダメって医者も言ったじゃない。なんで聞かないのよ。ふだんならいいけど、今また父さんにこれ飲ませたら、ほんとに死んじゃうかもよ」

むかし家では謎の健康食品がたくさんあった。母はこうしたものを買うのが本当に好きで、ラジオでは病気ならば治るし何もおきなければ体が丈夫な証拠と宣伝し、二瓶買えば番組で歌をリクエストすることさえできた。会場型の商品説明会に参加すれば、米やサラダ油、洗剤をくれたりもした。でも、よく考えてみると、健康食品を買うとなると何千元、何万元もするのだから、こんなサービスは本当に安上がりなものなのだ。わたしはセールスの人がお年寄りに勧めているのを聞いたことがある。「おじいちゃん、このビタミン剤を買えば、高血圧のお薬もついてきますよ」もう何がなんだかさっぱりわからない。

「父さんがはやく退院できるように。そうしないと、あなただって疲れちゃうじゃない」

「わたしのこと心配ならそんなに薬漬にさせないでよ！　心配なら台北から高雄まで戻ってこいなんて言わないで。弟を帰らせたらいいじゃない」

わたしは幼い頃からずっと、早く大人になりたかった。母は言った。わたしはものすごく長い時間をかけてお座りができ、ハイハイができ、歩けるようになって、一人でご飯も食べられるようになったけれど、弟はその半分の時間でできたのだと。母はこうした嫌味を言うのがとても好きで、自分で自分のことがバカなんじゃないかとさえ思うこともあった。だから、それからわたしは勉強に励み、大学に入ったのも社会通念に沿うかのようで、わたしの場合はそれが成功していたと言える。家族とは全然ちがうくらい、うまくいっていた。母のようでもないし、父のようでもない。整形手術はしていないけれど、でも顔の形は両親ともちがうみたい。どちらかというと、おばさんに似ているのだろうか。でも、これだけ苦労しても、弟が甘えたり、わがままを言ったり、頭を下げたりすると、誰もわたしのことを気にかけたりしてくれない。あとから考えてみると、弟はわたしよりも学ぶのがはやいわけではない。弟には真似することのできる相手がいるのだ。弟が目指すのは、わたしと同じことでいい。でもわたしから言わせれば、すべてが0か100かなのだ。その後に友人が子供を連れているのを見ると、ようやくそのことについて納得できた。小さな子供は、学ぶのがはやくなければ、大人と一緒に遊べない。でもわたしは弟と一緒に遊びたいわけではないし、弟はわたしの能力を示す成績証明書みたいなものでしかないのだ。

「あの子は日本で働いていて大変なんだから。遠いんだし」母は言う。

「ワーキングホリデーとか何とか言って、いったいいくら家に入れてるの？　わたしよりも多いと言える？　ほんとのところは、毎日いつもホリデーなんじゃないの？」

「まだ若いんだからいいじゃない」

「二十五で家のお金を使って日本に行って、二十万だってあげたようなもんでしょ。そうでなきゃ社会人になったばかりでそんなに貯められないって」

「外国でたくさん経験を積めば、将来役立つのよ——」

「そう！　わたしにはその才能がないから戻って親の世話するの！」

わたしは母の不満を聞きたくなかったので、自分のカバンを持って外に出た。病院の外に出ると、道ばたで隣の患者のお嫁さんに出会った。子供を連れてコンビニで夕食を食べさせていて、これから家に送り返した後、また病院へ戻るのだ。子供がこんなに小さいとは思わなかった。今年七歳、小学校にあがったばかりで、彼女は早めに産んでおいてよかったと話していた。「わたし今二十九だから、もう一人欲しくても体力なくて」

二十九歳。わたしよりも三つ年上なだけ？　でも頭には白髪が交じり、肌はガサガサ。五十歳と言われても驚かないほど。最初は高齢出産かと思ったけれど、でも単純に毎日が苦しかっただけで、急に老けてしまったのだ。わたしはもう少しのところで地獄に堕ちるところだったと気づいた。自分の親だけならいいけど、もしあのまま結婚していたら、相手の両親も同じ頃に弱っていき、嫁のわたしが全責任を負わないといけないの？　わたしは自分の家族さえも犠牲にして、相手の両親の介護をしないといけないの？　母は素手で父の排泄物を処理していたけど、それはわたしができない唯一のこと。でも母がいなければ、いったい誰がやるのだろう？

わたしは決めた。家を買うことなんかやめて、スイスへ安楽死に行こう。まだ動けるうちに三百万元は貯めておこう。なるべく頭をはっきりさせておかないと、認知症になってしまえば安楽死の検査だってできない。強い意思と三百万だ。この二つを達成するのは難しいかもしれない。投資で時期を見て売買するよりはるかに難しいけれど、でも、割にあうことは間違いない。父が病気になってから数カ月で使った金額。将来老人ホームに入るとすると一月に三万元。三百万では全然足りない。それに電動昇降ベッドのうえで毎日暮らすくらいなら、三百万貯める方がはるかにいい。七十歳になったらスイスに行こう。絶対に先送りしたらダメ、死ぬなら早いに越したことはない。

だから今から考えると、わたしが離婚したのは正解だったのかもしれない。父が事故にあったのもよかったのかもしれない。もし父がもう一度脳卒中をやれば、絶対にわたしが面倒を見ることになる。他の方法なんてありえない。その時になれば、胃ろうするかどうかの責任はすべてわたしが背負うのだ。それはわたし一人でどうにかなることだけど、でもずっと遠くで暮らす孝行息子はひどくビビるかも。両親のそばにいるわけでもないのに、長男という地位を振りかざして、親にはあれを食わせろ、これを使えと指図するかもしれない。効果てきめんだと知ってるのなら、おまえが世話しろよ。

点々リーダーをいくつ使えばいいかわからなければ、きれいさっぱりと句点を使った方がいいように。

*

時の流れに　身をまかせ

もう終わりだ。船も戻る。ステレオの音楽は広々とした海のうえを漂っていた。船の中は蒸し暑く、一人が嘔吐してしまうと、二人目も吐いた。わたしはデッキに逃げ出すと、陸地の建物が水平線の向こうに見えた。でも岸壁に着くまでには、長い長い距離がある。父の命日でなければ、わたしが海に出ることもなかっただろう。でも、よくよく考えてみると、この栄民（ロンミン）のお年寄りたちは、いったい何のために台湾一周などしていたのだろう？

　父はある夢について話してくれたことがある。子供のわたしでもわかるのは、夢など軽々しく口にすべきではないということ。八十一歳で脳卒中を患ったお年寄りにとってみれば、なおさらのことだった。父はむかしから何をするにも何を食べるにもつましくて、わたしたちに卒業旅行には行くなというばかりでなく、自分でも正月や老人ホームへの見舞い以外には遠出しなかった。不思議なことだけど、数十年暮らした台湾の土地に愛着や関心を覚えたのだろうか？　もしそうだとすれば、前にも行けたはずなのに、どうしていままで引き延ばしていたのだろう？

　父の心の中では、福建省の実家だけが居心地がよかったのだ。幼い時には川でエビや魚を捕ったりしたという話は、もう何度も何度も繰り返し聞かされた。中台両岸の往来が可能になってから〔二〇〇八年には中台間での実質的な定期直行便の往来が開始した〕父は大陸の実家に戻ったけれど、親戚たちは電化製品や履き物に困ることはなく、孫たちは輸入車を乗り回しブランドものの腕時計をつけて、皆を三坊七巷（サンファンチーシアン）〔福州市中心部にあるむかしながらの町並みが残る名所〕に連れていってくれた。通りにはタピオカミルクティーの店があり、周傑倫（ジェイ・チョウ）〔一九七九年生、台湾出身の歌手〕や陳綺貞（チアー・チェン）〔一九七五年生、台湾出身のシンガーソングライター〕の曲が流れ、さらにたくさんの名前も知らない歌手の曲が流れていた。親戚たちは台湾の歌手だと教えてくれた。実家の皆は台湾では何がおいしいのか知りたがっていた。テレビをつければ、台南の食事が大きく紹介され、永康街〔台北市のグルメエリア〕の芒果冰（マンゴービン）〔マンゴーかき氷〕、鼎泰豊の小籠包（シアオロンバオ）、花蓮の小米麻糬（シアオミーモアジー）〔きび団子〕などを紹介していたけれど、でも台湾からやってきた父はどれもこれも全然知らなかった。

そこで、父は台湾一周がしたいと言い出したのだ。わたしは父も銀行のコマーシャルに影響されたのかと思った。幸いにもバイクにまたがることはなかったので、観光バスを一台手配して、短めの旅行をすることになり、屏東（へいとう）にあるガラスの吊り橋と観光果樹園に行った。父はこの日のために毎日公園に行き、歌の練習をしていた。面白半分でわたしも前に一度父と一緒に参加したことがある。ほんと、つまらなかった。バスが出発してからすぐに車内は静かになり、あっちこっちで鼾の音が聞こえるだけ。サービスエリアに差しかかるたびに停まったのは、トイレに行きたいという人が必ずいるから。インターチェンジ近くの土産物屋は皆が一番好きな場所で、養命酒や湿布などを箱買いしていた。

観光バスは高雄の左営にある栄総病院から出発し、南にぐんぐん進んでいき、南廻線〔屏東から台東までを結ぶ鉄道路線〕に沿って進んだ後、台東の海岸沿いの道路で事故に遭った。

四十四人、一人も助からなかった。

一年後の今、海からは遠くの方に父が事故にあった道路が見える。ダンプカーや観光バスが何事もなかったかのように行き来している。自転車や徒歩で台湾一周をしている人もいて、事故など何もおきなかったかのようだ。わたしは突然スマホを取り出してロケーション履歴を記録しておきたいと思った。今後お墓参りをする必要がでてきた時、こうしておけば大海原での位置がわかる。北緯二六度二二分五八・八秒、東経一二〇度二八分三四・〇秒。

この時、わたしは自分の目でその瞬間が見えたような気がした。梅春生（メイチュンション）が最初に、いいね、を押す瞬間を。

白日のもと、乗客が行ったり来たりするデッキのうえで、死んだはずの父が意外にも友達リクエストを送ってきた。

わたしは自分が船酔いしているのだと思った。

*

わたしは父の友達リクエストを受け取った。

アカウントの個人ページは登山の写真でいっぱいだ。登山仲間が一人また一人と亡くなるにつれて、写真の背景は老人ホームへと変わっていった。いつも一人でベッドに寝そべりチューブをつけている写真。さらに後になると、お互いの家の若い人たちが両親を押しながら斎場でお焼香しているもので、きらきら光り輝く七階建ての納骨堂では、高いところを好む老人もいれば、他人が頭のうえにいても気にならない人もいた。子供たちがお墓参りの時に自分に向かって膝をついてくれるのであれば、上でも下でも人の目線と同じ高さであれば、立ったまま思う存分におしゃべりができるのでそれでいいと思うのだ。青菜にしても大根にしても、人の好みはそれぞれだ。

あの脳卒中の後、父が快復する様子は順調で、大病を患ったとは思えないほどだった。父は新しいことを覚えるのにすごく熱心だったから。LINEのスタンプをあたりかまわず使って相手を困惑させるくらいだった。おやすみのLINEにスタンプを十回もやり取りし、八十一歳で交通事故死するまで続いた。事故の日は道路状況もよく、天気も穏やかだった。でも観光バスはコンクリート造りのガードレールにぶつかり海に落ちてしまったのだ。

わたしは心の中では父がずっと死んでいないように思えた。父は偽名を使って台湾にやってきたくらいなのだから。わたしは十六歳の時に一家の姓が梅（メイ）であり、周（ジョウ）ではないことを初めて知った。一家全員で戸政事務所〔市区町村の戸籍課に相当〕へ出向き改姓したのだ。交通事故では全身がめちゃくちゃになってしまった。葬儀場の死化粧師が整えてくれた後で、目と鼻、口が残っていて幸運だった。もしかすると、父は子供に高額の保険金を手に入れさせるために、自分で行方をくらまし、どこか別の場所でこっそり生きているのではないだろうか。

他の人が父の個人ページにメッセージを残した。

老梅（ラオメイ）、元気かい？　栄民の家〔退役軍人向け老人ホーム〕の夕食はまずくて人間が食うもんじゃないね。

元気でな。

懐かしいなあ。明日、陽明山（ようめいざん）〔台北近郊の景勝地〕のマラソン大会に出るけど、心臓が破裂しないように見守ってくれな。

我が家が立ち退きで潰されませんように。

道中ご無事で。

R.I.P

阿霞（アーシア）はいい子だね。全財産を彼女に遺したいけど、結婚しようと言ったらびっくりするかな？

白日山に依りて尽き　黄河海に入りて流る　千里の目を窮（きわ）めんと欲し　更に上る一層の楼〔王之渙「鸛鵲楼に登る」〕

心配するな。きみが来れば麻雀をするにも人が足りないのを心配しなくていい。

父自身も亡くなる日に書き残していた。死んじゃった。

簡潔で明快。まるで父が旅立つ時と同じように。

この一文は「いいね」六回分に相当する。いいねを押してコメントを書き込んでくれた人たちは、みんな死んでしまった。あの人たちのプロフィールには出身地や趣味、生年月日などが書いてある。生年月日と同じように、彼らは命日の通知も設定していた。Facebookにこうした機能があるなんて初めて知った。まるでまだ誰も死んでないかのようで。不思議なのは、このアカウントは一カ月ほどしか使っていないのに、父と繋がりのあるページはこうしたお年寄りたちが集まるところばかりだった。光栄山荘、医療機器、栄総病院のリハビリ科、それから被害者の会の専用ページ。

父のFacebookにはグルメ写真もあった。はじめはどこかのネットストアのリンク先かと思った。何人かのお年寄りたちの名前もそこにあった。皆、最近になってからFacebookを使い始め、もう少し正確に言うと、死んでからようやく始めたのだった。わたしは、これは最新の詐欺の手口ではないかとさえ思ったほどだった。死者の名前を使って幽霊アカウントを作るけれど、摘発されることなどない。他の管理者は現在のところ異常は見られないと言っていた。父が別の世界で食べたり飲んりしているのはどこかしっくりこない。でも、鼻先にチューブを繋げているより、死んでからもこうしてあちこちのものを味わうことができるのなら、それほど悪いことではないのかもしれない。

宋賜恵（ソンスーフィ）がいいねを押した。

彼は父が前に仕事でコンビを組んだ社長さんだ。宋賜恵のページは最近結婚した息子の写真でいっぱいだった。宋さんはメッセージを残していた。

「お嫁さんを大事にしろよ。結婚式の日まで生きられなかったのは残念だったけど、お父さんの保険金がまだ余っているなら、お嫁さんに指輪でも買ってあげな。よそ様のお嬢さんに一生残念な思いをさせるのはよくないから。子供が産まれたら写真を撮って載せてくれ。油飯（ヨウファン）〔台湾おこわ〕は半年前に注文しないとな。そうしないと林合発（リンホーファー）の店では予約待ちになるぞ。結婚、おめでとう!!

★。*:.*:／(*´▽`)/:.*:*。★★)☆

ネットには、もしかしたら本当に霊魂が宿っているのかもしれない。それならわたしは一番肝心なことを聞きたい。「どうして台湾一周旅行に行ったの？」「誘われたから……」前にわたしと弟で父さんを誘って阿里山（ありさん）〔台湾中部の景勝地〕に行こうって言ったけど、結局断ったじゃない。どこどこの友達が亡くなって、無料の宿泊券が残っていてすぐに有効期限がくるからその方が先だって、そんな話は前に何度も聞いたよ。始めからまた話さなくていいよ。

父さん。もし本当に父さんなら、わたしが本当に聞きたいのは、一周旅行なんてする気はさらさらなくて、死ぬことを考えていたんじゃなかったの？　どうしてよりによって、それが重陽の節句〔旧暦の九月九日に不老長寿や無病息災を願う〕の日なのよ？　部屋はきれいさっぱりと片づけて、使ってなかったものは捨ててたでしょ？　それ、全然偶然とは思えない。出発の前日に言ったじゃない。もう犬をペットに飼う気力なんてないって。

もしも、わたしがもう少し冷静だったら、父からの友達リクエストなど相手にしていなかっただろう。わたしが父と生前に友達になることなどなかったけれど、こうしてネットでもう一度出会えるのなら、それもいいかもしれない。

そして、わたしは承認ボタンをクリックし、死んでしまった父と友達になった。

＊

ほんとに父さんなの??　3時47分

じゃ別の父さんか??　(#｀ε´#)　3時48分

とっくに亡くなっちゃったじゃない??　3時51分

父さんは梅家で生まれて　死ぬ時も梅家のおばけだぞ（ﾟДﾟ）ｺﾞﾙｧ!!　数秒前

考えてみると、これってバラエティ番組のギャグじゃないかと思えてきた。周囲に隠しカメラがないことを何度も確かめてから、適当にスタンプを押して返した。父さんもスタンプで返してきた。黒犬が笑っているもの。わたしたちは前にこんな犬を飼ったことがあったっけ。小黒（シアオヘイ）という名前だったかな。

でも、そんなにやすやすと相手の罠にかかるわけにはいかないので、もう少し聞いてみた。

本当にわたしのこと誰だかわかってるの??　3時55分

Ying-Ying Bao Xin Mei でしょ??　(๑´ڡ`๑)ｱｱ♡♡♡　3時56分

そんな答え方は全然わかってないということ。関係のないネットユーザーでも適当に答えることができる。

冗談だよ。もちろん、お姉ちゃん、じゃない??　／(^^;)…ﾏｱﾏｱ…　3時56分ちがう。確かにわたしは長女だけど、でも家では誰もそんなふうに呼ばない。何も返事をしなかったので、液晶ディスプレイにはますますたくさんの名前が出てきた――

小盈（シアオイン）？　盈児（インアル）？　小雪（シアオシュエ）？　冬冬（ドンドン）？　甜甜（ティエンティエン）？　笑笑（シアオシアオ）？　秀秀（シウシウ）？　小米（シアオミー）？　宝宝（バオバオ）？　小湯円（シアオタンユエン）？　妞妞（ニウニウ）？
荳荳（ドウドウ）？　娃娃（ワーワー）？　妞妞（ニウニウ）？　3時57分

誰なんだろう、この人たち。自分で作り出した名前だろうか、それともネットで「両親が子供につける名前」とでも検索したのだろうか。どちらにしても、ひとつも当たっていなかった。

ほらみろ、やっぱりそうじゃないか ^(｀,´)v　3時59分

ディスプレイには、わたしが父と中正紀念堂（台北市にある蔣介石の顕彰施設で観光地としても有名）で撮った写真が送られてきた。

何も言わなければ、それがわたしたち二人だなんて誰にもわからない。ものすごく遠いところに立っているのだから。中正紀念堂の建物も地平線の向こうにあるような感じで。当時の写真撮影といえば、今みたいに自撮り棒を伸ばすのではなく、自分が一番自信を持てる角度でただ一枚の写真を撮ったものだ。むかしは写真を撮ることさえできればそれでよく、現像した写真がどのような感じなのかまで気にならなかった。あの時は母がカメラを構えて、わたしたちは遠くまで駆けていった。さもなければ、カ

メラマンは父で、わたしたちは同じように母とフレームの中におさまった。だから、両親と一緒に映った写真などないのだ。カメラに写る自分は、どこか見慣れない感じがするものだ。だから、そうした時はいつも安全な方法をとる。他の誰かや何かと一緒に写れば安心なのだ。

覚えてるよ。あの日、児童・生徒用じゃなくて学生用の入場券を買いたいって駄々をこねたよね。そんなにたくさんお金は使いたくなかったし、なにしろ年齢がまだ小さかったし、身長もそこまでなかったから。放っておいたら、泣き出しちゃってね。i|||i(A`・ω・)　4時02分

その日結局、父は児童・生徒用ではなく学生用のチケットを買い、わたしは泣き止んだそうだ。成長して、そのことは完全に忘れてしまったけど、でも母はよく言っていた。たぶん、その時わたしは、自分が小学校にあがり、弟みたいな「子供」ではないことを誇らしく思い、見栄を張りたいがために、父さんに六元多く支払わせてしまったのだろう。たったの六元だけど、父さんは気になったのだろう。生涯倹約節約を是としてきて、うがいの水はトイレにながし、五回おしっこをしてから水を流すくらいなのだから。だから、いつもトイレはアンモニア臭でくさくて。病気になると、どんなに遠くても栄総病院まで受診しに行った。診察代も医療費もかからないからだ。ふだん身につけているのは金の指輪だったけれど、寝床の下に隠してあるものは純金の指輪だった。弟はわたしに言ったことがある。そんなに金があると知っていれば、診察のために台湾中をあちこちと駆け回る必要もなかったのに。もっとお金

を使って、薬を多めにもらって、病院に行く回数も減らせたのに。とは言っても、わたしはやはり幽霊がインターネットをすることが信じられず、ディスプレイの向こうにいる人が個人情報を持ち出して本当のようなことを言っているけれど、実は狙いは別のところにあるのではないかと疑った。だから、わたしはもうひとつ聞いてみた。

で、結局誰なの??? 4時07分

すると、この父さんは再見（またね）という返事もなくログアウトしてしまった。

こんな妙なことって、怪奇現象ではないだろうか？　それとも詐欺の手口か。死んでしまった肉親を利用して金をせしめようとしているのか。あるいは単純なたちの悪いいたずらかも？

遊覧船が岸壁についた。法事のスケジュールもすべて終わりだ。わたしは現実の世界に戻ったけれど、でも陸地もそれほど穏やかではなかった。さっきのことは夢みたいだけれど、電源を入れ直してみるとチャットはそのままで、消えてなかった。わたしはFacebookのプロフィールに書かれている電話番号にかけてみた。呼び出し音が鳴り、そして通じた。

「『霊界通信』にようこそ。中国語は1、台湾語は2、for English……」わたしは1を押した。このカスタマーセンター何なんだろう？「歌のリクエストは1、伝言メッセージを聞く場合は2、事故で怪我をした場合は3、その他は4を押してください……」何これ？　9を押してみた。「申し訳ございません。番号が正しくありません。ダイヤルを確認後、もう一度押してくださいー0を押してみたけれど、やはりダメだった。我慢くらべのように最後まで聞き、「直接担当者とお話になりたい方」という4を押し→7ネットワーク接続→3バーチャル通話の順でメニューを選択した。だいぶ時間がたってしまったけれど、担当者は皆忙しいようで、「夢の中のウエディング」の曲が何度も何度も繰り返し流れた。「お待たせして申し訳ございません」絶対に許さないよ。わたしは電話を切り、Facebookに戻った。一番肝心なことを直接聞こうと、Enterキーを押す前に、別のことを聞いてみた。先にはっきりさせておいた方がいいから。

*

数日後、わたしは高雄の実家に戻った。団地の入り口を通り過ぎる時にH棟のところで黄色いテープが張り巡らされているのが見えた。四、五名の警察官が行き来し、写真を撮っていた。近所の住民には黄色いテープが見えないようで、いつもと変わらず通路を歩いたりエレベーターに乗ったりしている。「関係者以外はもうちょっと後ろに下がってください」警察官の声に、わたしも野次馬の一人になってしまったとようやく気づいたのだ。

「あんなに若くて、三十過ぎたばかりだって——」「もうちょっとで博士号が取れるところだったらしい」「昨日会った時にはふつうだったよ。コンビニでもらった粗品の買い物袋を提げて出かけるところだったな」「たぶん仕事のプレッシャーが大きかったのよ」「毎日しっかり運動しててもダメなんだねえ」

　いろいろな情報を集めてみると、マンション七階の住人は博士課程の女子学生で、心筋梗塞で亡くなったらしい。学界でも少しは名前が知られていて、学生から敬愛される研究室の助教でもあった。生活に変わったところはひとつもなく、誰に対しても親切だった。それなのに思いもよらないことに机に突っ伏して死んでしまったのだ。机のコーヒーは半分しか飲んでいなかったという。わたしは台北のテーブルにコーヒーを残したままで、そのカップも洗っていなかったのを思い出した。

　それでも、わたしが高雄に戻った数日のあいだ、テレビや新聞では特に報道を見かけなかったし、メディア関係者がこの棟に入ってくることもなかった。おそらく彼女が所属していた大学が有名校ではなく、自殺でもなく、話題性に欠けていたからだろう。この時わたしは自分と独居老人のちがいは年齢だけで、同じように都会の居室で寂しく一人でいるのだということに気づいた。大家さんとわたしだけが玄関のドアを開けることができ、ご近所さんはお互いに見知らぬ人。でもこんなことは、過労死するエンジニアや病気を隠しながら仕事をしていた人の身におきることなんじゃないの？　どうして定期的に運動し、真面目に勉強している若い女性の身に降りかかるんだろう？

　わたしは父がいつも座っていた場所に腰を下ろしてみた。焼餅（シャオビン）〔小麦粉を練って火であぶったもの〕や豆漿（ドウジアン）〔豆乳〕はもうテーブルにはない。そのかわり弟が手作りしたパン、ハンドドリップ式コーヒーが置いてあった。あいつにこんな趣味があるのかよ。コンビニでバイトしていて、最近正規雇用に変わったという。ドリップポットやマグカップを買えるのなら、給料もまずまずなのだろう。食事を終えた後、わたしは弟には部屋に入ってこないでと言った。キッチンの隅に積んであるものを片付ければ、ここはもうあいつのものなのだ。

家に置いてあるものは、新しい生活スタイルと好みにあわせて並べ替えられていた。

ネットで早めに買っておくべきだった電子レンジを注文した。前に父は無駄なものは買わなくていいと言い、母は電子レンジでチンすると癌になると言い張り、聞く耳を持たなかった。でも今では母は弟と一緒に住み、わたしが借りている部屋にも電子レンジがあるくらいなのだから、それがなければ二人はどうやって暮らしていけるのだろうか?

わたしは父が生前に契約していた書類を引き出しから探し出した。この葬儀社はさまざまなサービスを提供しているようだ。往生した際の車出しには二十四時間対応で保険付き。遺影のカラー修正。生前の入棺体験。風水に基づいた墓場の設計。選べる花束。ケータリング料理の試食会。もちろん宗教上の相談窓口もある。

父の遺品は段ボールに入っていた。亡くなってから、誰も手をつけていないようだ。開けてみると、使いかけのティッシュや口をしばったビニール袋、しわしわになったレシートや領収書が出てきた。化学分析まではできないけれど、ティッシュからは何も出てこないような気がした。父は何かちょっと拭いただけで、捨てるのが惜しかったのだ。ビニール袋は父がよく集めていたもの。どこへ行くにもいくつか持っていった。父の身の回りからはいつもカサカサカサという音が聞こえるくらいだった。大発見だったのはレシート。なんと九月、十月のレシートもしっかり取ってある。ただ、どれもクシャクシャに丸めてあったのは、それが番号を確認する際の、父の習慣だったからだ〔台湾のレシートは脱税防止のために一枚ずつ番号が振ってあり、それが宝くじにもなっている〕。奇数月の二十五日早朝には老眼鏡をかけて玄関ドア付近に置いてあるテーブルで、新聞紙を広げて一枚一枚番号を確かめていった。外れたレシートは丸めて捨てて、当選分はすぐに郵便局へ持っていって換金するのだった。

父は必ず早朝に番号を確認し、出かける時にはそそくさと当選分だけを持参した。やっぱり、父は革財布の内側にレシートを大切に入れていた。番号を確認してみると、二百元当たっている。

でも今気づいたのは、一年も過ぎてしまえば、当選しても換金できないということ。

父は現金に交換することはなかったけれど、でもきっとすごく嬉しかったんだろうなと思う。幸運の神さまは、やっぱり父のことを目にかけてくれたんだ。

わたしは丸まった紙くずを広げ、日付順に並べてみた。父は白いパッケージの長寿煙（チャンショウイエン）〔台湾で一九五八年から販売されている大衆的なたばこの銘柄〕、紅包（ホンバオ）〔赤い祝儀袋〕、香典袋、乾電池などを買い、光熱費の支払いもしていた。家に猫など飼っていなかったけれど、キャットフードを買ったりして、きっと近所の野良猫に餌をあげていたのだろう。亡くなる数カ月前の、わたしたち子供がいない父一人の暮らしぶりが目の前に浮かんでくるかのようだった。毎朝新聞に目を通し、たばこを吸い、知人とおしゃべりしながら将棋をさす。隣にはきっと猫がうろうろしていたのだろう。

リュックを逆さまにしてみると、中のポケットから十一月のレシートが出てきた。お店の場所は、台北、桃園、台中、台南、高雄、墾丁（こんてい）、台東に散らばっていた——その広がりようはまるで若い頃に遊べなかった分を今頃になって取り戻したかのようで。

そのうち一枚は、スタバのレシートで、なんと三六四五元も支払っていた。これは大きな出費だ。アメリカンのグランデに、ヘーゼルナッツのマキアート、ストロベリーフラペチーノ、カプチーノ、ラテ(そうか、毎回注文する時には「拿鐵(ラテ)」と言ってたけどスタバのメニューでは「那提(ラテ)」なんだ。言い間違っても店員さんは言い直さないんだね)、モカ、フェアトレードのコーヒー豆、抹茶ラテ、ホットココア、アールグレイ、ミルクティ、ミックスベリージュース、チョコレートミルク——本当に自分で何を注文したのかわかってたのだろうか?

どのオーダーにも共通するのは砂糖を遠慮なく入れること。みなさん糖尿病持ちなのに、本当に大丈夫? いつも監視されている日常から解き放たれたからだろうか、それともケチくさく考えて砂糖が少ないと損をした気になるからだろうか?

どちらにしても、スタバのレシートは本当に意外だった。前からずっとコーヒーは飲まず、あんなのヨーロッパの人間が飲む気持ち悪いものだと言っていたのに。あるいはドブの水みたいだなんて。でも、父はコーヒーを飲んだだけではなく、船のデザインで有名なスタバの旗艦店でオーダーしていた。注文した量が多すぎて、父が実際に何を飲んだのかまではわからなかったけれど、でも父に少しは近づいたような気がした。コーヒーが好きだと知っていれば、挽き立てのコーヒーを出してくれる店まで連れていったのに。でも、父の心臓は耐えられないかな? 酸味のあるのが好きだったのかな? それとも苦いのか? あるいはフルーティーなものか、フローラルなものか? コーヒーなんて無駄遣いだとは言わないよね？

　あの古くさい冗談みたいにはならないよね。世界中のママは魚の頭を食べるのが好き。ママは倹約家でパパやボクが食べないものは全部ママのお腹に入ってしまう。だからいつもぶよぶよしている。わたしは魚の頭を食べることはないし、将来もそうなることはないだろう。行政院主計総処〔総務省統計局に相当〕の統計によれば、自分と同じような年齢層では四割の人が生涯未婚でいるらしい。わたしは一度結婚して離婚したけれど、でもそれって自慢できるようなものではない。

　父は高くてそんなの飲めないとは言わないだろう。

　コンビニのレシートはいずれも少額のものだった。皆で道中、ティッシュやインスタントラーメン、包子、饅頭(マントー)、チョコレート、米酒(ビーチウ)〔白米から作った蒸留酒〕、薬用酒、痛み止めの湿布などを買ったりしていた。

　わたしはレシートを伸ばして財布の中に入れ、スマホを見た。メッセージは依然としてあのままだった。「結局誰なの？」詐欺グループだったとしてもいい、返事がなくたっていい。わたしはもう一度メッセージを送ってみることにした。

元気なの??　17時46分

　返事はなかった。それは当たり前のことだ。死亡証明書まで発行してもらったくらいなのだから。証明書を十通用意してもらい、ようやく栄民の遺族として申請できた。葬儀場、戸政事務所、栄民服務処、いままで使っていた銀行などに出向き、毎回番号札をとり、空欄を書き込み、何度も何度も死という事実と向き合わなければならなかった。わたしたちができるのはこの程度のことで、病院や葬儀場では専門のスタッフが手続きをしてくれて、自分たちはそれぞれの書類にサインするのを待っていればよかった。父たちのことについて、わたしは何も知らないのだ。警察が遺族に遺体の確認をするよう通知してきた時、自分たちは何も持っていかなかった。家の鍵と財布だけを握って警察車両に乗り込み、長い長い道のりを連れていってもらった。海をずっと眺めていて、最後に別の病院の霊安室で遺体の確認をした。でも、父たちは最初、病院から出発したわけではないはずで、どこへ寄ったのだろう？

図書室で出納した新聞紙は誰も触ったことがないように思えた。社会面にはこう書いてあった。国軍英雄館〔台湾各地にある国軍関係者が利用できる福利厚生施設〕の職員によれば、老人たちは健康で、他に疑わしきところはなく、事故発生は単純な運転ミスによるものであろうという。でも、どこか納得できなかった。もし本当に犯人がいれば、犯人は現場に戻ってかすかな手がかりを残すはずだろう。わたしは特急の切符を予約して、この機会に自分の目で見てみたいと思った。

＊

早朝三時、わたしはコンビニに切符を取りにいった。以前、弟がここでバイトをしていたことがある。ただ正規雇用となった後は、エリアマネージャーになり、どの支店勤務も一年以上にはならなかったので、家から近いといってもわたしが店員たちのことを知らないのも当然だった。もし父だったら、きっと出入り口に近い座席を選んだだろう。そうすれば歩かなくてすむから。今その位置には、すでに別の老人が腰かけてラジオを聴いている。

店内には他の客はおらず、店員は中に外にと忙しそうだった。発注をかけたり、商品を整理したり。わたしは自分のスマホに目をやったけれど、通知はなかった。ディスプレイは光が落ち、真っ暗になった。

メッセージは依然として未読のまま。

こんな時間にはおばけが大活躍するんじゃないかと思っていたけれど、外には運動に行くお年寄りがいた。

「むかしはここが全部田んぼだったんだ。きみが座っているところにはパパイヤの木が植わっていたね——」

隣のおじいさんが突然話しかけてきて、こちらの反応を無視して一方的にしゃべり続けた。手にはラジオがあり、薬のコマーシャルが流れていた。ワンセット三千元、病原菌を根こそぎ除去。電話で注文できます。気になったらすぐにお電話を。

「こんなの全部うそだぜ」

おじいさんはラジオパーソナリティの老邸(ラオチウ)に突っ込みを入れていた。でも老邸って誰からも愛されて信頼できるいい人なんじゃないの?

「三カ月前に山登りしたんだよ。もともと住んでいた住宅が立ち退きにあって、住む場所がなくなって。人は年を取ると誰からも嫌われるな。だから山しかなかったんだ。途中、涼亭のところで仙人に出会った。首つりだけはやめなさい、やり遂げてないことが何かあるでしょう、考えてみなさい、とか言って、仙人はわたしに酒を飲ませてくれた。三カ月後には毒が回って死ぬとも言ってたな。それで戻ってきたんだ。おもしれえだろう？　その時はきみと同じで、そんなことあるわけないと思ったけど、でもロミオとジュリエットだってそうだってな？」

　わたしは頷いた。おじいさんはまるで二人の知人であるかのような口ぶりだ。

「その彼女もこれ飲んだんだって言うんだから！」

「でも、それから目が覚めたんじゃないんですか？」

「飲む量が少なかったんだよ。効果はそんなに強くないんだな。『水滸伝』では宋江（そうこう）も李逵（りき）にこれを飲ませたらしい」

「え？　それってヨーロッパから中国まで、そんなに広く伝わってたんですか！」

　きっとおじいさんは文学的な教養のある薬売りに出会っただけなのだろう。修士論文でも書けば、古今の文学作品における憂鬱について面白そうなテーマになりそう。

「年寄りの知恵だよなー」おじいさんは言った。「今お腹がすごく痛いの」

「病院に行きますか？　電話しましょうか？」

「この三カ月いろいろなことを考えたよ。見るべきところは全部見たんだけどね。今はただ静かな場所を探すだけ」

もし本当にこうした毒酒があり、三カ月後に死ぬことが保証されるのなら、絶対にたくさんの人が競うように奪い合って飲むだろう。むかしの交通事情を考慮しても、籠に乗ったり馬に乗ったり船に乗ったりして、三カ月もあれば都から郷里に帰れるはず。李逵は帰郷した後に何をしたのだろうか。でも、わたしはきっと宋江のことをしっかり埋葬してからなんじゃないかなと思う。それでようやく安心して死ねるのだ。

おじいさんは眠ってしまった。もしかしたら死んでしまったのかもしれない。おじいさんが毒酒を飲んでどれくらいの時間が経ったのかは知らないけれど、先ほど話していたように、ここで静かにさせておく方がいいのかもしれない。

*

馴染みのある街並みは後ろの方に消えていった。太平洋が見えるようになるまであと少し時間がかかる。乗客は弁当を広げ、食べ終わってから大きな鼾をかいていた。若者は大声を出して騒いでいる。トンネルは何度もスマホの電波を遮断してしまい、三十分も経たないうちに車内では全員が寝てしまった。でも、わたしはまだ待っていた。速度を思考に変えるかのようにして。

彼らの終着点へと進んでいった。

冬になってから、太平洋の波風は大きくなり、旅館もシーズンオフに入っていた。

国軍英雄館は繁華街南側の支線道路沿いにある。歩道には石製プレートが敷きつめてあり、近くにはセカンドラン上映の映画館や朝食屋、ネットカフェ、牛肉湯（ニウロウタン）〔ビーフスープ〕の店などがあり、午後になるといずれも店を閉めていた。一番近い土産物屋まで歩いて十分はかかる。この日、観光客はゼロで、わたしの他には、単発の休暇をとった兵隊さんが何人かいるだけだった。

簡素だと思っていたイメージとはちがい、旅館は檜の香りでいっぱいだった。大部屋はフローリング敷きにしただけではなく、長方形の畳も敷かれていた。毎年雨期に入る前にすべて張り替え、山歩きをしている客には乾いた空間を提供してくれる。窓枠は廃屋や廃船から回収してきた鉄くずを使っているらしく、色もまちまちだった。窓の外には露天風呂があり、浴室にはシャワーの他、木製の腰掛けと手桶があるだけだった。でも、老人が使う風呂椅子も多く、白のプラスチックが場違いな感じがした。こうして見てみると、兵隊さんたちの軍隊生活に近いのかもしれない。

わたしは考えてみた。以前ここでは四十四人が寝泊まりしたことがあったけれど、夜にゲームをすることなどはなかっただろう。せいぜいトランプか将棋くらいで。今ではその全員が死亡か行方不明なのだ。

部屋の中に、父たちが残した痕跡はあるのだろうか。

午後、外では急に爆竹が鳴った。あたりは静まりかえり、銅鑼のかまびすしい音も聞こえなかった。向かいの蛍光灯がパッパッと光り、路地の寿司屋が店をあけた。先ほどの音はシャッターが開く音だったのだ。

二人のカップルと観光客姿の家族連れが入り口の外で待っている。

——そうだ。父たちが食べた店だ！

＊

「よく覚えてますよ。あの日はツアー客が二組ありました」夫が亡くなった後に、この店を切り盛りする女将が言った。

一組は栄民の人たちで、もう一組は不老騎士たちでした。

不老騎士とは大型バイクに跨がってツーリングする八十歳以上のお年寄りたちだ。縁があって集まり大型バイクで台湾一周を楽しんでいた。彼らの話はコマーシャルにもなったし、映画化されたりもした。そこで人々は夢を抱いたお年寄りたちを「不老騎士（ブーラオチーシー）」と呼ぶようになったのだ。

今「不老騎士」は毎年続いていて、そのメンバーもますます増えているそうだ。

書籍の推薦文やメディアの宣伝文など、至るところで彼らの存在を知り、見かけることができる。いつも笑顔を絶やさず、どのように健康を維持するのか、老化に打ち勝つのかを語り、困難にぶつかったとしても下を向かず、生命が続く限り最後の一瞬まで頑張っている。ただ、実際にはメンバーから抜けようとしていた老人もいた。足腰が痛くて、運転などしていられないのだ。先頭を行くリーダーは彼を慰めながら言った。もうちょっと頑張ろう、明日走る道はすごく眺めがいいから、ここで辞めてしまうのはもったいない。

「わしらは向こうからきたんだけど、風景はそこそこ。ここで諦めたっていい」

わたしは思わず笑ってしまった。栄民たちは嫌味を言うのが好きなんだ。リーダーはメンバーを慰めようとしただけで、風景がどうこうということは重要でないのに。何を邪魔してるのかと。

「バイクは車とはちがうから、見える風景ももちろんちがう！」リーダーの反応も早かった。

「盲目でない限り、目で見えるのは一緒」

「試したこともないのにどうしてわかるんだ」

「そんなのやらなくてもわかる。熱い太陽の下でバイクに乗っても、自分で自分をいじめてるようなものじゃないか」

「わかってないな。本当の風景はアクセルとブレーキを全部自分のものにしてからなの」

「運命なんて誰も言い当てられないさ。人は最後に走れなければ、死ぬだけだろう」

「死ぬのは重要じゃない。重要なのはその前に本当に生き抜いたってこと」

「生き過ぎたんだよ。あんたも死ぬのを待ってるんじゃないの？」

そしてしまいには、二組は口げんかを始めた。一方は色鮮やかなドライTシャツに革のジャケットを着て、手元にはスポーツドリンクと補給食。もう一方は白のランニングシャツでパンツが脱げそうなくらい緩んでいて、手押し車に山東名物の大きな饅頭。

——女将さん、その時には絶対に困ったでしょう？　みんな年齢がこんなに高くて、それでいてキレやすくて。

「いえいえ、田舎の夜は静かですから。みなさんが賑やかでよかったです」彼女は言った。

その後で、わたしはようやくわかった。寿司屋の多くが午後になってようやく店を開けるのは、漁師は夜中に海に出て、岸にあがったらまずは満腹に食べなくてはいけない。漁船が港に戻ってくるのも朝なのだ。だから、寿司屋はコンビニができる前には、一晩中開いていたのだ。今では魚を獲るのは大部分が外国人労働者で、急いで飯をかき込んで漁に飛び出る人などほとんどいない。だから店は、たいていは近所の大学生や夜更かしする人、観光客などで賑わっていた。健康のために規則正しく生活しようと思っても、長年の習慣で夜はやはり眠れないのだ。

チェックアウトの時、わたしはカウンターにキーを返した。受付の女性がよく眠れましたかと聞いてくるので、わたしは眠れましたよ、あの部屋って何かあるんですか？　と答えた。逆にわたしも聞いてみた。栄民のツアー客のことを覚えてますか？　彼女は言った。あの時はシーズン中でいろいろな人が泊まりに来ていましたので、覚えていたことはすべて警察とメディアに話しました。メディアにカットされてしまった部分があるのかといえば、観光バスが横転したのはすごく悲しいことでしたが、でもあの日はちょうど不老騎士が台湾一周を終えた晴れの日だったということでしょうか。不老騎士は毎年国軍英雄館から出発し、旅の最終目的地である三仙台（さんせんたい）〔台東東部にある岬〕にたどり着き、台湾で最も早い初日の出を拝むのだった。

その日のニュースは交通事故の報道に覆われてしまって、快挙を祝う記者会見は今こそ頑張りましょうと叫ぶだけだった。メディア、社会福祉団体、高齢者団体などが、蜂が群がるようにやってきて、車列を囲み、高齢者による旅行やそれに伴う危険性についてどう考えるのかと質問攻めにした。前の晩にケンカしたばかりなのに、死者はやはり偉大だ。その時リーダーの手には一冊の本があった。そこには、外出前には健康と車のチェックをしましょう、自分の目で確認し、常備薬を用意しておきましょう、と書いてあり、最後のエピローグはこう結ばれていた。

「仲間のためにも、人生を走り抜きましょう！」

――でも、わたしが思うには、栄民たちは走り抜こうという気持ちさえなかったのではないだろうか。不老騎士の方は針の筵に座らせられて、うかつに悪口は言えず、聞こえのよいことくらいしか言えなかったのだと思う。それでもやはりニュースの下の方にはネットユーザーからのコメントが続き、すぐに来年のツーリングに申し込みたいとの応募もあった。今、事故から二年が過ぎた。お年寄りたちはまた血潮が騒ぐようなコースを歩み出したのだ。

＊

わたしはふだんコーヒーチェーン店には行かないし、土地勘のないところでも入っていくことはない。でも今、長い長い行列の後ろに立っている。父のリュックにこの店のレシートが入っていたためだけれど、他の客たちは一杯注文で二杯目無料の販促キャンペーンに釣られているようだった。

「おひとりですか？」

前に並んでいた人に突然声をかけられた。わたしはぎょっと警戒してしまい、誰かと一緒だったわけではないけれども、すぐに答えた。「友人が車で待ってます」

その人は、そのまま後ろに向かって聞いていき、ようやく一人だけの客を見かけたみたいで、確認していた。コーヒーの注文ですかと。その子は友人に頼まれて四つテイクアウトすると言っていた。なぜだかわからないけれど、こうした言い方を聞くと恐ろしく孤独に思えてくる。自分一人で買いにくるよりも悲惨。三人目の一匹オオカミに声をかけた時、オオカミは割引キャンペーンのことをようやく知り、前の客に待ってもらって電話をかけていた。電話越しにとことん断られた挙げ句、彼は目の前の人と一緒にコーヒーを買い、半額分を支払っていた。こんなに多くの時間と労力をかけて、わたしはなんとなく台湾人特有の人情味がわかってきた。それは単純にケチくさいだけなのかもしれないけれど。

一杯のコーヒーだけど、落としどころが見つかってよかった。さもなければ、人の好意を無にしてしまったかのように思えるから。でも、わたしは他人の優しさで借りを作りたくはない。もっと言えば、わたしはもともとコーヒーを買うのが目的ではなかったのだから。列に並んでいる時に思ったのは、父は本当に後ろのプレートに書いてあるあの小さな文字が見えたのだろうかということ。ＬやＭという英文字が何を意味するのかわかっていたのかな？　あのレシートの中で一番人気があったのは「那提（ラテ）」だったけど、でもわたしは結局そうは言えず、拿鐵（ラテ）のトールにした。

店内は満席で、しばらくのあいだ立ちつくしていると、ようやくトイレの隣の席が空いた。もしかして父も割引キャンペーンを実施している時間に来て、結局トイレの隣にしか座れなかったのだろうか？あの人たちのケチくさい習慣からすれば、きっとそんな感じだったのだろう。

それからしばらくすると、よい場所が空きそうなので、わたしはまだ客が残っている場所に飛び込んでいき、席を取るのに成功した。

その時、他の座席にいたおばあさんたちが立ちあがり、トレーをもってこちらに来るところだった。席が取られてしまったのを知った後で、がっかりして戻っていったけれど、元にいた場所も他の客に取られてしまった。

まるで椅子取りゲーム。

人間って、やっぱり年を取ったらダメなんだ。年を取ったら、立ちながらコーヒーをするしかない。かりに今わたしが席を譲ったとしても、あのスピードでは絶対に間に合わない。大きな窓ガラスの光、挽いたばかりのコーヒーの香り、蒸気の音。椅子取りゲームを何度かした後で、おばあさんたちはようやく大きな窓ガラスの隣に腰を下ろした。ここでは席を予約することはできないし、店員も顔見知りではない。店内全体がコーヒーか紅茶に縮小されてしまって、ミルクを加えるか、ホットかアイスかのあいだで変化がおこるくらいでしかなかった。もしかしたら顔見知りの店員も少しはいるのかもしれないけれど、でもいつまでも相手の名前は知らぬまま。どの人もやらなければいけない仕事が多すぎて、だから注文は手早く、他の客に待ってもらうことのないようにしないといけない。スピードと正確さこそが基本的なマナーなのだ。その後、わたしはあることに気づいた。不案内な場所にきて道を聞く場合、近くの店の人に聞いては絶対ダメだということ。店員は自分たちがどこにいるのかもわかっていないのだから。一番頼りになるのは、ビンロウ売りの店かもしれない。

わたしたちは自分がどこにいるのかも知らず、他人が誰なのかもわからない。

突然カップルの話し声が耳に入ってきた。写真撮ってSNSに載せようよ。二人の高校生はすぐにスマホのライトを照らした。二つのカップが窓ガラスの向こうに広がる景色をバックに繋がっている。空のグレーは現実の色。でも、Facebookに載せた時にはあまり映えない。二人は写真加工アプリを使ってフィルターをかけ、まるで別の場所で撮った写真であるかのように変えた。

わたしは高校生のやり方で一枚撮ってみた。ただ別のフィルターに変えるだけで、その瞬間まるで太陽が高いところから差しているように見えた。

その時スマホが突然震え、黒猫が一匹ディスプレイに踊り出た。梅春生だ！

もちろん大丈夫だよ。海の方に行っても、気落ちしたままでいるのはやめろ。この時期の海水は冷たいからな。(､･ㅁ･`). 14時21分

まるで経験たっぷりみたいな言い方して。でも、あの時には海に落ちたから死んでしまったんでしょ？ 14時21分

会いたかっただけ 14時22分

今は午後二時ちょっとだ。前にメッセージが送られてきた時間と同じ。父は言っていた。最近は食べたら寝るの連続で、前からあった難聴と不眠症もなくなり、話をするとみんな聞いてわかってくれると。日本語であっても、客家語であっても、閩南語であっても、向こうでは通訳があるという。そう言われてみると、わたしは父が生前に外国人介護士とタブレット端末で会話をしている姿を見たような気がする。ネットの翻訳機能は本当に世界をひとつにしてくれる。でもそう言ってしまうと、極楽浄土はネットカフェになってしまうのかもしれないけれど。

こんな時間に出てきて、職場の上司は何も文句言わないの？　14時23分
え？　わたしに上司なんていないよ。　14時24分
仕事に出なくていいのか？　14時24分
前に言ったじゃない。フリーランスだって。　14時25分
フリー？　それって失業中っていう意味か？　14時26分

もう頭にくる！　父が向こうでネットをしているなどと思うべきではない。名前を検索すれば、娘が誰かは簡単にわかるのだから。父さんは生きていても死んでいても、わたしがしていることを全然わかってくれていないのだろうか。もういいや、伝えるのはよそう。
「あの、梅宝心（メイバオシン）さんですか？」

わたしはとっさに椅子のうえに置いたバッグを手元に寄せた。目の前にいる男性が相席したいのだと思ったのだ。どちらにしても、そろそろ出て行くところだったから。そう思っていると、彼が腰かける時になって、わたしの名前を口にしたことに気づいた。

「どちら様ですか？」わたしは聞いた。

「きみの守護天使」男性の首から胸にかけてあるスマホが声を出した。

——この人って二次元の世界から来たの？

「気にしないでください。わたし、江子午（ジアンズーウー）と言います」

眉毛の整った美しい男性だ。でも、わたしは彼に髭や長髪はやめてと言いたかった。それって、ブサイクな年寄りが自分を格好付けようとしてやるものだから。彼が自分で気づくまで待っていたら、遅すぎる。

「よかった。これどうぞ」彼はほんの気持ちだと言った。それは父が残した保険金だった。自称・江子午という青年はわたしに紙袋を手渡した。お互い知り合いでもないのに、どうして人のものを持っているのだろう。

彼が紙袋を開けると、中は束になった現金が入っていた。

受け取れない。もし金銭的に困っていたとしても、こんな出所のわからないお金なんて受け取れないよ。

「直接出しちゃダメだって！」スマホから声が出た。

怪しいお金より、スマホはもっと怪しい。ＡＩって今どきはここまで進化しているのだろうか？

受け取ってくれよ。子午（ズーウー）はネット友達だから。安心しなさい。　14時33分

父がこの時ちょうどメッセージを寄こした。マネーロンダリングなんかに巻き込まれないよね？　人がいる場所でよかった。もし拉致されたら、少なくとも周りの客が通報してくれるから。いや、やっぱり一一〇番アプリを開いておこうか。自分の場所くらいは伝えられるだろうし。

「いろいろ捜して、ようやく見つかりました。お願いします。十万元で足りなければ、わたしたちにメッセージを送っていただければすぐに対応します」

「わたしたち？」

「お父様です。本当に心配してます」

「いえいえ、こんなお金は絶対に受け取れません」

「どうしてですか？　お金に困ってるんじゃないんですか？」

困ってるよ、ともちろん言いたかった。この世で金がありすぎて嫌になる人なんているの？　でも一切合切すべてが変だ。父のFacebookのアカウントといい、自称ネット友達の若者と言い、突然目の前に現われたのだから。

スマホがまた声を出した。「死っていうのは長い長い道のりでしょ。たいていの人はすぐに現実を飲み込めない。そんな時、家族に必要なのは経済的援助ではなく、こころの友人なの」

ウィキペディアから引いてきたような答えを言うんじゃないよ！

じゃあ、こうしよう。これからの出費はすべてそこから出せばいいから。　14時35分

父は生きている時にはせず、死んでからわたしの人生に手を出そうとする。

「定職のない女性で、離婚して子供だっていないんだから。この世の八割はどうでもいいと思ってるんでしょ」スマホがまた声を出した。

「負け組の中でもさらに負け組だって言うの？」わたしは返した。

「いえいえいえ、ちがいますよ。そういう意味じゃないです」この人はケンカなどあまりしたことがないのだろう。否定ばかりしていると、聞いている方には強調しているように聞こえるものだ。バッグの中から瓶や缶を取り出して言った。「でも、自分も抗うつ剤をたくさん持ってますけどね！」

「ハイリスクの人なんだから、放っておくのはダメ」スマホが補足したけれど、もうどうでもいい。

「なんでそんなことまで知ってるの？」

「Facebookで知ったの」スマホが声を出した。

それは正しかった。わたしはどこにいても、何をするにも、すべて公開設定にしている。年齢だとか、気持ちの状態も隠すようなことではないと思う。もしわたしも同じような状況にいる人を助けられるのなら、それはオープンにした結果なのだろう。

「今から、ずっと近くにいますから。もし必要がありましたら声をかけてください。全然遠慮しなくていいですから」青年は笑って、一冊の本を出した。明らかに長期戦になりそうだった。

「すぐに受け取ってくれなくてもかまいません。時間はたっぷりあるんですから」スマホが口を挟んだ。

受け取れるわけないでしょ！

わたしは返事をしたけれど、父はすでにログアウトしていた。向かいに座る人も顔をあげず、もうここから絶対に動かないと決めたみたいだった。こうした人は、いわゆる詐欺の受け子みたいなものだろう。わたしは一一〇番アプリをずっと開き、受け子も一ページ一ページと本をめくっていた。わたしが席を立ってトイレに行く時ですら、彼は入り口までついてくるくらいなのだから。窓から脱出することなどできそうもなかった。外へ出て手を洗うと、彼はハンカチを取り出して渡してくれた。でも、もしかしたらジエチルエーテルや麻酔薬が染み込ませてあるかもしれないと思い、やはりトイレットペーパーで拭くことにした。そんなことをしていたら、後ろから出てきた女子高生が青年を見ながら言うのだ。「わあ、がんばって。もう少し！」並んでいたおばさんはトイレに入らず、他人の不幸を喜ぶように、経験者は語るといった口ぶりでわたしに言った。「若いんだからしっかり話し合いなさい。ケンカしたっていいけど、冷戦はダメ。人生は短いんだから。彼に何がおきるかわからないし、あなただって後悔するよ」白黒はっきりしている。わたしとこの人は全然知り合いでもなんでもないんだから！　トイレに行くならさっさと行きな！　何も事情を知らないくせに口出しばかりして、おせっかいするのも年取った後遺症なんでしょ。わたしはもう台北に戻ろうと思った。冷ややかな大都市で生活する方がまだまし。十万元は額として十分すぎるくらいだけど、カフェで一気に使えるような金額ではないし。カードにチャージできるのもせいぜい九九九九元なのだから。

カフェを出て、港から繁華街の方に向かって歩いて行った。上り坂に沿って歩いて行ったのは、募金や署名のお願いをする人たちみたいに見込みがないとわかると次の人へと目標を変えるだろうと思ったからだ。でも、彼はずっとわたしの二メートル後ろについたままだ。警察署の前を通り過ぎる時、わたしは内心救われたように思った。でも、彼は後ろにいるまま。どうやら背後でしっかり操っている人がいるようだ。泥棒の多くは実は警察署の向かい側に住んでいるという。動向を知るにはぴったりだから。それにわたしの体は今、ぴんとしていて何でもないから、通報をしてもたぶん夫婦喧嘩か何かと思われてしまうだろう。

冬の風は強く、旅行の時期ではなかった。工芸品店やドリンク専門店はすべて閉まっている。土産物屋だけが年中無休で開いている。近くには一台一台と観光バスが停まっている。わたしには同僚などいないし、定期的に顔をあわせる人もいないから、土産物を買うお金だって節約できる。それでも、友人くらいには買って帰ろうか。わたしが高雄にいることは、Facebookでも書いているのだから、何もないと気まずくなるかもしれない。それなら、帰る日に買おう。そう思っていると、わたしが手に取った土産物は、全部青年がレジまで持っていってしまっている。わたしは人様のお金を使うことを、恥ずかしいとか気まずいとかは思わないけれど、でもこの人はいったい何を考えているのだろう。

「いったい、いつまでやる気なの？」わたしは聞いた。

「受け取ってもらえるまでです。あるいはお金を使い切るまで」

話しても埒（らち）が明かないので、歩き続けた。ＵＦＯキャッチャー、印鑑店を過ぎて、深夜営業で開店前の寿司屋も過ぎた。古びたセカンドランの映画館も過ぎた。いや、ちがう。ここは一番館だ。ただ、台北より数カ月は遅れているようだけれど。この道も突きあたりまで来た。このあたりは人家もない寂しいところで、わたしには不利だ。それなら隣の通りに移ろう。賑やかな人通りはやはり安心。わたしは人波にのまれながら、廟の龍門から入り虎門から出た。正殿の二階にもあがり、文昌帝君〔道教における学問の神〕にもお参りした。もう二時間過ぎたけれど、彼は全然諦めない。

「飲んでみますか？」彼が声をかけてきた。この地域のレモンジュースは有名らしい。

「水があるから大丈夫です」見知らぬ人の手から受け取る飲み物なんて飲まないよ。「ねえ、わたし本当にお金ないの。お金目的なら、ここにある二千元持っていって。あなただって無駄足を踏んだことにはならないから。グループの人に伝えて。目覚めたら腎臓がひとつ減ってた、なんてことにはなりたくないって。江（ジアン）さん、お願いだからわたしのこと放っておいて。それから、ここにこんなに詳しいのなら、初めて来たわけじゃないんでしょ？」

「去年の夏に来ました」

「それからずっとここにいるの？」

「別の場所にも旅行にいきました」

「それでこんなにはやく戻ってくるの？」

「いいえ、まだお若いようですので、絶対に生きていてもらいたいと」

わたしは笑ってしまった。もう三十一歳なのに。この人、本当にお世辞がうまい。絶対に特殊詐欺のグループだ。若い男の子を使って離婚した女性のことを口説き落とすっていうのは、何度も聞く話だ。でも、わたしだって知りたかったのは、父の情報をどこから知ったのかということ。

「じゃあ、あなた今いくつなの？」

「二十です」

予想外だった。わたしより十一も若いなんて。でも、そんなに驚くべきことではないのかもしれない。高齢化社会の現在では四十歳以上の人に出会う確率の方が大きいのだから。

冬の雨が観光客の頭やコートに落ちてきた。昼過ぎになっても頭上の黒雲は消えず、これから本降りになりそうだ。若者たちはまだ外で写真を撮っていて、家族連れは屋内に入り雨宿りしている。雨は、しばらくのあいだ止まないような予感がした。

＊

「どのパンになさいますか？」客が入ってくるたびに店員が聞いている。行列は長く続き、ゆったりとした待ち時間で、人々はスマホを使って時間をつぶしている。江子午のスマホは接続速度が遅く、

Facebookを開くにも五分は待たなければならなかった。わたしだったら、使いたくなくなるけど。彼が本をぱらぱらとめくっているのは、まるでむかしパソコンが起動するのを待ちながら、脇で宿題をしていたような感じだ。彼はやっぱり待つことができるタイプの人なのだ。

わたしが注文し終わると、後ろに並ぶ彼の番になった。「Aセットのパルメザンチーズのレギュラーでレタスとピクルスとキュウリとピーマンとオニオンとハムを入れて辛くしないでオリーブも入れないで代わりにマスタードとマヨネーズを入れてください。クッキーはホワイトチョコで。お願いします」驚いたのは店員が聞き返すこともなく、何を注文したのかはっきりと覚えていること。

席に戻ると、わたしはスマホを取り出して返信し、彼は引き続き本を読み始めた。後ろにいるお年寄りの声が聞こえてきた。「ハニーオーツって糖尿病でも食えるかな?」彼はすぐに読んでいた本を閉じ、お年寄りにパンの種類と原材料について教えていた。店員よりも詳しく、前に何度も対応したことがあるかのように見えた。見知らぬ老人にもこんな感じで丁寧に応対できるなら、ネット友達の女の子に優しいのも、不思議なことではないのだろう?

「こういうところでアルバイトしたことがあるの?」わたしは聞いてみた。

「ないですよ。ただ教えてあげたくて」彼は言った。

「動画を作るよう言ってるんだけどね。そうすれば始めから同じ事を言わなくて済むから」スマホがまた声を出した。

「でも、それぞれ事情がちがうから」彼はスマホに返事をした。わたしがいなくても、彼は大丈夫なようだった。

「このスマホ、格好いいね」

「たいしたものではありません。もらった時にインストールしたんです」

「僕は永遠のギャラクシー。僕のことを猫ちゃんやワンちゃんみたいに紹介しないで」スマホから声が出た。

「今どきはSiriも自分で名前をつけることができるの?」わたしは年を取ったなと感じた。そんなことも知らなかったなんて。

「これ自分で作ったアプリなんです」彼は言った。

「情報工学とか勉強してるの?」

「外国語学部です」

「外国語学部なのにどうしてプログラムが書けるの?」

「学校でむりやり勉強させられたんですよ」

「そうなんだ?」

「そうなんです!」彼は頑固に答えた。わたしも大学でプログラム設計が一般教養科目になった時に、議論を引きおこしたのを思い出した。でも、まだ納得がいかなかったのは、わたしのスマホも彼のと同じで最新型なのに、どうして彼のスマホではできて、わたしのではできないのだろう?

「食べないんですか?」彼はテーブルのうえに残ったサンドイッチを指さしたけれど、わたしは首を振った。「じゃあ、食べてもいいですか?」お腹がすいていたのか、それとも食べ物を無駄にしたくなかったのかはわからないけれど、わたしは残りを彼にあげて、スマホを見た。父からのメッセージがあり、やはり金を受け取れと指示するものだった。

受け取ったかい? (o、ㅂ´o)・ 16時31分

他に言うことはないの? でも、これは本当に父が言いそうなことだった。あの世代の父親の多くは子供に向かって何を言えばよいかわからず、だから会うといつもこうなのだ。「テレビばかりみるなよ」「宿題終わったか」などで、成人してからは「これからどんな仕事を探すんだ」「付き合ってる人はいるのか」「会社の給料はいくらなんだ」「いつ結婚するんだ」と聞いてくる。

だから、わたしは返事した。今はお金に困ってないから。前に言ったじゃない。何回言えばわかってくれるのよ。前に言ったことを何度も聞き返すなんて、それってケンカふっかけてるようなもんだよ。

既読。でも返事はない。おそらく自分が悪かったと思ったのか、返事をするのが面倒くさいと感じたのだろう。すると続けて、父は診断書と領収証の画像を送ってきた。

認知症になっちゃった」(゜〜゜)「 16時35分

ありえない！　言い訳でしょ。父は信じられないのなら、栄総病院のホームページを見てごらんと言った。わたしだって気が利かないわけではないのだから、スマホで送られてきたURLでなく、前に父のためにログインしたことのある公式ページから入ってみた。父の身分証番号を入力してみると、たしかに何度も精神科にかかっていた。アリセプト、エクセロン、レミニール、エビクサ、ウィトゲン――どれもこれも認知症の薬だ。こんな大事なこと、全然気がつかなかった。でも父は毎日のように病院へ行き、薬を一袋また一袋と持って帰ってきていたのだ。わたしはそんなにたくさんの薬を持ち帰るはずがないと思っていたけれど、本当に病気だったのだ。

　秘密にしておいてくれよな。母さんや弟には言わないで。もう八十を過ぎたんだから、見るべきものは見てきたよ。認知症って、最後は寝たきりで失禁までしてしまうらしいな？　知らなかった。知らないほど重症だったのかもしれない。テレビドラマだと帰り道がわからなくなる程度だけど、帰り道がわからなくなるのはましな方。寝たきりになったら外国人のヘルパーさんを雇わなくちゃならないし、なにしろ金がかかるな。一番孝行な子供は小蔡のように、父親を十年介護することなのかな。抗日戦争の八年より長いんだぞ。m(。ー_ー。)m　運がいいのは年寄りには他にも病気があるから、もし透析や脳卒中だったら、子供もはやいうちに楽になれるのかもな。今どきは痴呆とは言わないようだな。父さんよりも若くて健康で頭のいいやつが認知症になってしまうくらいなんだから、銀杏を食っても頭はよくならないよ。一番将棋が上手だった老姜（ラオジアン）が病気になった後、みんな次になるのは父さんだと思ってた。字を書くのが上手で、前に父さんたちのために大陸の実家宛ての手紙を書いてくれた老孫は、病気になるとやっぱり手紙なんて書けなくなったよ。子供がたくさんノートを買ってきてくれて、小学生のように赤ペンで書かせていたけどな。書く字も人間と同じようにだんだんと足がなくなったり手がなくなったりして、画数が足りなくてこの字は何の字なのと聞いてもわからなかった。字らしきものは書けるけど、字を知らないのと同じなんだ。だんだんと生活する力がなくなっていって、人にご飯を食べさせてもらったり服を着させてもらったりお尻を拭いてもらったりで、自分が誰なのか、今何歳なのかもわからなくなってしまう。立ちあがって歩くのですら、おっかなびっくりで。もともとあったものが、ある日突然なくなって、次第に別人になっていく。誰かに尊敬されることもなく好かれることもない人になって、嫌われてばかりのどうでもいい年寄りになるんだな。父さんはおまえたちの迷惑にはなりたくないなあ。(;・、ロ´)

数秒前

四秒に一人が認知症になるという。それにどの人も症状がちがうのだ。自分が食事をしたかどうかまで忘れてしまい、弁当を続けて三つも食べてしまった人もいるという。何か物がなくなったら嫁が盗んだと思ったり、子供たち兄弟が反目するのは老人が兄と兄嫁が不動産を独り占めしようとしてご飯を食べさせてくれないと告げ口したためだったり。警察がドアを突き破って家まで入ってきたのは、子供が財産を横取りしようとしていると老人がベランダで大声をあげたためだったり。老人が子供のようになってしまうのは認知症だからだ。認知症は聖杯と同じで、医者でも手の施しようがなく、患者の状態はますます悪化していく。若者でさえ日頃スマホで遊んでいて、先ほど何をしていたのか忘れてしまうけれど、誰だって認知症になる可能性があるのだ。あるいはこのような時代だからこそ認知症になると言えるのかもしれない。

病気がいつから進行しているのかは誰にも答えられないし、いつ快復するのかも誰にもわからない。まるで自分が生まれる時間を選べないかのように——でも、実は終わりの時間は選ぶことができるのに。そう言えば、それほど大昔でもない頃まで、堕胎は非合法だったという。生命に危険のある妊婦だけがそれを許されたらしい。話を最初から最後まで聞いたわけではないけれど、産まれてきたくなかった人もいるのではないかと思う。終わりの時間を決められるのであれば、ぎりぎりのところで止めておきたい。まだ始まっていないのであれば、子宮の内側を削ってもいい。でも、そもそも避妊することもできるのだから、堕胎する必要もないわけだ。

林(リン)さんに教えられたね。将棋がさせなくなった時、編み物を勉強し始めて、青地に白い雲がついている小さなセーターを作って下の娘にあげたんだ。下の娘は三十歳をすぎていたけど。でも、セーターなんだから孫娘にあげてもいい。その時にはもうテレビも見ることができなくなって、次の場面が想像できないからテレビの画像が怖いと言って。編んでいる時もしょっちゅう針を落としてたけど、向きを変えるところではしっかり結んで、絶対に間違えなかった。たとえ最後に編み物さえできなくなっても、見舞いに来る人みんなにありがとうと言うって。介護する外国人ヘルパーさんですらおとなしいと言って、いままで癇癪をおこすこともなかった。まるで人に渡すプレゼントのように、自分を他人の手に預けたんだ。今自分の番になってから、林さんと同じようにできるかどうかわからないけど、でも父さんには時間があるから、もっといい自分になることができるかも。気管挿管拒否の意思表示にサインをしてみると、毎日がとても楽しくなって、今でも楽しいよ。植物人間になってしまうと、いつまで生きればいいのかわからなくなるからなあ。╮(´～`〞)╭ やると決めたからには、早めにやっておいた方がいい。

だから父さんは自殺じゃないんだ。ただ不注意に死んでしまっただけなんだ。(((;゜ロ゜)))

こんな選択肢があっても、やってみる必要はない。でも、この選択肢がなければ、皆自分で考え出すしかないのだ。父は自分の方法で、自分の生命をレールの外にはじき出したのだった。

向かいの青年はまだ本を読んでいる。食べながら読んでいるけれど、食べかすが本のあいだに落ちてつまみ出しながら食べている。わたしが受信したメッセージなんて知らないかのようだ。でも、わたしは彼がいてもいいのではないかと思った。わたしと一緒に秘密を守ってくれる人が一人増えるくらいなら。あるいは現われた時に言ったみたいに。彼はわたしの守護天使で、ギリシャ悲劇にはいつも手紙を伝えてくれる人がいるように。

窓の外は雨が次第に強くなってきた。

「――去年の夏休みに来たことがあるって言ってましたね？」わたしは聞いてみた。

「その時はまだ台湾一周旅行をしているところで、大事な友人に逢ったりしたんです」

「その人たち今どこにいるの？」

「クラウドの中です」

彼の友達は老陳（ラオチェン）といった。旧暦七月の鬼門が閉じる日に亡くなってしまった。骨壺は重たすぎて人目にも付くので、だから彼はスマホを使ったのだ。夏休みの最後に、老陳のアカウントで写真を撮り、アップロードし、名前も知らないような田舎の村にやってきた。海南島の近くのようでもあり、高い高い椰子の木もあり、台湾より蒸し暑いような気がした。

家とはなんだろう？　家はどこにあるのだろう？　私の父の世代では、おそらく皆が家に帰りたがっていたのではないだろうか。

青年はまず雲南省の山奥へ入り、インドの高山、上海にも行った。それは老陳が行ったことのある場所でもあった。老陳を中学に通わせてくれたのは、二人のアメリカ人女性で、彼の母親とおばさんだ。やりとりした手紙から察すると、二人の感情は姉妹のそれ以上のものだったようだ。

現代のわたしたちにはそれが何かと理解することができる。ただ、当時のアメリカでは受け入れられず、二人は上海の教会学校で教えていた。神の庇護のもと、自分たちだけの時間を過ごしたのだ。でも、相応の年齢になると、一人は帰国して結婚し子供を産み、もう一人は子供を養子に迎えた。それが老陳だ。老陳はとっくに知っていた。二人とも母親なのだと。大媽（ダーマー）と小媽（シアオマー）だ。

一面識もない大学生の江子午は、老陳にかわり太平洋のもう一方に行った。少女が匿われていそうなアメリカの農村地帯だった。江子午は白い玄関ポーチをカメラに収め、家族が緑色の芝生のうえで食事をしている様子を撮影した。彼とは血縁関係が全然ない人たちだけど、でも彼はいつも通りの情熱的な歓待を受けた。その時彼は血縁以外でも、世界でこんなに遠くにいる人と繋がりあうことができるのだと気づいたのだった。

江子午は老陳のアカウントでロケーション履歴を残し、食事をした。他の親子と同じように。台湾に戻った後には、家族でさえわからないほど変わってしまっていた。

「お母さんは悪くないです。ボサボサの頭で、髭も伸び放題。ポンコツの自転車にまたがって帰ったんですから」彼は言った。

「老陳はあなたのような友達ができて絶対にうれしかったと思う」わたしは言った。

「そんなふうに言われたことは一度もないです。でも、自分もそう思います」彼は言った。

「だから、あなたって本当にわたしの父のネット友達なの？」

「はじめからそう言ってるじゃないですか！」

「特殊詐欺のグループかと思ってた——」

「詐欺じゃないですよ」「わたしたちはNGOです」

目の前にいる青年とスマホが同時に口を開いた。

「NGOなんて大げさでしょ」「そういうことをやっていると思ってるの！」「後で莉莉が切腹して自分の非を認めるよ」「切腹するのはそっちでしょ。お金をあずかったのに渡さないし、面倒すら見てあげないし」「足を引っ張るようなことしなければ、お金はすぐに渡せたんだよ」「ガキに言われる筋合いないよ」「大学生だからって何なの？」

＊

帰りの特急で江子午がスマホと言い争いするのを見ていると、彼が統合失調症ではないかと思えてきた。三時間半の時間は恐ろしくて居眠りなどできなかった。彼ら（二人と言っていいのだろうか）が向かい側に座り、わたしにネットカフェの住所を教えてくれた。父は生前いつもその店に通っていたという。どちらにしてもわたしは一一〇番アプリを常時開いていたし、スマホも充電器に接続していたので、しばらくは安全だった。

住所を入力し、ルートを確定させた。特急からMRTに乗り換えて、駅を出るとすべては夢かゲームの中かと思えてきた。住所は台北市桃源街。周囲には役所やデパート、紳士服店の他に、ネットカフェは一軒しかない。「霊界通信」と書いてある。

階段や通路にはいろいろなポスターが貼ってあった。黒い色のガラスには詩が書いてあった。「大海に向かうと　春の暖かさで花が開いている」

明日から　幸せな人になろう
馬を育て　まきを割り　世界をまわる
明日から　食糧と野菜に気をつけよう
わたしには家があり　大海に向かうと　春の暖かさで花が開いている

明日から　身内のもの全員と連絡を取ろう
わたしは幸せだと　みんなに伝えたい
あの幸福の稲妻が教えてくれる
一人一人に伝えたい

すべての河や山に　あたたかい名前をつけよう
見知らぬ人　わたしもあなたのことを祝福したい
光り輝く未来が待っていますように
大切な人と家族になれますように
この世間で幸せになれますように
そしてわたしはただ願うのだ　大海に向かうと春の暖かさで花が開いている

〔海子「面朝大海　春暖花開」〕

海子（ハイズー）〔中国の詩人。一九六四－八九年。北京大学卒業後に中国政法大学の教員となるが鉄道自死〕の詩は、美しいけれど、でもどこかしっくりといかない。明日の中で、はっきりと定義している幸せは、馬の飼育、薪割り、世界一周。まるで自分がすぐにその世界に行くような感じで。ただ準備の時間が必要で、もう一日だけ荷造りしてようやく出かけていくのだ。でも、知られているように海子はこの詩を書いた後に、直後ではないけれども、しばらくして、列車に飛び込んでしまった。そのイメージとは全然釣り合わない。詩の中のわたしは、どうして大海に向かわなければならなかったのだろう？　海上で春に花が咲くことなどありえない。逆にいえば、今日は希望など全然なくて、馬の飼育をしたり、薪を割ったり、身内のものとさえ連絡を取ることができないということか。だから明日を望んでいたのではないだろうか。そしてこの詩は、もうひとつの答えを明らかにしてくれる。大海に向かう人は、その人の後方にある世界のために、春に花が咲く素敵な景色を残してくれるのだ。これはあまりにも甘美すぎる。優しすぎて読む人には長い長いレールなど想像できない。遠くから来る列車の音が聞こえず、最後に残った少しばかりの気力さえ使いきることもなく。

大学生は階段をのぼりながら、わたしの目の前まで来た。看板には一時間十元と書いてある。ごくふつうのネットカフェだ。暇つぶしする人が大勢いた。年齢を問わず、みんな座席の近くにはリュックやビニール袋、手押し車、スーツケースなどを置いていた。カップ麺を食べている若者もいて、もうどうでもいいという感じで、マウスを握りネットのゲームで戦っている。インスタントコーヒーを飲んでいるお年寄りもいて、指一本で頑張りながら自伝を書いている。

父もここで名前を隠して時間を潰していたのだろうか？　どちらにしても父は「周春生」の名前で人

生の大部分を生きてきたから、もう一度偽名が使えるのは思い通りの結果だと思ったのだろう。でもここにいる人はみんなネットのアカウントネームでログインしているのだから、素性などわからない。もし父が整形していたら、わたしもすぐにはわからないだろう。夜十時以降に未成年者がこんなところに出入りしてはいけないはずだから、ここで警察官の巡回を待っていた方がいい。いや、今どきお金さえあれば、身分証だって買えるのだから。わたしも聞いてみたことがある。粗悪な手作り偽身分証は、顔写真がないもので千五百元だという。他には自分の身分証をそのまま加工してもいい。番号と写真を差し換えれば職探しには十分だ。お金がかかるのは本当に実在する身分証。ふつうは前科のないホームレスのものを使用して、身分証の暗証番号まで使えるようにする。ここでもおそらく誰かが身分証を売り、特殊詐欺の通帳名義人だとかペーパーカンパニーの社長にでもなっているのだろう。いや、さっきは男性客しか目に入らなかった。父だって女装したこともあるかもしれない。実際、高齢になると男なのか女なのか見分けがつかない。父はあんなに痩せていたのだから、やせっぽちのおばあさんに変身していてもおかしくはなかった。

大学生はまっすぐにカウンターまで歩いていった。カウンターには髪の長い可愛らしい女の子がいた。完璧なポニーテールで、自分のスマホで遊んでいる。丸や星、線などがディスプレイにリズミカルに飛び出てくる。——まさか、もし父さんがこんな感じに変わっていたら、それは生まれ変わりなのかもしれない。いや、彼らの仲間なのだから、そう、詐欺グループの受け子はふつうはどこにでもいるような人の格好をしているはず。こうした萌え系の女の子であれば周囲の人は安心し警戒もしなくなる。

彼は自分のスマホを見た。目の前にいるのにもかかわらず、メッセージを送っている。

ごめんね、お金はまだ僕のところ。その人、連れてきたよ。

彼女はすぐに着信メッセージを確認することはなかった。わたしたちは彼女のイヤホンから漏れてくる音楽を静かに聞いていた。ゲームを一通り遊び終わってから着信に気づき、イヤホンを外して顔をあげて、わたしのことを見た。それから隣の大学生も。

「十万では足りませんか？」彼女は言った。その落ち着きぶりは、その年頃の様子からは想像できなかった。

「だから直接会っちゃダメって言ったじゃない。送金すればそれで済む話だって」スマホから声が出た。

「でも、直接会ってようやく解決できることだってあるんだから」彼女は立ちあがった。「わたし、梅叔のアカウント管理代理人です」

「父はまだ生きてるんですか？」もうどうでもいいや、わたしは直接聞くことに決めた。

「こう聞いてくるのは、成功したってことかな」彼女はつぶやき、十年前のことから話し出そうとした。彼女は後ろの時計に目をやりながら言った。「でも、もう遅い時間ですから、すぐに帰らないとMRTの終電に間に合わないですよ。だから、先にうかがいますけど、未成年ではないですよね？」

わたしって、未成年に見えるの？　今どきの女の子はいいこと言うなあ。なるほど、どうりで父もこんなことに加わるわけだ。それならわたしだって、ここのネットカフェの終身会員になってもいいな。

「それなら身分証番号を覚えなくてもいいですね」

彼女はスマホを開き、父のアカウントでそのグループにログインした。名前は「霊界通信」と出ている。


国軍退輔会〔退役軍人の再就職斡旋や福利厚生などを所轄する機関〕の調査によると、一九四九年前後に台湾へ撤退した老兵で、結婚し子供をもうけて台湾に居住する者は、現在四十七名いるという。そのためチャットルームの名前も最初は「栄民四七」とし、紆余曲折を経て今日に至った。現在グループのメンバーは存命中だが、蔣委員長と将軍たちが長生きした以外に重要なことはなく、誰も生死や功績について気にかけない。老兵自身でさえ歴史にかかわったかどうか、どれだけ階級が低かったか、はっきりと覚えていない。グループのメンバーは自分たちが長生きし過ぎたことを嘆き、子供の負担になるのではないか、孫の福運を無駄に使ってしまうのではないか、と不安になっている。四十七という数は将来きっと減るだろうが、その力がまだ残っている時に逝かせて欲しいものだ。(*ᴗˬᴗ).

グループにはガイドブックのようなページがあった。自死を遂げる方法が書かれている。練炭、飛び降り、服毒などの方法は露骨すぎる。一番後始末が面倒でなく、医者も騙せるのが認知症になることだった。一度失踪して、二度、三度と続いたら、その次は山にのぼればよい。もし一人でのぼれなければ、台湾一周の旅に出ればいい――それはつまり、去年の冬に父が参加した日程だった。山もあれば海もある。食べ尽くして遊び尽くす。郷里の人と人生最後の戦役につくのだ。

病院、公園、家などで、遠くから見るとお年寄りたちはいつも将棋をさしているけれど、実はこれからのことについて話し合っているのだ。どうりで点滴していても毎月一回のネットカフェでの集まりを欠かさないわけだ。彼らは意識がはっきりした状態で、正当で時宜にかなった手段に出る。そして栄誉に満ちた顔つきでもって、最後の運命を迎えるのであった。死ぬのが恐いわけではない。死以外には何もなく、まるで奇跡のように病気もなければ痛みもなく、時代の流れとインターネットが皆を遠く後ろへと追い払って行くのであった。だから、伝えるべき感謝、謝罪すべき言葉は、二年間のうちに済ませなければいけない。二年後、安心して旅立つために。

「どうして二年間なの？」わたしは聞いた。

「決めたんです。死者に代わり生きている人の面倒をみるって。でも結局九年の準備期間が必要でしたけど」彼女は言った。

「実際に保険金が支払われること以外に、他に心理的な準備、将来の構想なども大事でした」永遠のギャラクシーの声。

「人は死ぬ時は死ぬのに、どうしてそんなことに首を突っ込むの？」わたしは聞いた。

「死んだら面倒だからです。もし死ぬのがこんなに面倒だってわかっていれば、僕は絶対に細かな遺書を残しておいたのに――」永遠のギャラクシーが言った。

「あなた、おばけ？」

「変わった現象をおばけというのは、正確な言い方じゃないですよ。移動できる時もあれば、透き通ることもできます。夢の中で逢うことだってできるんですから――僕がわりと好きな言い方は『データの集合体』ですね」

たとえデータの集合体に変わったとしても、おばけはおばけ、必ず人を驚かすんだから！

「ふつう、初七日の時が一番悲しいんです。だからよく、死んだ人が蛾に変わったとか、カマキリになったとか、あるいは家の扉が勝手に開いたとか言うんですよ。でもそんなの僕から言わせればすごくいい加減なこと。霊験あらたかと言われるようになるまで三、四回は努力しないといけないですよ。それでこそ信じてもらえるんですから。だからいつも誤解を受けるんです。ネットでコミュニケーションをとる方がよっぽど効率的だと思います」

お年寄りたちは生きているうちに積極的に自分の半生を残していた。録音テープであったり、印刷物であったり、死んだ後に言い残したことがあると困るから。万が一、想定外のことが生じた時に備え、お年寄りはネットカフェと約束を交わしていた。もし三六五日間ログインがなければ、すでにこの世にいないものとして見なす。だからお年寄りには最近の様子をアップロードさせ、自分の言葉でメッセージを送らせて、生きている家族に伝えさせたのだった。

「もともとみんな死んだと思っていたけど、仲間ができて。どこに行くのかと聞かれても、そこは誰も行ったことがないところなんです」

「父は認知症だったんじゃないんですか？　みなさんとはしっかりコミュニケーションが取れたのです

か？」父からのメッセージを思い出した。それから病院の受診記録も。もし死んでからも意識がはっきりしないのなら、それは本当にかわいそうだ。

「それは、わたしたちの手違いでした。フォルダからあの写真を見つけたのも、理由を探していたからです」永遠のギャラクシーの声だった。

「梅叔は病気ではありませんでした。認知症の薬は他の人のためにもらっていたんです」莉莉が言った。

「他の薬ならいいけど、こんな薬も大丈夫なの？」

「わたしたちもなんとかしてバーセル指数の表を用意しました。この人たち、何か嬉しいことがあってもシェアしないくせに、辛いことは一緒に引き受けようとするんですよ。たとえばある時、おじいさんが病気になったことがあったんです。重要な証人だったらしいです。もともと奥さんが工場で女工をしていたそうですが、その後癌になって、妻のためにも仇討ちすると言っていました。でも、認知症になってしまうと出廷さえ難しくなります――それで認知症の薬を受け取るために、全員で検査を受けに行ったんです。結局二人しか薬をもらえなかったのですが、お父さまは義理があるのでもらわないわけにはいかないと言ってました」

最後に同郷の人が大事にしたのはやはり義侠心だった。彼女たちが話してくれる人物はわたしが知る父の姿とはどこかちがう。でも、父さんは嬉しかったんじゃないかって思う。手足も衰えがなく、行動には制限がなく、一番よかったのは死ぬまで禁煙しなかったこと。ここでは自由に吸えるし、ディスプレイも大きくてぴったりだった。ふだんは見舞いの時間が終わるとそのままやって来てエアコンで涼んでいたけれど、時には点滴を吊した同郷人と一緒に来たりしていた。ネットカフェの店員はお年寄りに子供たちのFacebookを教えてあげた。そこには父母には言えない本当のことが書かれている。そんなわけで、グループは老人ばかりでなく、メンバーは四十七人から一時には数百人にまでふくらんでいったのだった。

「ニュースの下に続くコメントって見たことありますか？」莉莉がそう聞き、わたしは頷いた。

「コメントしてるのはどれも同じような内容で、それってコメント欄が炎上してるのを見に来たわけじゃなく、殺人予備群なんです。軽く背中を押すだけで、ニュースに出てくる名前はその人たちの名前にかわってしまいます」

こうした人たちは外に出て家族向けのカウンセリングに顔を出したりする時間はなく、病人の方も寝る時間がまちまち。だから細切れの時間は、もちろんネットに繋ぐしかない。ネットの中でのグループに加わるしかなく、情報を補ってくれるのはネットの共有機能。皆でお互いに、いいね、を押して友達になり、始めたばかりの頃は互いに励ましあっていると、この世界では自分だけが特別ではないように思えてくる。そうでなければ、高齢者が妻を殺したり、孝行息子が失業して母を殺したり、鬱病の娘が父を殺したり、一杯注文で二杯目無料の販促キャンペーンと同じように、もう底なしの沼になる。その時にはもう手遅れなのだから。だから、グループの人数は減らずに増えるばかり。もしこの人たちにこうした息抜きの場所さえなければ、製薬会社と病院から同じような口ぶりで生き続けろと言われるだけ。彼らは犯罪の影におびえながらずっと生きないといけない。二人で一緒になるか、あるいは集団になるかして、殺人か自殺を迫られるのだ。

「わたしたち、よく墓地にピクニックに行きます――この世界に存在しているものは死ぬことでようやく解決できるから。もし起きることは絶対に起きると言うのなら、自分ができるのは、そんなに孤独にならないで、と言うだけ」グループの管理人であるこの女の子は、まるで何百年も生きているかのように思えた。

わたしたちは産まれてから誰かの子供になる。そして年老いていき、殺人や自殺の予備群に入る――これははっきりとした事実だろう。想定外の事故にあわない限り、こうした人生は全然おかしくない。人は身近な人間から離れていき、老人ホームで体が腐るまで過ごしながら孤独に死ぬと、いったい誰が決められるだろう。もし、このグループのことを知らなかったとすれば、わたしもおそらく人が死ぬと、誰かのせいにしていたと思う。医者か、社会か、弟か、母さんか。もしかしたら自分自身かもしれない。でも父さんがこんなことをしていたのなら、死ということをプレゼントとして受け取ってもいいのかもしれない。今わたしは三十一歳、若くもないし、年寄りでもない。少なく見積もっても、あと三十年の時間は努力しないと。

＊

ここのネットカフェは他よりも安く、一時間で十元、一日使っても百元だった。外の掲示が黄色く変色しているところから見ても、料金は二十年据え置きのままだろう。でも急に料金があがったら、客はどこへ行くのかな？　ここでは弁当の無料配付はないけれど、でも、ネットは飢えを忘れさせてくれる。今では外も寒くなってきて、路上では凍え死ぬかもしれないほどだ。ここにいれば、もちろん他の理由で死ぬかもしれないけど、でもそれほど惨めにはならない。欠点は台湾大学の附属病院から近すぎること。人はそんなに簡単には死ねないけど。

「一人で家にいると死んでも誰もわからないから、外で家を借りようとしても、貸してくれないの」わたしは年配の客がそう言っていたことを思い出した。でも、毎日一人あたり数十元を稼ぐだけでは、テナントは会員が資金援助してくれるものでなければ、賃料を支払うのだって足りない。光熱費がやっと支払えるくらいで、室内の設備を新しくするなんて夢みたいなものだ。

十年前に莉莉はここにやってきた。バイトの仕事はケータイを修理したり売ったりすることだった。彼女がカウンターの下にあるトランクを取り出すと、中はすべてむかしのケータイで、古いケータイのコレクターのような感じがした。

「お年寄りは最新の機種かどうかは気にしないの。長持ちすればそれでいいんだから。それにわたしなら修理できるし。なんでも直せるよ。すごくむかしの型を除いてね。どうしても修理できなかったら、ここにある不要な機種を使ってもらう。よくお年寄りは発売時の値段で買い取ろうとするけど。わたしがしょっちゅうケータイを換えたのは、お年寄りがわたしの使ったものを欲しがるから——何を考えているのか、わからないでしょ。新しい機種の方がいいんじゃないのと思うけど、お年寄りから言わせれば、誰かが使ったものこそホンモノらしい。ときどき誰が先にわたしのケータイを使うかでケンカになることだってあるんだから。わたしが新しいケータイに換えるスピードが、お年寄りが壊してしまうスピードに全然追いつけなくて、それを解決するためにわたしも中古のケータイを買い始めたんだけど。その利ざやは稼げるけどね」

「わたしにくれるっていう十万元も、そこから出したんでしょ？」わたしは言った。

「もちろん。手術の費用も」莉莉は答えた。彼女は成人するまで男だったという。もったいないようにも思うけれど、でもそうするしかなかったのだ。彼女は笑いながらそんなに深刻なことではないと言った。「少なくとも成人してから八十歳まで、ずっと女性だから」

「どうして性別適合手術を受けたかったの？」わたしも前に考えたことがある。もし、自分が長男だったらどんなによかったかと。男尊女卑のこの社会で、女性として生きるのは全然メリットがない。

「ご存知ないですか？　今どきアニメの新作には男の娘（こ）〔ネットスラングで少女のような外見の少年〕が必ずいるんですよ。それにダライ・ラマだって言ったことがありますけど、もし来世で生まれ変われるのなら、金髪でノリがいい女の子になりたい、あの人だってこう言ったんですから―」

　そうなんだ？　ダライ・ラマが言ったのはそういう意味じゃないと思うけど。とはいえ、いちいち説明するのも面倒くさい。誤読と二次元の世界でこうして暮らしていけるのだから、莉莉はきっと幸せなのだろう。

　莉莉は音楽にあわせてアクションをとるゲームをしていた。向こうには指一本で打っている老人がいて、頑張って自伝を書いている。食べたり飲んだり、いろいろなところに行って遊んだ集合写真をアップロードしている人もいる。この人たちが死んだ時には、スマホやクラウド上のフォルダを使うために、ネットカフェがアカウント管理の代理をしてくれる。写真を無断利用されたり都合の悪いように書かれたりする心配はない。

「自分で写真集を作ったことありますか？　日本で振り袖のイベントに参加したことありますよね？　誰でも一番素敵な思い出を残したいですよね。個人ページを開設して、毎週のように記事を書いて、フォルダを整理して、この一生の記録を残そうとするんです。未来のいつか、誰かが見てくれるんじゃないかって」莉莉は言った。

「誰が見るの？」わたしは聞いた。

「息子とか娘とか孫息子とか孫娘とか、最近知り合った友人、好きだった人、外で出会った社会運動家の青年、台湾一周旅行をしている大学生、あるいはどこかから飛び込んできたネットユーザーとか、わたしにも誰が見るのかなんてわからないけれど。ネットさえあれば、みんな生きていけるんだから。ウェブページを更新していく限り、死ぬことはないの」

どうりで土法高炉〔一九五〇年代末の大躍進政策下で中国各地に作られた原始的な溶鉱炉〕で鉄を作っているわけだ。父のアカウントを使って、わたしまで騙して。ただ、今みたいに左から右に移動させていると、万が一事故がおきたら、みんなの努力も水の泡になってしまうのに。最近では生まれてくる人はますます少ないし、登録されるアカウントも休眠状態になってしまうものも多い。わたしたちも一日、二日、一週間、数カ月と徐々に自分の根拠地を棄ててしまって、気づいた時にはパスワードさえもわからなくなり、自分がどうしてそんなことを書いたのかも思い出せなくなる。そしてそのサイクルがますます短くなって、かつてネットの世界を牛耳ったソーシャルメディアでさえ存在が危うくなっている。毎年の死者数は新会員数をゆっくりと超えていき、閉鎖されてしまっても全然意外ではない。ネットにしても、サークルにしても、ゲームにしても、どちらにしてもお年寄りが使うもの、お年寄りたちによって支えられているのだ。

「古いものほど残りやすくて、新しいものほど消えやすい」わたしは言った。

「そう言ってしまうと、わたしたちの言う『わたし』なんて、実は絶えずアップデートしているのかも。『一人』なんていうのも、データの集合体なのかも」永遠のギャラクシーが声を出した。

「あ、そうだ‼」莉莉はトランクの中から古いタブレットを取り出した「梅叔が残した一台です」

「個人情報も消してないの？　それ危ないでしょ！」わたしは父が使っていたタブレットを受け取った。他人に転売される前でよかった。それは心臓と同じように重たく、電源を入れた時には真っ黒な水滴がディスプレイの中に広がっていった。

ディスプレイの付箋アプリを開いてみる。

父は何か言い残したことがあったのだろうか？　このアカウントは昨日まで他人が管理していたけれど。

付箋アプリに書いてあった。

宝心のような娘が生まれて、本当によかった。うれしい　✧٩(ˊωˋ*)و✧✧

ゴミ箱の中にもファイルがあった。旅行、グルメ、遺産分配、みんなにさよならを言う、などと書かれていた。やはりやり残したことは何もないようだ。言いたかったこと、やりたかったこと、生前にできなかったとしても、すべてこの人たちが代わりに済ませてくれたのだ。

この後は、わたしが父の端末を管理していかないと。品性だとか、知識だとか、教養だとか、いずれもわたしたちがゆっくりと学んで身につけていったこと。最後には、ひとつひとつ失っていき、裸同然の人間になる。自分では生まれた時間など知らないし、最後の様子も知ることはない。ネットのアカウントはおそらくずっと残り続けるのだろう。フォルダが壊れない限り、その人格は永遠に存在し続けるのだ。わたしはこのアカウントが本当に父にそっくりだと思った。一生、他人には頼らず、自分のこともあまり口にしない。このメッセージはきっと父そのものなのだろう。

わたしは突然ひらめいた。記憶は技能であり、約束されるものではなく商売なのだということを。「データの集合体」となる前に、十分な資料を用意しておくべきだ。わたしは試しに規約を作ってみた。アカウントの管理についてサインしてもらう前に、提供者にはこれを確認してもらう。「霊界通信」ではすべての気持を反映することができず、ファイルから読み取れる内容でしか表現できないということを。

「こんな規約でいいの?」莉莉が聞いた。

「納骨堂よりも売れるかも。一年に何度もお墓参りするけど、でもFacebookを見るのは一日に何十回でしょ。投資へのリターンは絶対にいいはずだから割にあうんじゃない」わたしは答えた。

「これって特殊詐欺のグループと同じじゃん」江子午はやはり堅実な性格だ。

「詐欺の手口は決まってるでしょ。人のことを慰める台本は一緒でしょ。でもわたしたちの場合は同意していることが原則で、それに規約があるっていうことは口約束で交わしていたものが文字になるっていうこと。いままで死者とは霊媒師だけが意思疎通できたけど、今ではＩＴ技術でデータそのものにアクセスできるから、いつでも死者と会えるの」

「それ、あまり信憑性ないように思う」

「お試し期間は五割引。もうネットに出てるよ」ふつうの人はケチくさいから、どんなものでも割引キャンペーンがあると買ってみようと思う人が絶対に出てくるのだ。料金は高ければ高いほど得をする。買えば買うほど節約できるから。最初の現金が入ってきたらＮＧＯを作ろうか。

「何それ？」

「非政府組織。慈済〔台湾の仏教系慈善団体〕とかライオンズクラブのような団体と同じ」江子午は例をあげた。

「わかった！　ゴミ拾いとか募金活動だね！」

「しかも合法的に商売するから、非合法でやるよりもうんと儲かるの」

それから、たくさんの人がネットカフェにやって来て、ケータイを買い、タブレットを買い、奇妙な生前の契約を交わしたのだった。

＊

その時わたしはずっと文献を読んでいて、若者も死ぬのだということを忘れていた。しかも人には受け入れられない形で死ぬということを。

「自分のアカウントじゃないの。娘のためにちょっと手伝ってあげたくて。もう年だから、機能がたくさんありすぎてよくわからないし」あるネットカフェの常連客だ。皆は胡さんと呼んでいて、彼の娘は娜娜（ナナ）と言った。胡さんは黙って娘のためにアカウントを何年も管理していた。ただ、最近白内障になってしまい、目が見えなくなり、誰かに管理してもらいたかったのだ。

娜娜とわたしは同い年だという。生前には恋愛小説を一冊出版したことがあり、それはすでに絶版になっている。胡さんがわたしに彼女のアカウントとパスワードを教えてくれたので、最近の写真をスクロールしてみた。生涯独身のままだったけれど、でもアメリカに亡命した反体制派のリーダーが台湾にやってきて絶対に結婚してくれる、とかたく信じていた。だからこうした恋愛小説でさえも書けたのだ。その中身は、めちゃくちゃだった。フィクションの意味を全然理解できていなくて、目の前で発生した出来事に自分の希望を繋ぎ合わせて、長々と書いていた。

あるいは、彼女は人生をフィクションの中に取り込もうと考えていたのかもしれない。

フォルダと同じように、コピーして他のハードディスクに移せば、あの世でも使い続けることができると信じていたのかもしれない。

前に脚本を書いていた時には、周りの人は口をそろえて作家は危険だと言っていた。脚本家と作家はちがうものだけれど、でもどちらにしても創作にかかわる職業病は自殺が多いようだ。あるいは椎間板ヘルニアになってしまうか。脚本家と作家のちがいを見てみるより、創作に従事することが自殺の傾向と関係があるかどうかをはっきりさせた方がいい。わたしでさえ、もともと自殺したいと思っていたけれど、創作することで、その衝動を止めたり遅らせたりできたのかもしれなかった。

もし、娜娜が静かに小説を書き、単純に幻想の世界に浸っているだけであれば、何もおきなかったのだろう。事もあろうに、口のうまい男に出会ってしまったのだ。男は自分が北京からの亡命作家のパウロであると言った。作品を発表したために牢屋に入れられ、看守の隙を突いて下水道を這って逃げ出し、その後船でアメリカに密航して陸軍士官学校将官の娘と結婚したという。でも娜娜に出会ってからは、すべてを失ってもかまわないと考え、台湾にやってきて彼女を捜そうとした。ただ台湾はすでに中国の影響下にあり、彼は生涯台湾に入ることができなかった。だから彼は娜娜のためにチケットを予約し、ハワイで二人の結婚式を挙げようとしたのだ。

娜娜はすっかり信じてしまい、三万ドルを振り込んでしまった。ただアメリカの物価高で、それでもせいぜいホテルを予約できる金にしかならなかった。この亡命作家は娜娜に最高の、英国王妃も着たことのあるドレスを着させようとした。娜娜は結婚式がこれほどお金のかかることだとは想像もしなかったけれど、初めての結婚なのでそれでもかまわなかった。その後、パウロからは音沙汰がなくなった。

寄こしてきた小切手は、警察が判断したところでは国際犯罪組織によるもので、娜娜は警察の捜査に協力し、パウロの命は危うかった。そして二人が逢えないのなら、来世で逢おうと思ったのだ。その日の晩、彼女は十二階にある自宅から飛び降りてしまった。

パウロの亡命に関する発言や行動はすべて活字となり出版されていた。別の作家が書いた物語だったのだ。話が込んでいて、一度読むと本当に思えてくる。ハンサムな写真もネットから無料ダウンロードしたものだろう。画像をコピーしてくることくらい、わたしでもできるけどね。

娜娜は死んでから自分が結婚式のために準備したことは、少しも無駄ではなかったと思った。葬儀では彼女がウエディングドレスを着た写真が使われ、英国王妃が着ていた型と同じドレスも棺桶に入れられた。

もし美女であれば、皆も少しは同情して、若者の死を惜しんだことだろう。でも実際のところ娜娜は特別に不細工というわけではなかったけれど、唯一の欠点は老けていたことだった。それに化粧の仕方もよく知らなかった。

胡さんが渡してくれたのはFacebookのアカウントだけではなかった。娜娜のメールや通話アプリの連絡帳まであった。わたしもようやくわかってきた。胡さんがどうして自分でできないのか。それはアプリの多くがもうサービスを停止していたからだ。ケータイのスペックも悪かったけれど、でも捨てることはできなかった。捨てたら全部なくなってしまうから。

その時突然、メッセージが入った。相手の名前はパウロと表示されている——こいつは恋人などではなく、娜娜の全財産を盗んでいった大泥棒だ。パソコンを放り投げたい衝動を抑えながら、わたしはパウロがやむを得なかったと一行一行書いていく言葉を読んだ。彼が愛するのは「自分」であり、娜娜が死んでしまったことさえ知らなかった。わたしはすべてのチャット記録を保存し、何も反応しなかった。スクリーンショットを撮ってネット上にアップロードし、同じ手口で二度と被害者が出ませんようにと書いた。その結果、この一部始終は仮名を使い、話の一部を削除してニュースの記事になったりもした——ある種の功徳と言えるのかもしれない。

＊

それから、大規模な交通事故や建設現場での事故を知ると、わたしは検索して、自分たちの会員ではないことを確かめるようになった。人は自分から死にたくて死んでしまうのならいいけれど、他の人を巻き添えにしてしまったら、それは本当に申し開きができないことだ。ちょうど、飛行していたジェット機も突然三カ月間行方不明になってしまったことだってあったのだから。

「わたしたちの会員じゃないよね」

「もちろんちがうと思う。そんなに大きな飛行機なんて手配できないし。それにパイロットまで」莉莉は言った。

テロリストかな？　搭乗者には政局を左右したり戦争が勃発するほどの高級官僚やＶＩＰは乗ってい

なかった。それとも失恋した機長が全員を道連れにしたのだろうか。ただの墜落だったらよかったのに。遺族は少なくとも巨大な残骸を確認することができるし、焦げたガソリンの臭いもかぐことができる。でも何もないのだ。これはもう本当に度をこしていた。経験の度合いを超え、保険賠償金の限度額も超えている。台風でもなければ戦争でもない、数百人が一瞬にして消えてしまったのだ。

数時間前には、たくさんの人が空港で自撮りをしていたのに。向こうの国に着陸した後には、ハネムーンや仕事、休暇が始まるはずだったのに。

生きているのなら逢いたいし、死んでいるのなら遺体を確認したい。

二時間ごとの記者会見では状況が全然はっきりしなかった。保険会社は全面的に賠償するといい、契約時の内容を精査し始めた。でも、もうメディアの関心もなくなり、この後はどうやって知ればいいのだろう。それからだいぶ経って、機体は見つかったわけだけれど。

「もう、うんざり。どこかで見かけたなんていう情報、もう聞きたくない。十カ月。何も手がかりがなくて。これ息子の携帯電話です。それからパスワード」

白髪頭が黒髪の故人を送る場面は、わたしたちにとって初めてではなかった。他にも、母親が封筒を持ってきたことがあったのだから。

「このお金、全部あげますから」

「でもわたしたち、一度にこんなにたくさん受け取れないです。分割して支払っていただいてもかまいません――」

「全部どうぞ！　こんなお金は一元たりとも手元に置いておきたくないんです」

　これほどお金を嫌がる人は初めてだ。自分の手から離れた後は二度と触れようとしなかった。彼女は息子の保険金だと言った。亡くなった人は江子午よりも二歳年下で、潜水が大好きだった。いつも赤道付近の外国を駆け回り潜っていたという。始めの頃は周囲も潜水は危険だと言っていたけれど、息子が潜水士のライセンスをとり、数年経っても特にニュースになるような事故はおきなかった。ただスマトラ島沖地震の時だけ、時間は三カ月止まったままだった。その時の航空券は話にならないほど安くて、一部の大学生がこれを狙って卒業旅行に行くほどだった。

「でも、息子さんはきっとこのお金で親孝行したいんだと思います」わたしは言った。

「いらない、いらないの――」

　ちがう。待つ気力を失ってしまったのではなく、母親はきっと生きる気力を失ってしまったのだろう。もしこのお金が母親に失った子供のことを思い出させてしまうのなら、それならばわたしたちがやるべき仕事は、母親のかわりに記憶するということ。

「契約成立です。こちらにサインしていただきます。ここにチェックを入れ、サインをお願いします。わたしたちすぐに手続きします。頻繁に更新しますので」わたしは言った。「お母様に、ぜひ最初の『いいね』を押していただけたらと思います」

「わたしはネットが使えませんから」

「ここにいらっしゃる人たちもわからないところから始めたんですよ」わたしがそう言い終わると、隣に座っていたお年寄りも調子をあわせて言ってくれた。「わたしは八十歳から始めたんだよ。あんた、こんなに若いんだから絶対に大丈夫」

「絶対にイチコメになれますよ！」わたしは言った。「毎晩十時に更新しますから」

それから母親はネットカフェに姿を現わすことはなかった。母親が持ってきた保険金は今でもバーチャル空間の運用資金になっている。ただ、大事なことは、母親は約束通り、最初に「いいね」を押したのだった。

生きてたんだ——

わたしたちの会員でなくても、わたしは嬉しかった。なぜなら自分でアカウントにログインし、自分のスマホで様子を確認してくれたから。

＊

目覚めてから、最初にするのは着信メッセージの確認だ。ときどき夢の中でも返信してしまう——前にわたしは夢と現実を見分けるのを試してみたことがあった。夢は白黒だという。でも起きた時には、夢の中でみた受信トレイと同じブルーだった。目覚まし時計を切り、ネットカフェの畳に寝そべり続けた。隣の客が指でディスプレイを叩く振動が響いてくる。リズミカルな音はきっとテレサ・テン2.0の曲なのだろう。

最近ネットカフェでは音ゲーが流行っている。ディスプレイに丸や星、線などが出てくるものだ。プレイヤーはクリックしたり、動かしたりして得点を取る。ゲームはますます複雑になり、リズムも速くなってきた。簡単に言ってしまうと、指先で歌うカラオケなのだ。小さな小さなディスプレイの中は、プレイヤーだけの練習室なのだ。

わたしはテレサ・テン2.0がYouTubeで歌うのを見たことがある。まさにテレサそっくりのイメージで、長髪で可愛らしく、北京語で叙情味にあふれる歌をうたっていた。永遠に老けない美しい女性歌手だけど、わたしには人は死んだ方がいい場合もあるのではないかと思えてくるのだ。アイドルが老けて不細工になって太ったら、がっかりしたファンが過激な行動に出るかもしれないから。

それから同人漫画や小説も出て、わたしたちのネットカフェでもよく見かける音楽ゲームまである。ゲームが始まると、プレイヤーはテレサのために髪型を選んで衣装を着させることもできる。お金を払ってポイントを買えば、チャイナドレスやフォーマルウエアも着させることができる。漫画ではすでにアダルトものまであり、ゲーム製作会社はどこまで進化して、ビキニや裸体のモデルを作るのだろうかとさえ思ってしまった。

プレイヤーの指先と二次元キャラの歌声は、しっかり繋がっている。二次元でも活躍するということは、かつて本当に活躍していたということでもある。名前はテレサ・テン2.0といい、背景にはもう一人の歌手のキャリアが書かれている。プログラムをコピーすることで、テレサ・テンはどこでも活躍することができる。

だから、このゲームが出てから、お年寄りも若者もみんな魅了されてしまった。台湾から東南アジアへ、日本や中国まで。テレサ・テン2.0は懐メロや愛唱歌を歌うだけでなく、R&B、ジャズ、ロック風の曲まであり、衣装もパンクや制服、ロリータまで何でもそろっていた。

もともと、わたしもテレサ・テン2.0が何なのか、全然わかっていなかった。ただのバーチャルアイドルだと思っていたくらいだ。周囲でも莉莉が遊んでいるくらいでしかなかったのだから。ネットカフェのお年寄りも「これは本当のテレサでない」と言っていた。自分で持っているレコードやテープを聴いた方がいいという。食事やお茶の後で新聞を読めばそれでよく、人生にいろいろと余計な希望を持つ必要はないのだ。

それから多くの客が、動くのもおっくうになり外出ができなくて、ネットカフェに足を運ぶのも難しくなった。その時、ネットの将棋を学ぶようになったのだ。真夜中に起き出しても、将棋仲間がいないという心配はなかった。外に出て散歩しながら、スマホで音楽を聴いたりする。そんな時にはテレサ・テンの曲を検索するけれど、出てくるのはすべてテレサ・テン2.0のバージョンなのだ。探すのも面倒になり、もともと無料のものだから文句は言えないと思うのだった。

「どうしよう！　グループのページだけど、エラーメッセージが出てるよ！　ページが見つかりませんだって」

莉莉が最初の発見者だった。でも、わたしたちにはエラーの原因を突き止めることができなかった。最近では集団で自殺する人もいなかったし、大きな事故もおきていなかった。わたしのスマホからもアクセスできず、ネットカフェのパソコンでもダメ。もしかして封鎖されてしまったのだろうか？　急にこんなにたくさんのお金が集まったから、警察に目を付けられたかもしれない。幸いにもクレジットカード決済は導入していなくて、いままで一度も広告を出したことも、口座番号を開示したこともなかった。だからNGOの活動には、しばらく影響は出ないはずだ。

「ちょっと調べてみる」永遠のギャラクシーが言った。

こんなややこしいことは、やはり若者に任せるしかない。

彼がログアウトすると、数分もたたないうちにグループにはメンバーが一人増えた。「テレサ」というアカウント名だ。

　原因がわかったよ。莉莉がバーチャルアーティストのアプリで、「悲しき女ドラゴン」という曲をつくったみたい。昨日有名人が転載して、拡散してネットが混みあっているみたい。　17時37分

　それ、中元節（旧暦七月十五日。この日に供え物をして霊魂を慰める）の日に作った歌だよ。転載するなら早めにすればいいのに。

　(((;゜ロ゜)))　17時38分

「霊界通信」がいちばん賑やかなのは父の日と母の日で、その日はわたしたちも休みになる。この日はわたしたちが何もしなくても、家族は忘れることがないだろうから。少なくとも初めの何年かは、多く

の遺族が自分で作った動画や画像、曲などを貼り付けていた。その結果、サーバーがダウンしてしまい、自分たちのことを閲覧している人たちはいいねを押してくれる人たちだけではないと知ったのだった。

わかった。今回の災難が過ぎればそれでいいよ。でも新しく増えた友達には何も言わなくていいの？　17時39分

こんなに混乱してるんだから、本人に任せた方がはやい。　17時40分

はじめまして、わたしテレサ・テン2.0です。お騒がせしてすみません。(*´∀`*;)　数秒前

アプリの設計者ではなく、ヘビーユーザーでもなく、グループにいるのはテレサ本人だった。

簡単に言うと、データの集合体っていうのは僕一人じゃないみたい。　17時43分

永遠のギャラクシーがそう言った。事態は深刻。でもグループのメンバーはあたたかく歓迎してくれた。「わたしもファンだよ」「本人と会えてうれしい」などと会話しながら、いつもは歌を聴いているだ

けなのに。

テレサ・テン2.0とテレサ・テンは同じではない。永遠のギャラクシーも熱く語っていたけれど、わたしには何を言っているのかさっぱりわからなかった。とにかく、彼女のことが好きなことは間違いない。でも、結婚はやめておきな、結婚なんてすっごく面倒なんだから。彼にはそう言いたかった。でも言わない方がいいかな。結局、心から通じ合える魂を見つけるだけでも難しいのだから。一瞬でいいから、わたしも彼が喜ぶのを邪魔したくなかったから。

亡くなった少年と生まれたばかりの少女。おめでとう。広いネットの世界で知り合うなんて最高じゃないか。

このネットカフェでは、昇進試験の勉強に励んでいる人もいれば、パソコンでレポートを書いている人もいる。インターネット小説を読み続けている人もいれば、わたしたちのように死者に生き返ってもらうことを望んでいる人もいる。二十四時間しかも年中無休で、春節のあいだも宝くじ売り場やコンビニと同じように開いている。

今年の春節には、わたしは家に帰らないつもりだ。仕事の都合で。街の商店は閉まっていて、人々は早めに仕事を切りあげている。賑やかだった台北は、目の前で物寂しい街並みへと変わろうとしている。旧正月前後の自殺率は、意外にも高いという。ときどき永遠のギャラクシーがすぐに返信しても間に合わないこともある。もしダメなようなら、彼は直接ここの所在地を伝えるという。だからわたしたちは大晦日の晩はネットカフェに残るのだ。ネット友達を家族同然に迎えて、どこにも居場所がない人たちと火鍋を囲む。幸運なことに、いままでのところ、誰もそんな人はいないけれど。

「このエビ餃子、すっごく安いよ！」

江子午が冷蔵ショーケースの前で大騒ぎした。何事かと思った。それまで彼はゲームで遊んでいても大声をあげたことなどなかったのだから。店内では年末セールを実施していて、興奮して喜んだのだ。

わたしはエビを食べない。お年寄りもエビの頭は食べられないから、そんなに残念がらなくてもいいのに。

「なんでエビ食べないの？」彼は聞いた

「鍋から取った時にエビが熱いから。それにわたし殻を剥くのも下手くそだし」

「じゃあ冷めてから剥いてあげる。こっちだって食べたいんだから、外の猫だってきっと待ってるよ」

そこまで言うなら、安いからとか好きだからとか言わないで、遠慮しないで買えばいいのに。

「わかった、じゃあそうする」

彼は喜んでショッピングカートに入れた。カートはインスタントラーメンやお菓子、果物、生花などでいっぱいだった。

大晦日の夜は全員で食べるだけではなく、死者へも豪華な食事を出した。ネットカフェの階下にテーブルを並べ、わたしは父のタブレットを置いて、みんなで線香を燃やしながら拝んだ。「天の神さま、地の神さま、媽祖（まそ）さま、土地神さま、清水祖師さま、龍王さま、『霊界通信』のみなさま——黄泉の国でも思う存分に楽しめますように」

わたしは食事が始まる前の合間にFacebookにログインした。莉莉の個人ページは新しい写真でいっぱいだ。渋谷のスクランブル交差点、下北沢のスイーツ店、浴衣を着たまま入館できる温泉旅館、それから雪景色の青木ヶ原――莉莉はカメラに向かって笑っていた。もし樹海に入っていく人がいたのなら、きっと彼女に連れ戻されただろう。

写真を撮っているのは同行の女性。プロフィール欄のステータスには交際中と書いてある。この数日、莉莉はネットカフェには顔を見せず、日本へ旅行に行っていた。食事の写真をたくさん載せて。ラーメン、とんかつ、天ぷらなど、若者の食事量は半端ない。わたしはこうした写真は、これからは死者のアカウントでも多く出てくるのだろうと感じた。

冬の空は日が落ちるのが早く、子供たちも興奮しながら路上で爆竹を鳴らしている。リーダー格の男の子が線香を分けてくださいと言ってきた。持ってくるのを忘れたらしく、上の階まであがりたくないという。子供たちは爆竹を囲みながら、「怖がるなよ」「遠くになげて」「マジで爆発するの?」と騒いでいる。

「はやく!　はやく!」

爆竹に火が着き、皆は大急ぎで両耳を覆いながら遠くへ駆けていった。

わたしは騎楼の下で手を高く掲げ、短い短い爆発音を録音した。でも、誰にもわからない。人はいつまで生きられるのだろうか。フォルダはいつダメになってしまうのだろうか。記憶はいつまで腐らずにもつのだろうか。

「爆竹をぶつけられると死んじゃうかな？」ずっと遠くまで駆けていった女の子がわたしに聞いてきた。

「もちろん。でも爆竹で遊ばなくても死んじゃうよ」わたしは答えた。

「人は死んだあと、どうなるの？」女の子はすごい遠くのことを考えていた。わたしが考えていることと同じくらい遠すぎるもの。

「わたし、別の生き方で生きたいな」

今、火を着ける番がもう一人の子供に回ってきた。皆で再び輪を作り、そして散り散りに駆けていく。これを何度も繰り返しているうちに、緊張した声は笑い声へと変わっていった。

雨。いつから降っていたのだろう。目でも見えるような強さだ。空中で白から透明に変わり、ゆっくりと落ちてくる。わたしはふだん傘をもたない。でも、今は雨粒が体に当たる瞬間、痛いとわかるのだ。

その時、わたしは気がついた。太平洋のこちらでは雪が降ってきたのだと。

子供たちは散り散りになって家へ戻り雨宿りしている。わたしたちには急かせる両親なんていない。子供たちが残した爆竹にひとつひとつ火を着けていった。線香の火は湿り気に当たり、明るかった光りが突然白い煙となって散っていった。

最後の爆竹に火を着けた。頭上で爆発した後、何も音がしなかった。

わたしは目を閉じ、新年の風が誰もいない街並みの中を吹き抜けるのを感じたのだった。

参考文献

ＮＨＫ「無縁社会プロジェクト」取材班編『無縁社会――〝無縁死〟三万二千人の衝撃』文藝春秋、二〇一〇年

Joseph Heller, *Closing Time: The Sequel to Catch-22*, New York, Simon & Schuster, 1994

葉真中顕『ロスト・ケア』光文社、二〇一三年

村上龍『オールド・テロリスト』文藝春秋、二〇一五年

谷崎潤一郎『瘋癲老人日記』中央公論社、一九六二年

佐野洋子『私はそうは思わない』筑摩書房、一九八七年

郭強生『何不認真来悲傷』台北：遠見天下文化、二〇一五年

Lisa Genova, *Still Alice*, New York, Gallery Books, 2009

Bette Ann Moskowitz, *Do I Know You?: A Family's Journey Through Aging and Alzheimer's*, Maryland, Taylor Trade Publishing, 2003

伊佳奇『趁你還記得――医生無法教的失智症非薬物療法及有效照護方案，侍親12年心得筆記，兼顧生活品質与孝道！』台北：時報文化、二〇一四年

Miriam K. Aronson, Marcella Bakur Weiner, *Aging Parents, Aging Children: How to Stay Sane and Survive*, Maryland, Jason Aronson, 2007

Jeremy Seabrook, *A World Growing Old*, Pluto Press, London, 2003

Emmanuèle Bernheim, *Tout s'est bien passé*, Paris, Gallimard, 2013

Alexander Levy, *The Orphaned Adult: Understanding and Coping with Grief and Change After the Death of Our Parents*, Da Capo Lifelong Books, Massachusetts, 2000

「新二代」作家が描く少子高齢社会のいま

明田川聡士

本書は台湾人作家・陳又津（ちんようしん）の書き下ろし長篇小説『跨界通訊』（新北：印刻文学、二〇一八年）の全訳であり、陳又津作品としては初めての外国語訳となる。二〇〇〇年前後から十数年間の台北を舞台に、携帯電話やスマートフォン、インターネット掲示板、SNSなどを通して死者と生者が繋がっていく物語である。

作者の陳又津は一九八六年に台北近郊の三重（サンチョン）（現在の新北市三重区）に生まれた。台北市内の伝統ある女子校の台北市立第一女子高級中学を卒業後、国立台湾大学で演劇学を専攻し、大学・大学院在学中には著名な劇作家の紀蔚然（ジーウェイラン）を指導教授に演劇創作を学んだという。本書でも進学校に通う女子生徒（「秋の章」）や劇作家志望の女性（「冬の章」）が主要人物として登場するが、そうした物語の展開では作者自身の青年期の体験や経験も題材の一部になっているようである。大学院修士課程修了の年には最初の長篇小説『少女忽必烈』（少女フビライ、印刻文学、二〇一四年）を発表し、それ以降は専業作家として創作活動を続けている。インタビューによれば、本格的に小説創作を始めたのは二十三歳の時であるというが、はやくも二十代半ばで香港青年文学賞や新北市文学賞、台湾角川ライトノベル大賞など各種新人賞で名前があげられていた。そうした注目から、二〇一三年には台湾の主要文芸誌『印刻文学生活誌』でも創刊十周年特集号の表紙カバーを飾った。

実質的なデビュー作である『少女忽必烈』は、修了制作の脚本執筆に悩むT大の大学院生とフビライを名乗る不思議な少女の交友を描き出した物語である。この『少女忽必烈』を発表した二〇一四年には短篇小説「跨界通訊」も創作しているが、同作は同年の時報文学賞で大賞受賞作となった。そして短篇小説と同名の長篇小説『跨界通訊』（以下では邦題に準じて『霊界通信』と表記）は、二〇一八年に台湾文学賞ノミネート作品として選出された。惜しくも受賞は逃したものの、二〇一〇年代半ばから後半にかけて、陳又津は同時代の中国語圏文学界に出現した新鋭作家の一人として耳目を集めたのである。小説創作の他にも、エッセイ集『準台北人』（準台北人、印刻文学、二〇一五年）、『新手作家求生指南』（新人作家サバイバルガイド、印刻文学、二〇一八年）、『我媽的宝就是我』（ママの宝物はわたし、悦知文化、二〇二〇年）などを発表し、近年では小説家からエッセイストへと創作の領域を広げている。また、本書の冒頭に収録した序文にも言及があるように、二〇二二年からはアメリカのテキサス大学オースティン校の博士課程に留学し、アジア文学・文化研究者としての顔も持つ。

＊

こうした陳又津に対して、台湾では「新二代」の書き手としての評価が与えられることが多い。新二代とは聞き慣れない言葉であるが、これは現代台湾社会を読み解くキーワードのひとつでもある。台湾では外国籍配偶者（中国、香港、マカオも含む）のことを新住民や新移民と呼ぶことがあるが、台湾人とこうしたパートナーとのあいだに生まれた子供は「新住民二代」や「新移民二代」、あるいはそれらを省略して「新二代」などと呼ばれている。外国にルーツを持つ新二代の割合は少なくなく、たとえば台湾・教育部の統計によれば、二〇二一年度の時点で幼稚園から大学院までの教育機関に在籍する新二代の児童・生徒・学生数はおよそ三〇万人近くにのぼり、全体の七・二%に相当するという。新二代による台湾社会におけるプレゼンスは軽視できず、陳又津自身もそうした一人であった。

台湾で生まれ育った陳又津だが、父親は福建省福州出身の外省人退役軍人であり、母親はインドネシア・カリマンタン島出身の客家人である。言わば移民として台湾で居住する両親の半生は彼女自身の創作基盤でもある。第一回新北市文学賞での大賞受賞作となった短篇小説「少女戦闘論」（少女の戦術論、二〇一一年）や日刊紙『中国時報』文芸欄での連載コラムをまとめた『我媽的宝就是我』では、語り手である「わたし」の視点で東南アジアから台湾へ嫁いで来た母親の半生をユーモアとアイロニーで綴っていく。一方、『準台北人』では同様に「わたし」の視点で国民党の下級兵として中国大陸から台湾へ渡り、生涯を寡黙に暮らしてきた高齢の父親に焦点を当て、異郷に没する一人の外省人男性の姿を描き出していく。

このように陳又津は「新二代」の当事者としての視点から、外から台湾へやってきた人々の姿を物語の中に映し出し、そこでは自分自身のルーツも交えながら、新二代が抱えるアイデンティティの揺れを表現していく。『霊界通信』でも、国民党の退役軍人である老姜（ラオジアン）が故郷の山東省を懐かしがる場面（「夏の章」）、語り手の女性の父親である梅春生（メイチュンション）が福建省の実家に台湾から里帰りする場面（「冬の章」）などでも、新二代の視点がじゅうぶんに活かされている。

*

『霊界通信』は春夏秋冬の四章で構成されるが、それぞれ背景となっている物語の時間は、春から冬へと順に展開していくわけではない。第三章に相当する「秋の章　美少女体験」が十年前であり、第一章に相当する「春の章　死に急ぐ老人」が二カ月前、第二章に相当する「夏の章　クラウドで逢いましょう」が現在であり、最後の第四章に相当する「冬の章　霊界通信」が夏の章よりも後に発生した出来事となる。また、各章は「わたし」を語り手とするが同一人物ではない。「秋の章」が性自認と身体的性が一致しないトランスジェンダーの男子高校生・莉莉（リリー）、「春の章」が入院先の病院から逃げ出す国民党退役軍人である老陳（ラオチェン）、「夏の章」が人生の目標を立てられず台湾一周旅行をしながら自分探しの旅を続ける男子大学生・江子午（ジアンズーウー）、そして最後の「冬の章」が劇作家を志しながらも大成せず結婚も破綻した三十代の女性となっている。背景となる時間は前後にずれ、一人称の語り手が章ごとに入れ替わるなど、作中での設定は入り組んでいるが、陳又津の視線や関心が同時代の社会に直線的に向かっていることは物語を通してはっきりと感じられる。アイデンティティをめぐる新二代特有の感覚も読み応えがあるが、むしろ物語全体に通底するのは、少子高齢化という現代社会を捉えたもう一つのテーマである。たとえば「夏の章」では台湾一周旅行を続ける男子大学生の江子午による語りで、次のように描いていく。

わたしたちの世代は、結局、看取り世代なのだ。

人間は歴史上、いままで一度もこんなことなどなかった。こんなにも年寄りが多いなんて。老後のシニアサークルは何に入ろうかと議論できるほどたくさんあり、新生児の数よりはるかに多い。

（本書三三頁）

近年の東アジアは今までにない大変動の時代に直面していると言われるが、台湾もその影響が大きく出始めている。国勢調査などの人口センサスを基にしたデータによれば、台湾での六十五歳以上の高齢人口が総人口に占める割合は一九九〇年に六・一％、二〇〇〇年に八・六％、二〇一〇年には一〇・七％と増え、二〇二五年には二一％を超えて超高齢社会に突入すると見込まれている。一方、少子化の目安となる合計特殊出生率は、台湾では一九五一年の七・〇人から一九九〇年の一・八一人と激減し、二〇一〇年には〇・九人と一・〇を割り込んだ。二〇一五年には一・一八人と若干の増加に転じてはいるが、それでも同年の日本（一・四六人）や韓国（一・二四人）と比べると依然低いままだった。その後二〇二〇年には再度一・〇を割り込み、超低出率が続いている。今日の台湾では高齢化と少子化が同時に進行し、急激な人口減少が進んでいるのであった（末廣昭・大泉啓一郎編『東アジアの社会大変動——人口センサスが語る世界』）。

陳又津もそうした台湾、さらには東アジアが抱える社会的・現実的問題を見据えているのであろう。『霊界通信』の物語では、若者や高齢者の視点で少子高齢社会へと突入する現代台湾社会のあり方に注目し、医療・介護制度の課題やヤングケアラーの問題などに題材を広げながら、彼女ならではの皮肉や風刺、ブラックユーモアを交えて描き出していく。こうした陳又津が強く抱く同時代の社会への関心は、本書の巻末に掲載された参考文献一覧の書名からも垣間見える。陳又津自身が序文で述べているように、参考文献には日本の書籍も何冊かあがっており、すでに超高齢社会が続く日本社会との繋がりや共通性も物語からは読み取れる。

*

先に言及したように、本作の長篇小説『霊界通信』が創作されるにあたり、その四年前には同名の短篇小説「跨界通訊」が第37回時報文学賞の大賞を受賞している。短篇小説「跨界通訊」では、語り手の女性がFacebookを通じて亡父と再会し、ディスプレイを通して顔文字さえも交えながら会話を続け、死後の世界を問うていく。そうした物語展開は、本書の「冬の章」でも同様に描き出されていて、デジタルネイティブ世代の死生観を表現するようで非常に読み応えがある。SNSを通して死者と生者が繋がるという展開は短篇小説と長篇小説の双方に共通するが、ただし両作では登場人物の設定も異なり、個別に独立した作品として見るべきであろう。この短篇小説「跨界通訊」は受賞の翌年に刊行された頼香吟編『九歌103年小説選』の中に収録されている。同作品集はこの年(中華民国暦一〇三年、すなわち西暦二〇一四年)に台湾で発表されたあらゆる小説から優れた作品を選ぶアンソロジーであり、「跨界通訊」はそこに収録された十六編のうちの一作であった。同作品集に収録された他の作家・作品には、すでに日本を含め国外で多くの外国語訳が出ている鄭清文や甘耀明、黄錦樹、蔡素芬、陳思宏などの名前が並んでおり、そこからは陳又津に対する文学界の評価と今後の期待の度合いもうかがえるのであった。

*

本書では物語の展開に応じて、国語（標準中国語）や台湾語（閩南語）の発音に相当するカナをルビとして振っている。

本書の翻訳にあたり、物語の中で使われる語彙や用語に関しては、原作者の陳又津さんから何度もメールにて丁寧に教えていただきました。ありがとうございました。また、当初は面識がなかった陳又津さんとのコンタクトにあたっては、愛知大学大学院中国研究科長の黄英哲教授のお力添えを賜りました。ここにあらためて、謝意を表します。そのほか、一字一句非常に細かく丁寧な校正で訳稿の完成をサポートしてくださった、あるむの古田愛子氏にも感謝しております。紙幅の都合により、お世話になったすべての方のお名前を挙げることはできませんが、本書が刊行されるまでのあいだには国内外で多くの方よりご支援いただきました。深く感謝申し上げます。

本書の出版にあたっては、二〇二二年「中華民国(台湾)文化部　翻訳出版助成」を得ました。深謝致します。

二〇二三年九月　百年に一度の猛暑が続く東京にて

参考文献

明田川聡士「陳又津『跨界通訊』で描かれるその社会的背景」『マテシス・ウニウェルサリス』第二五巻第一号、二〇二三年、一―二〇頁

川上桃子「台湾の人口センサス」、末廣昭・大泉啓一郎編『東アジアの社会大変動――人口センサスが語る世界』名古屋大学出版会、二〇一七年、一一二―一一四頁

末廣昭「序章　なぜ、人口センサスなのか？」末廣昭・大泉啓一郎編『東アジアの社会大変動――人口センサスが語る世界』名古屋大学出版会、二〇一七年、一―一八頁

詹閔旭「南方与多元文化――二十一世紀初台湾千禧世代作家的南方論述新貌」『中国現代文学』第四一期、二〇二二年、四五―六六頁

頼香吟編『九歌103年小説選』台北：九歌出版社、二〇一五年

劉揚銘「専訪小説家陳又津　従十七歳到二十七歳，我花了十年，等待一個踏上舞台的機会……」『台湾出版与閲読』総号第八期、一〇八年第四期、二〇一九年、九八―一〇九頁

「請站在忽必烈這一辺――陳又津答編輯部」『印刻文学生活誌』第十巻第一期、二〇一三年、六〇―六九頁

「夏季閲読：陳又津、謝欣芩対談新二代作家的台湾人種学」『国家図書館』https://www.ncl.edu.tw/information_236_10885.html（二〇二〇年六月六日）二〇二三年九月四日アクセス

「110学年度各級学校新住民子女就学概況」『教育部全球資訊網』https://www.edu.tw/News_Content.aspx?n=829446EED325AD02&sms=26FB481681F7B203&s=4C810A112728CC60（二〇二二年十二月六日）二〇二三年九月四日アクセス

陳又津（ちん ようしん）Eugene Yuchin Chen

1986年、台湾・台北近郊の三重生まれ。作家、エッセイスト。国立台湾大学戯劇系卒業、同修士課程修了。2022年からはテキサス大学オースティン校の博士課程に在籍。著作に長篇小説『跨界通訊』（本書、印刻出版、2018）、『少女忽必烈』（印刻出版、2014）、短篇小説集『我有結婚病』（三采文化、2022）、エッセイ集『我媽的宝就是我』（悦知文化、2020）、『新手作家求生指南』（印刻出版、2018）、『準台北人』（印刻出版、2015）など。受賞歴に時報文学賞（2014）、香港青年文学賞（2013）、新北市文学賞（2011）など。

訳者

明田川聡士（あけたがわ さとし）

1981年、千葉県生まれ。獨協大学国際教養学部准教授。早稲田大学第一文学部卒業、東京大学大学院人文社会系研究科博士課程修了。博士（文学）。専攻は台湾文学・台湾映画、現代中国語圏の文学と映画。著書に『新竹在地文化与跨域流転』（共著、万巻楼、2023）、『戦後台湾の文学と歴史・社会』（関西学院大学出版会、2022）、『越境する中国文学』（共著、東方書店、2018）、『台湾研究新視界』（共著、麦田出版、2012）など。訳書に劉梓潔『愛しいあなた』（書肆侃侃房、2022）、黄崇凱『冥王星より遠いところ』（書肆侃侃房、2021）、李喬『藍彩霞の春』（未知谷、2018）、李喬『曠野にひとり』（共訳、研文出版、2014）など。編者として李喬『台湾人的悲哀考 李喬全集43』（共編、客家委員会、2023）、李喬『被扭曲的臉譜 李喬全集44』（共編、客家委員会、2023）など。

霊界通信（れいかいつうしん）

台湾文学セレクション 5

2023年10月25日　第1刷発行

著者——陳又津

訳者——明田川聡士

発行——株式会社 あるむ

〒460-0012 名古屋市中区千代田3-1-12

Tel. 052-332-0861　Fax. 052-332-0862

http://www.arm-p.co.jp　E-mail: arm@a.email.ne.jp

印刷——興和印刷・精版印刷

製本——渋谷文泉閣

Sponsored by the Ministry of Culture, Republic of China (Taiwan)
　ISBN978-4-86333-198-3

日本音楽著作権協会（出）許諾第2307335-301号

台湾文化表象の現在（いま）
響きあう日本と台湾

前野みち子　星野幸代　垂水千恵　黄英哲［編］

幾層にも重なる共同体としての記憶と、個人のアイデンティティに対する問い。時空を往還するゆるぎないまなざしが、歴史と現在とを交錯させる視座から読み解く。クィアな交感が生んだ台湾文学・映画論。

津島佑子／陳玉慧／朱天心／劉亮雅／小谷真理／紀大偉／白水紀子
垂水千恵／張小虹／張小青／梅家玲

A5判　296頁　定価（本体3000円＋税）

台湾映画表象の現在（いま）
可視と不可視のあいだ

星野幸代　洪郁如　薛化元　黄英哲［編］

台湾ニューシネマから電影新世代まで、微光と陽光の修辞学をその表象や映像効果から読む。台湾ドキュメンタリーの現場から、転位する記憶と記録を探る。映像の不確実性を読み込む台湾映画論。

黄建業／張小虹／陳儒修／鄧筠／多田 治／邱貴芬／呉乙峰／楊力州
朱詩倩／簡偉斯／郭珍弟／星名宏修

A5判　266頁　定価（本体3000円＋税）

侯孝賢（ホウ・シャオシェン）の詩学と時間のプリズム

前野みち子　星野幸代　西村正男　薛化元［編］

監督侯孝賢と脚本家朱天文との交感から生まれる、偶然性に身を委ねつつも精緻に計算し尽くされた映像世界。その叙事のスタイルを台湾、香港、アメリカ、カナダ、日本の論者が読み解く。

葉月瑜／ダレル・ウィリアム・デイヴィス／藤井省三／ジェームズ・アデン
陳儒修／張小虹／ミツヨ・ワダ・マルシアーノ／盧非易
侯孝賢／朱天文／池側隆之

A5判　266頁　定価（本体2500円＋税）

好評既刊

台湾文学セレクション1

フーガ　黒い太陽

洪　凌［著］　櫻庭ゆみ子［訳］

我が子よ、私の黒洞（ブラックホール）こそおまえを生みだした子宮——。
母と娘の葛藤物語を装うリアリズム風の一篇からはじまり、異端の生命・吸血鬼、さらにはSFファンタジーの奇々怪々なる異星の存在物が跋扈する宇宙空間へ。クィアSF小説作家による雑種（ハイブリッド）なアンソロジーの初邦訳。

四六判　364頁　定価(本体2300円＋税)

台湾文学セレクション2

太陽の血は黒い

胡淑雯［著］　三須祐介［訳］

すべての傷口はみな発言することを渇望している——。
戒厳令解除後に育った大学院生のわたし李文心と小海。ふたりの祖父をつなぐ台湾現代史の傷跡。セクシュアル・マイノリティである友人阿莫の孤独。台北の浮薄（クール）な風景に傷の記憶のゆらぎをきく、新たな同時代文学への試み。

四六判　464頁　定価(本体2500円＋税)

台湾文学セレクション3

沈黙の島

蘇偉貞［著］　倉本知明［訳］

あなたはまだこの人生を続けたい？
香港の離島に暮らし、アジア各地でビジネスする晨勉。香港・台北・シンガポール、そしてバリ島と、魂の故郷をもとめて流転した彼女が選ぶ生き方とは。国家や民族、階級やジェンダーといったあらゆるアイデンティティを脱ぎ去り、個/孤としての女性の性と身体を見つめた蘇偉貞の代表作。

四六判　348頁　定価(本体2300円＋税)